金斗街八号 Jindou Jie Ba Hao

时代出版
时代出版传媒股份有限公司
安 徽 文 艺 出 版 社

【作者介绍】

季宇，现为安徽省文联名誉主席、安徽省作家协会名誉主席、中国作协全委会委员。著有《淮军四十年》《新安家族》《权力的十字架》《徽商》《共和，1911》《当铺》《王朝爱情》《猎头》等书，另有影视作品多部。其中长篇电视连续剧《新安家族》曾在央视一套黄金时段播出。作品曾获中宣部“五个一工程”奖、星光奖、飞天奖、金鹰奖、安徽省社科文艺奖和《中篇小说选刊》奖等，并被译成外文出版。中短篇小说曾在《人民文学》《收获》《十月》《中国作家》《上海文学》等刊发表，并多次被《新华文摘》《小说月报》《小说选刊》《中篇小说选刊》等选刊和各种年度选本所选载。

当代名家精品珍藏

Dangdai Mingjia Jingpin Zhencang

金斗街八号

Jindou Jie Ba Hao

季宇 著

时代出版传媒股份有限公司
安徽文艺出版社

图书在版编目（CIP）数据

金斗街八号/季宇著.—合肥：安徽文艺出版社，2019.1
（当代名家精品珍藏）
ISBN 978-7-5396-6422-4

Ⅰ．①金… Ⅱ．①季… Ⅲ．①中篇小说－小说集－中国－当代②短篇小说－小说集－中国－当代 Ⅳ．①I247.7

中国版本图书馆CIP数据核字（2018）第162460号

出 版 人：朱寒冬
责任编辑：张妍妍　刘　畅　　装帧设计：丁　明　徐　睿

出版发行：时代出版传媒股份有限公司　www.press-mart.com
安徽文艺出版社　www.awpub.com
地　　址：合肥市翡翠路1118号　邮政编码：230071
营 销 部：（0551）63533889
印　　制：安徽新华印刷股份有限公司　（0551）65859551

开本：880×1230　1/32　印张：8.375　字数：220千字
版次：2019年1月第1版　2019年1月第1次印刷
定价：35.00元（精装）

自　序

收在本集中的六篇小说，除了《县长朱四》《老范》外，均为2017年以来最新创作。2017年以来，为了写长篇小说《家族的秘密》，我开始深入生活，采访、搜集资料。这期间，不断有素材触动我，使我产生了很多想法，于是先后写了十多部中短篇小说。其中包括《最后的电波》《救赎》《归宗》《我的母亲田香梅》等，这些小说先后刊于《人民文学》《中国作家》《当代》《上海文学》《作家》《长江文艺》《十月》《小说月报·原创版》等，并被《小说月报》《新华文摘》《中华文学选刊》《小说选刊》《中篇小说选刊》《作品与争鸣》《长江文艺·好小说》等刊多次选载，受到了一定的好评。收在本集中的几篇小说就是其中的一部分。就题材而言，《好大事》《假牙》和《老范》属现实题材，而《金斗街八号》《六贤庙》和《县长朱四》属历史题材。两者各占一半。

《好大事》《假牙》本是一种尝试。这里“好大事”“假牙”都属合肥方言。这类方言还有很多，如“七屁八磨”“邪屁魍魉”等等。这些土话在合肥方言区流传甚广，人们张口就来，说来极有味道，令人忍俊不禁。晚清官场，一度淮系掌权，合肥话非常吃得开。当时有句顺口溜：“会说合肥话，便把洋刀挎。”意为当时官场以说合肥话为时髦，就像改革开放初期说“港普”一般。当然，时过境迁，这种“盛况”早已不再。不过，对于从小在合肥长大的我，还是对合肥话情有独钟，于是便试图把合肥话中具有代表性的用语，如好大事、假牙等，写成系列小说，小说中的语言也打算用合肥话来写。第一篇写的便是《好大事》。在写作过程中，我搜集了大量的合肥方言，写作过程也自得其乐。可是小说寄出后，编辑部却认为合肥方言有很大局限性，非方言区的读者可能难以理解。这个看法有一定道理。因此再写《假牙》时，我便不再使用合肥话。尽管用合肥话写作的尝试未能进行下去，不免有些遗憾，但“好大事”“假牙”所激发出的创作冲动，促成了这两篇小说的问世，仍是收获大大。

《六贤庙》是一个写谏官的故事。中国古代有很多“死谏”“直谏”的范例，所谓文死谏，武战死。虽有愚忠的成分在，但其精神仍令人敬佩。当今这种士大夫精神已经离我们越来越远。有人说，如今的知识分子患了软骨症，不敢说实话，不敢讲真话，只知察颜观色，逢场作戏，如同戏子一般，着实可悲。更有所谓的“砖家”，毫无廉耻，令人唾弃。有一位气象局的朋友开玩笑说，现在大家都在说假话，只有天气预报想讲真话，但还常常讲不准。与古代谏官相比，这实在是一种倒退。当然，小说是虚构的，不过故事发生的背景却是真实的，有史可查。

《金斗街八号》是发表后选刊选载最多的一篇小说。《新华文摘》《小说选刊》《中篇小说选刊》《小说月报·大字版》等先后选载。这可能得益于小说的结构和写法。如果按照传统的线性结构，这个小说或许毫无意义，因此，在构思时，我便抛开这些，以写人为主。小说中人物一个个出现，他们看似毫无关联，但暗中紧密联系，最后汇集到一起，峰回路转，豁然开朗。这样的结构挤压了情节的叙事空间，把更多的笔墨留给了人物，与此同时，也节省了许多必要的交代情节的篇幅，使故事变得更加精练。这也是我对这篇小说最为满意之处。

《县长朱四》和《老范》都是写官场的，两篇小说的主人公都是县长，前者是民国时期的，后者是现在的。他们各自的命运和故事自有值得玩味之处，无须我饶舌。

小说是一门古老的技艺。每年都有成千上万的小说面世，但要写好，写出新意，并不容易。然而，每个写作者都怀抱野心，这也许就是写作者不断努力，新作层出不穷的动力所在。

季宇

2018 年 11 月 5 日写于六安紫荆花小镇

目录

好 大 事

1

我和吴黎明认识是在上初一的时候。开学第一天，我就注意到他了。他的特别之处，是个子矮，全班倒数第一，排队时理所当然地排到了最后。而且他的长相也特别滑稽，头大，皮肤黑，两个眼睛还不一般大，一个特别大，一个特别小。或许是为了缩小两眼之间的差距，他总爱眯缝着眼睛，看上去好像是在笑，而且是那种不怀好意的笑。沈小东是班上有名的俊男（那时还不时兴“帅哥”这个词），个头高，皮肤白，家境也好，举手投足，处处带着优越感。他给吴黎明起了个外号，叫丑八怪，可这个外号并没有叫开，一来带有明显的人身侮辱，二来吴黎明的另一个外号很快传播开来，被大家广泛接受了。

这个外号就是“好大事”。

好大事是合肥的土话，意为没啥了不起。吴黎明常爱说这话，有事无事总挂在嘴边，不论好事还是坏事都要来上一句，简直成了口头禅。有一次上体育课，做引体向上，同学们排着队一个一个来。轮到吴黎明时，由于他个头矮，先向下半蹲，然后憋足了劲，用力向上一蹦，双手去抓单杠，没想这一下用力过猛，裤带挣断了，裤子哧溜一下子顺着两条光溜溜的细腿滑下来。最要命的是，他里边竟然没穿裤衩。这一下，他精赤屁股[1]地挂在单杠上，吓得女同学们一片尖叫，来不彻[2]地闭上眼睛。吴黎明也慌了，赶紧跳下单杠提裤子，由于手忙脚乱，又被绊倒，弄了一屁股沙子。同学们笑作一团。体育老师是个地道的“合肥老母鸡”，他赶紧上前，把他扶起来，又好气又好笑地拍了一下他的屁股，说：“怎（此处读作jiǎng）搞的[3]吗？你这个同学也太拾弄[4]了！”

吴黎明红了脸，一边提着裤子，一边摆出满不在乎的样子，咕哝道：“捣叽叽的，好大事啊！”

体育老师看着他那副狼狈而又滑稽的模样，也忍俊不禁：“好大事，好大事，你哄事[5]都是好大事，我看以后就叫你好大事吧。”

这一来，好大事的外号便叫开了。有一次，竟连教导主任提起吴黎明，也说：“那个，那个，什么好大事来了吗？”可见影响之大。

不过，好大事在班上却是笑柄的代名词。在同学们眼里，他这人简直拾弄到家了，做事好像从不过脑子。有一次上英语课，他又闹出了件难堪事。带我们英语课的老师姓李，是个年轻的女教师，大学刚毕业，皮肤白净，戴着一副眼镜，身条也好看，在我们所有的带课老师中是最惹眼的一个。她还说着一口悦耳的标准普通话，同学们都爱上她的课。这天上课时，上着上着，她的裤子上忽然渗

---

① 精赤屁股：合肥方言，光着屁股。

② 来不彻：合肥方言，来不及。

③ 怎搞的：合肥方言，怎么搞的。

④ 拾弄：合肥方言，形容做事不上道，或把事情弄糟了。

⑤ 哄事：合肥方言，什么事。哄，是“什”“什么”的变音。

出一丝丝血迹来，但她并未觉察，仍然继续讲课。同学们面面相觑，窃窃私语，但都不敢吱声。

李老师看到大家并没注意听，有些不高兴了，用教鞭在桌上敲了敲说："都别说话了，跟我念——We love Chairman Mao（我们热爱毛主席）——念！"

同学们齐声念道："We love Chairman Mao！"

李老师说："好，再来一遍！"

这时，吴黎明突然举手报告："老师！"

"什么事？"李老师看着他问。

吴黎明说："老师，你的裤子红了！"

李老师低头一看，突然羞了个大红脸。同学们也感到很难堪。一时间，气氛有点僵。停了一会儿，李老师才算回过神来，说："你们先看书。"说着，她来不彻地跑了出去。

李老师一走，教室里顿时一片哄堂大笑。吴黎明却感到莫名其妙，他说怎搞的，沈小东笑得喘不过气，说："还怎搞的，我看你是屎到家了！"全班笑得更欢了。只有女同学气愤不已，指着吴黎明骂他流氓、不要脸。

吴黎明感到委屈，一点儿也不明白自己怎搞就流氓不要脸了。我说："你这骚拨弄子，真不明白，还是装不明白？"吴黎明脸上一片茫然。看来他真是不懂。后来，他对我说，他在家是独子，没有兄弟，也没有姐妹，哪能知道这些事。我便开导他说："不知道不要紧，关键是你得看场合，有些事能说，有些事不能说。"

吴黎明还是不明白，他说："那哪些事能说，哪些事不能说？"

我说:“像这种事就不能说。同学们不是瞎子,都看到了,可你看有人说吗?”

“那怎搞? 总不能看着不管吧?”吴黎明一副无辜的样子。我说:“你他妈的,说你蠢你还真蠢,我看这回你是把李老师彻底得罪了!”

吴黎明眨了眨眼睛,又是那副似笑非笑的样子,一句“好大事”脱口而出。看着他那副没心没肺的样子,我说:“体育老师说得一点没错,就没见过你这么拾弄的!”

当然,这件事的后果比我预想的要严重得多。李老师再也不来我们班上课了,据说这是她提出来的,而且态度异常坚决。校方只好把她调到别的班去了。这件事让班上的同学们对吴黎明恨之入骨,认为都是他惹的祸,导致李老师狠心地丢下了他们。沈小东后来老是说:“我他妈的外语没学好,全怪好大事。要不是他把李老师气走了,就凭我的智商,能学不好外语吗?”

班上的女同学更是伤心不已。不少人还跑到李老师那儿哭天抹泪,但怎奈李老师去意已决,无法挽回。英语课代表贾玲玲更是恨死吴黎明了,从此宣布与他断交,甚至连他的英语作业本也一概拒收,害得吴黎明只好一趟趟自己把作业本送到老师办公室去。

贾玲玲在班上引人注目,除成绩不错外,主要是长得漂亮,白皮肤,大眼睛,身材也好,举手投足都是一副俊袅袅的样子。不仅如此,她还善于团结同学,颇有几分领导风范。李老师没走前,班上的女生大多看不起吴黎明,也不爱搭理他,但贾玲玲不。她常常主动和吴黎明对作业,还一起交流学习心得。应该说,吴黎明虽然人拾弄，但学习很牛，考起试来没人是他的对手。也许就是因为这一点，贾玲玲才对他刮目相看。然而，他把李老师气走后，贾玲玲便从此不再理睬他了，甚至连正眼都不瞧他一下。

吴黎明颇感失落，在班上也更加孤立，除了我之外，几乎没有朋友。吴黎明遭人嫌弃，原因是多方面的。除了人拾弄外，还有一大恶习，就是不讲卫生。在外人看来，他一年到头好像从不洗澡，头发乱糟糟的，打着结儿，每天早上来学校时常也是眼屎巴拉的，身上常年散发着一股说不出来的怪味儿。吴黎明的爸是搬运公司拉板车的，妈是卖菜的，在卫生方面似乎对他也没有什么要求。沈小东常说他是“脏着入八代”。为此，同学们都躲他远远的。开学没多久，吴黎明换了几次座位都不欢而散，主要是没人愿意和他坐一起。后来，我的同桌生病休学了，他便挪到我边上来了。

老实说，我开始也嫌他身上有味儿，但我这人是软肠子，不好意思拒绝别人，于是吴黎明便在我身边扎下根来。不过，出人意料的是，他来了不久之后，我很快发现他带给我的好处远远大于坏处。首先是他学习好，脑子特别好使，上课时他只要注意听上几分钟，便把问题弄懂了，剩下的时间不是画小人，就是看小说。他看的小说五花八门，除了武侠的、外国的，还有一些不知从哪弄来的手抄本。我问过他，这都打哪儿弄来的。他告诉我，他舅舅就在图书馆工作，这些书都是他从典藏部弄出来的，根本不对外借。有时出于好奇，我也会借过来看看。有一次，他把一本没头没尾、像是从油锅里捞出来的脏得不能再脏的书塞给我看。这一看不要紧，害得我晚上手淫好几次。第二天我对他说:“伙家[1],你胆子也太大了,这种书也敢看啊?”

吴黎明做了个鬼脸说:“好大事啊! 你就说杀不杀馋吧!”我用恭维的口气说:“你这家伙可是真流氓!”

吴黎明兴奋地眨起眼睛,嘿嘿地笑道:“你说书中那个女的像不像贾玲玲?”我一时没明白过来,说:“哄个意思?”

“我是说那股骚劲,像不像?”

“别糟扯了,”我知道他心里恨着贾玲玲,便说,“你就别作践人了! 说实在的,贾玲玲还是不错的。”

“嘁,”他不屑地一撇嘴,“好在哪里啊?”

“起码长得漂亮,你不能不承认吧?”

吴黎明不说话了,过了好一会儿,他才道:“漂亮女人都很骚的!”这他妈的哄逻辑啊? 我知道他很在乎贾玲玲,自打贾玲玲不睬他后,他一直很失落。他还曾经给贾玲玲写过一封信,向她认错,请她谅解,贾玲玲却原封不动地把信退了回来,甚至连信封也未打开。这让吴黎明大感屈辱,同时也激发出了一股豪气。他对我说:“捣叽叽的,好大事啊,有哄了不起?”嘴上这么讲,脸上却像霜打的茄子,一连好几天打不起精神,上课时连手抄本也不看了。

当然,我与好大事同桌,最大的好处并不是有黄书看,而是我的考试成绩开始芝麻开花节节高,陡然从班上拖后腿的上升到了第一方阵。老师在班上表扬了我好几次,弄得我都有些不好意思。这些当然都是拜吴黎明所赐。每次考试,他都慷慨地把做好的试

---

① 伙家:合肥方言,“计”“哎”的合音,用于男子间的昵称。

卷无偿地让我抄袭。开始我还有些谨慎，每次都要故意错上几题。可抄着抄着，竟有些忘乎所以，有一次数学考试，居然把这碴儿给忘了，一字不差地全部抄了下来。考试结果出来后，班上两个满分，一个是吴黎明，一个就是我。班上好多同学都不服气，尤其是数学课代表江亚林。当然，他们不服的不是吴黎明。吴黎明考满分是家常便饭，就连江亚林碰上他也得认栽。虽然他是数学课代表，但除了和吴黎明并列过第一外，大多数情况下只能屈居老二。如今他的老二地位竟然被我取代了，而且是个常常在课堂上一问三不知的家伙，这当然让他不服。下课后，他碰见我，像是喜儿碰见黄世仁，一副深仇大恨的样子，扭头就走，仿佛没看见似的。

沈小东走过来拍着我的肩膀说："伙家，你可真能抄啊，都赶上江猴子了。"江猴子是江亚林的外号。

我正色道："别扯了，我哪抄了？"嘴上这样说，底气却明显不足。

沈小东嘿嘿笑着："你那两下子，我还不知道？不过，你放心，"他又拍拍我肩膀，打着哈哈道，"咱们谁跟谁啊？我是不会说的，但那小子，"他嘴巴朝前一努，"你可得小心点了！"

我朝他努嘴的方向看去，只见江猴子正从厕所里走出来，便说："怎么了？"沈小东压低嗓子说："他要去找老师报告哩，说你不可能考到他前头。"

我心里一沉，说："这是真的？"

"那还假了？他亲口对我说的。"沈小东耸耸肩，一副幸灾乐祸的样子说，"伙家，你小心点吧。"

当天下午放学后，数学老师便把我叫去了。一进数学教研室，我看见数学老师正在改作业，他抬头瞅了我一眼，接着又改起作业。“知道为哄找你吗？”他问。

我摇摇头，想到沈小东的话，心里不禁有些紧张。

“你这次考得不错嘛。”数学老师又说。

“哪里，哪里！”我马上谦虚地表示，“瞎蒙的，都是瞎蒙的。”

“你可真会蒙啊，蒙了个满分，”数学老师停住笔，用讥讽的口气说，“呔，伙家，你还真能耐啊！”

旁边桌上的几个老师听到他的话，都笑了起来。我脸上一阵发烧，说不出话。就在这时，教导主任从外边走了进来。我心想，砸蛋①了，这事怎么让周扒皮知道了？周扒皮是教导主任的外号。这家伙长得矮不墩墩的，整天拉着个马脸，喜欢骂人，开口不是“瘪犊子”，就是“屎头混子”，学校里的学生没有不怕他的，背后都叫他周扒皮。

周扒皮一进来，就冲着我说：“就是他吗？”

数学老师连忙站起来，恭敬地说：“是的，周主任。”

周扒皮说：“你个瘪犊子，这种事也能干？叫哄名啊？”

我说：“高学贵。”

“贵个屁！老实说，是不是抄的？”

“没……没呀……”

“还没呀！”周扒皮学着我的口气，“你个屎头混子，你想糊弄谁啊？不是抄的？两份卷子竟然一模一样，我当了这么多年老师，连

---

① 砸蛋：合肥方言，比喻希望破灭或事情失败。

这都看不出来那不白当了。”说着，拍了拍桌上两份卷子，“你瞧瞧，瞧瞧，一个字、一个符号都不带差的。你说说，这是怎回事啊？”

“这、这个……”我支支吾吾地说不出话来了。

“你个瘪犊子，你不承认是吧？我不怕你不承认，不行就再考一次，你敢不敢？”

我听他这样一说，便哆嗦着不敢吱声了，心里想，再考一次，哪怕是原卷，能不能考及格我都不敢保证。

看我不说话，周扒皮马脸拉得更长了：“夙了吧？你个屎头混子，还想小秃子过江，跟我玩滑头？少给我来这套！”说着，一屁股坐在数学老师对面的椅子上，“那个，那个，什么好大事来了吗？”

数学老师说，已派人去叫了。

正说着，门外传来一声报告。说曹操曹操到，吴黎明就在这时七夯八喘地跑来了。周扒皮看着他说：“你就是那个，那个好大事啊？”

我听了忍不住扑哧一笑，周扒皮眼一瞪：“你个瘪犊子还有脸笑？”我吓得赶紧收住笑。吴黎明这时还在不住地喘气。刚才他拉肚子，正在厕所里忙活，沈小东好不容易找到他，说老师急着找他，让他赶紧去。吴黎明不敢耽搁，连跑带蹿地一口气爬上三楼，累得像个狗似的直伸舌头。周扒皮转向吴黎明，态度明显缓和了一些：“你来说说，这是怎搞的？”他用手点了点桌上的两张卷子。

吴黎明一时没有明白过来，不知发生了什么事，像只生眼猫似的快速地转动眼珠子，看看这个，又看看那个。数学老师这时说话了：“这次考试，你和高学贵两张卷子完全一样，这是为哄啊？”

吴黎明这下明白了，他看了我一眼，涎着脸说："也许是碰巧吧？"

"碰巧？"周扒皮接过话来，"这也太巧了。好那个……他叫哄个呢？"他转过头来看了一下数学老师。数学老师说："吴黎明。"

"吴黎明，"周扒皮点点头，用鼓励的语气说，"你别怕，照直说，是不是他抄你的？"

"这个，这、这……"吴黎明支支吾吾地说，"这个，这，我哪晓得？"周扒皮一听便不高兴了："你个瘪犊子，少给我邪屁魍魉[①]，你想包庇他是吧？"

"没、没……"吴黎明连忙否认。

"那好，我再问你一句，"周扒皮站起来，双手抹腰，一副气势逼人的架势，"他究竟抄没抄？你给我说实话，如果不说，那就对不住了，你们俩这次考试都零分，而且全校通报，你可想好了！"

我不想连累吴黎明，连忙说："周主任，都是我不好……"

"你给我住嘴，我问你了吗？"周扒皮打断我的话，冲着吴黎明说，"我再问你一次，究竟抄没抄？"

吴黎明小声嘟囔道："这我哪知道？反正我没看到高学贵抄。"说着，眯缝起眼睛看着周扒皮，那模样好像是在笑。

"嗨，伙家，你还笑？"周扒皮更恼了。

"我没笑。"吴黎明赶紧解释说。

"还说没笑，明明在笑嘛。看看，看看这个屎头混子，屁磨[②]都

---

① 邪屁魍魉：合肥方言，形容做事不正经，搞歪门邪道。

② 屁磨：合肥方言，扯谎。

屁到家了。”周扒皮越说越气。吴黎明急了，他说：“我没笑，真没笑，我就这个样子。”

“哄样子？”这一来把周扒皮彻底激怒了。他一拍起桌子，声音提高了八度：“你个瘪犊子，还真来劲了是吧？我就不信了，还搞不彻你们了。刘老师，”他对数学老师说，“那就这么办，两人都零分，全校通报！”说完，不由分说，拂袖而去，走到门口，又转过身来，“还有，把他们家长都找来！”

从老师办公室出来，我满怀歉意，说：“你这是何必呢？把自己也搭了进去。”吴黎明说：“哎哟哟，好大事啊，别放在心上。”他一边安慰我，一边又说，“学贵啊，咱俩是朋友。你放心，我吴黎明当不了江姐，但绝不会当甫志高。”

我说：“没想到你这人还真够朋友。”

吴黎明眯缝起一大一小两只眼睛，嘿嘿笑了：“好大事啊，屁精屌蛋的。不过，我可提醒你，以后再抄可得长个心眼，千万别稀里马虎地全抄了。”

我说：“伙家，这还用你讲吗？搞死我也不会了。”

2

我和吴黎明同学一年，第二年上半年，“文化大革命”就开始了。学校停课闹革命，接着又是知识青年到农村去。班上的同学各奔东西。我和沈小东、江亚林等都报名去了长丰县下塘集。长丰县紧挨着合肥，离家近，因此报名的人特别多。班上的一些女同学，包括贾玲玲在内也都去了那里。吴黎明是独子，按文件规定可以留城，这让我们羡慕死了。沈小东说，这家伙有狗屎运，人长得一拃拃高，运道却不小。可吴黎明偏不稀罕这个好运，死活闹着也要下放。他找到学校，说是毛主席讲的，知识青年到农村去，接受贫下中农的再教育，大有作为，别人都去，他为哄不能去？学校的负责人，就是原先教我们数学的刘老师，他是"红五月"教工造反司令部的司令。红五月夺权后，校长和教务主任周扒皮全都靠边站了，刘司令也成了学校"文革"领导小组的刘组长。他对吴黎明有如此高的觉悟，甚是赞许，决定将他树为典型。吴黎明说："典型不典型，我不稀罕，我只有一个条件。"

"哄条件？你说。"

"我要去下塘集。"

刘组长有些为难，说："那里人数已满了，要不，你去肥西，那里也近。"吴黎明把头摇得跟拨浪鼓似的，说："我哪儿也不去，就去下塘集。"

"好吧，这事我来想办法。"为了保住这个典型，刘组长决定调整名额，把吴黎明安排到下塘集去。

吴黎明嘴都笑歪了，当天晚上他就来到我家，把这个消息告诉我。我说："你傻啊，我们想留城都留不彻，你倒赶着要下去？脑子进水啦？"

吴黎明笑着说："留城有哄意思？还是下去好，大家在一起多得味①啊。"

"得味个屁！"我说，"你可想好了，开弓没有回头箭，下去容易，

---

① 得味：合肥方言，痛快、有趣。

回来可就难啦。”

“哎哟，好大事啊，”吴黎明说，“我早就想好了。咱们还在一起，我和刘组长说了，非下塘集不去。”

我连连摇头，心想，见过拾弄的，没见过这么拾弄的。我母亲也感到不可思议，吴黎明走后，她对我说：“你这个同学脑子是不是有问题？”

我说没问题，每次考试都是第一。

“那就是聪明过头了。”母亲说。

“可不是，”我姐插话道，“如今这年头，人都疯了，一个比一个表现积极。”

吴黎明被树为典型后，挨个学校到处作报告，《安徽日报》还专门做了报道。刘组长乐得不行，把吴黎明当个宝似的，到处宣传。然而，就在转户口时出了问题，吴黎明的父母得知这个消息不干了。他们到学校大吵大闹。刘组长说：“你们别瞎闹了，这是你儿子主动要求的。”“别扯了，”吴师傅亮开大嗓门吼道，“他一个小孩家懂个屁，还不是你们五迷三道，给他灌的迷魂汤！”

刘组长正色道：“同志，你说话注意点！‘上山下乡’是毛主席的号召，你这是反革命言论。”

“老子反革命？”吴师傅上前一把揪住刘组长的衣领，差点把他拎起来，“老子三代工人，根正苗红，你说老子反革命？”

刘组长被卡住了脖子，半天喘不过气来，他双手直摆，脸憋得通红。这时，边上有人上前劝开吴师傅，说：“同志，同志，毛主席教导我们，要文斗不要武斗。”就在这时，吴黎明被人拖到了现场，吴师傅这才松开手。

“让他说，让你儿子说，”刘组长一边喘气，一边整理着衣领说，“是不是他自己要去的？”

吴黎明捎着头，不说话。他爸来校之后，他便躲了起来，直到学校老师在厕所里找到他，把他硬拖了过来。

“说话呀，吴黎明你说话呀！”边上有人催促道。

吴黎明有些为难，他说：“爸，有事咱们回家说。”

“不，就在这里说！”

“爸……”

“爸哄个爸，赶紧说，”吴师傅毫不含糊，“你不是说是老师要你去的吗？”

刘组长一听这话便恼了：“吴黎明，你可得说实话，是我们叫你去的吗？当时你怎么找的我，你都忘了吗？”

吴黎明吭吭哧哧地说：“爸，这事不怪刘组长。”

“那怪谁？”吴师傅说。

“爸……”

“说啊！”

“是我自己要去的。”

“哄个？”吴师傅叫了起来，“你再说一遍！”

刘组长说：“听听，你们都听到了吧？是他自己要去的，这事可怪不得别人。”

“放你个狗屁！”吴师傅吼了起来，“他一个伢，懂个屁啊！这事他说了不算，没有大人同意，哪儿也不能去！”

"爸,"吴黎明喊了一声,用哀求的口气说,"你就让我去吧!"

话音刚落,呱唧一个大耳光,吴黎明重重地摔倒在地上。"你再吱一声,老子一板脚跺屁的你!"吴师傅火冒三丈地说。

这事后来闹得满城风雨。由于吴黎明父母死活不肯迁户口,也只能不了了之。吴黎明下放没下成,再次成为笑柄。不过,刘组长还是充分肯定了他的革命性,认为吴黎明要求进步,是好的,只是他的父母思想太落后,这也再次证明了毛主席的英明论断,教育群众是一个长期的艰巨的任务。

吴黎明下放没下成,工作一时也没找到,便无所事事,整天东游西逛,时不时地便来下塘集一趟,找我们玩。

我们知青点共有五人,除了我们初一(4)班的沈小东、江亚林和我之外,还有初一(2)班的两个同学。这两个同学都姓武,大家都叫他们武大、武二。来下塘集没多久,沈小东和江亚林的关系便紧张起来。两人互相看不顺眼,沈小东说江亚林是老抠门,抠屁眼嗍指头,抠到家了;江亚林说沈小东是公子哥、八旗子弟,动不动就摆谱,谁悠他啊。原本大家都在一个锅里吃饭,伙食费每月平摊,可江亚林提出,有人吃得多,大家平摊不公平,此外有人偷懒,别人洗菜淘米做饭时,他却躲在一边,光吃现成的,这也不合理。这话显然是冲着沈小东去的。沈小东肚量大,而且每到烧饭时便以拉屎为名,不知去向。我曾逗他说:"伙家,你这屎早不来晚不来,怎搞一到烧饭时就来了?"沈小东并不生气,他苦着脸说:"便秘,老毛病了,没办法,真没办法。"说着还装神弄鬼地做痛苦状。

沈小东平时就是如此,吊儿郎当,大家也见怪不怪,偏偏江亚林特别计较，两人叮叮扛扛①，很快就尿不到一起了。有一次，江亚林来水缸里舀水，发现缸里没水了，这天本该沈小东挑水，他不知怎么却没挑，江亚林不快活了，便又叽叽歪歪起来。沈小东被他惹恼了，说："你他妈的是个老娘们啊，叽歪起来没完了？"

江亚林说："是你做得不对，还不让人说啊？"

我走过来劝解道："哎哟哟，好大事啊，你们这是干哄吗？"

沈小东说："这鸟人讨厌了，长这么大我就没见过，连老子拉屎撒尿他都管，这他妈的是哄人啊？"

江亚林说："一次两次就算了，你每次都这样，这是剥削，你懂不懂？"

"剥削？我剥削谁啦？"

"剥削我们大家！"

沈小东又好气又好笑："呔，伙家，我怎么就剥削了？"

江亚林义正词严："你吃得多，交得少，还偷懒不干活，这不是剥削是什么？"

"那你说怎搞吧？"

"多吃多交，烧饭大家轮流干。"

"你他妈存心搅屎啊？"沈小东火了，一蹦老高，"多交？我交你妈的头！你要不想在这里，就有多远滚多远！"

江亚林并不示弱："你嘴巴放干净点，你叫谁滚啊？我告诉你，你没这个权力！"

沈小东讲不过他，心里的火气直往上蹿。他从小就爱锻炼，还

---

① 叮叮扛扛：合肥方言，一递一句地吵。

是学校篮球队的，身上有的是力气，便扬起拳头威胁道："你少叽歪，当心我锄你！"

"你敢？"江亚林回嘴道。

"我不敢？"沈小东眼一瞪，"你试试瞧，再吱一声，我非锄死你不可！"

江亚林也火了，说："你流氓！"

"我流你妈个蛋！"沈小东爆了一声粗口，上去抓住亚林，不知怎么一下便把他扔了出去。江亚林重重地摔倒在门前，跌得满头满脸都是泥灰。他挣扎着站起来，从地上摸起一块石头，做出一副拼命的样子。我和武大、武二一看情形不妙，赶忙上前劝架，连拉带扯这才把两人拉开了。

这件事发生后，江亚林便单独支灶，和我们分了伙。不久，吴黎明来下塘集了。吃饭时，他看江亚林单独开火，便有些奇怪："这是怎搞的？没听说江亚林有忌口啊？"

"他是嫌我吃得多。"正在灶下烧火的沈小东插话道。自打江亚林分灶之后，沈小东的"便秘"便有所好转，烧饭时也不再跑茅坑，有些活儿也主动干了。

"嫌你吃得多？"吴黎明有些不明白，我连忙让他打住。等到江亚林不在屋里了，我才把事情的原委告诉他。吴黎明一听笑了："就为这？哎哟，好大事啊。"接着又说，"要是我能来，就没这些事了。我吃得少，正好和小东匀一匀啊。"沈小东听了便说："啥匀不匀的？就是多拿点钱又有哄？我只是气不过，这瘪三太抠门了！"

沈小东这样说，倒也是实情。他并非小气之人，况且家里条件好，父母都是老干部，工资也高，钱他根本不在乎，只是江亚林这样做的方式让他接受不了。自打跟江亚林分灶后，他便常常掏钱买肉给大家开荤。有时还故意拿肉喂狗，说是狗还念人好，但某些人连狗都不如。这话当然都是说给江亚林听的。每当这时，江亚林便装作听不见，他吃过沈小东的苦头，知道这公子哥不好惹。

吴黎明每次来下塘集，自然是跟我们搭伙。这家伙勤快，爱烧菜，我们下地干活，他便在家当厨子，还变着花样烧给我们吃，让大家赞不绝口。武大和武二都说，你干脆不要走了，就在我们这里当个编外知青算了。大家都说好啊，可我心里却一百个不愿意。因为吴黎明一来，就和我捣腿①，他那双脚奇臭无比。我每次都特地烧了水，还让他打肥皂反复搓洗仍然臭气熏天，大约是积"臭"难返吧。我说："你这脚怕是在家从没洗过吧？"

"洗它干吗？"吴黎明满不在乎地说。

"这味儿太大了。"

"我怎么一毫毫②都闻不到？"吴黎明说着还把脚跷到鼻子底下闻了闻。

我说："你他妈的少恶心人了，碰上你这样的人，我算是倒了血霉！"

吴黎明嘿嘿笑道："好大事啊！"

这样一来可真把我害苦了。每晚睡前，我都要深呼吸，憋上一口长气。那日子简直是活作孽。于是，我不得不想点子，开导吴黎

---

① 捣腿：合肥方言，指同性睡一张床。

② 一毫毫：合肥方言，一点点。

明，让他早点离开。

“伙家，”我说，“我们每天下地，你一个人不着急吗？”

“不急。”

“你出来这么些天，你爸你妈就不管你？”

“他们才不管哩。”

“那你也该回去看看吧？”

“有哄看的？”

“也许他们想你了？”

“才不会哩。”

我的个亲妈啊！不论我如何引导，吴黎明死活油盐不进。我说了半天等于白说，吴黎明根本不想走。我实在百思不得其解，这么个破地方有哄个值得留恋的？

有一天，吃完晚饭，吴黎明在洗碗，我坐在一边拔烟。吴黎明突然说：“听说贾玲玲她们就离这儿不远？”我说：“是啊。”吴黎明说：“我们去看看吧？”

“有哄好看的？”

“都是同学嘛。”

“同学多了去了，你看得过来吗？”

吴黎明不说话了。

我弹了弹烟灰说：“你不说我还忘了，贾玲玲可是恨透你了。你别吃饱了撑的，自找不自在。”

吴黎明说：“好大事啊，这事都过去了。”

“人家可没忘。”

“这你就不知道了吧,”吴黎明忽然得意地说,“我和玲玲又讲话了!”

“玲玲?”我诧异地看着他,这称呼也太亲密了吧!吴黎明似乎意识到了不妥,连忙更正道:“我是说贾玲玲。”

“她不是一直不睬你吗?”我说,“怎么又讲话了?这是哄时候的事啊?”

吴黎明说:“就是下放前,我到一中讲演回来,《安徽日报》登了我的事迹,刘组长让她把报纸送给我。就是那次,她和我说话了。”

“都说了哄?”

“她说,吴黎明你真不简单,你是毛主席的好学生,我要向你学习。”吴黎明一边学着贾玲玲的江淮普通话,一边声情并茂,神采飞扬。

看着他那副自我陶醉的样子,我忽然反应过来了:“伙家,搞了半天,你装神弄鬼,又是闹着要下放,又是来看我们,原来全是假招子。你他妈的一肚子坏水,全是冲着贾玲玲来的。”

吴黎明被我揭了老底,有些不好意思,急赤白脸地说:“扯,扯,你少扯!”

我说:“你老实交代,别打马虎眼,你要不说实话,就别想见到贾玲玲。”

吴黎明眯缝起那双一大一小的眼睛,用讨好的语气说:“伙家,这事可不能糟扯,这要传到贾玲玲耳朵里那还得了?”

我又好气又好笑,指着他的鼻子说:“你呀,你他妈的就一个字,贱!”

3

贾玲玲她们那个知青点离我们的点约有五里路，我们晃晃悠悠，一个多小时就到了。出发前一天，围绕这件事还闹了一点不大不小的风波。当时，我提出去贾玲玲她们那里玩，武大、武二首先响应。这二位为人随和，喜欢热闹，一听说出去玩，都屁急急地说好。沈小东却兴趣不大，说是过两天就逢集了，还是集上热闹，到时他请大家下馆子撮一顿。吴黎明说："赶集归赶集，先去看看同学，好久不见了。"沈小东不置可否，躺在床上，架起腿，吹起口琴。就在这时，一直没吭声的江亚林突然说话了："要去你们去，我不去！"看着他那副气鼓鼓的样子，我一时间愣住了，心想谁又招他惹他了。正摸不着头脑时，只见沈小东一个挺身从床上坐起来："毛主席教导我们，凡是敌人反对的，我们就要拥护。去，我本来不想去，现在非去不可了。明天就去。"

江亚林气得直翻眼，又拿沈小东没办法，孤自憋了一会，忽然冲着我发起火来："高学贵，你闲得蛋疼，不操事能死啊？"

我说："呔，伙家，怎么了？怎么冲着我来了？"

吴黎明说："是啊，是啊，好大事嘛。亚林、亚林，别生气，有话慢慢说。"

"滚，你给我滚，"吴黎明不说话还好，一说话江亚林更是火冒三丈，话锋一转，直接朝着吴黎明去了。"我还不晓得你！你是居心叵测，癞蛤蟆想吃天鹅肉，也不撒泡尿照照自己？"

这话越说越离谱了！别人听不明白，沈小东却听明白了。他从床上跳下来说:“别人是癞蛤蟆,你是哄个?我看你连癞蛤蟆都不如,简直就是一摊臭狗屎!”

江亚林挨了骂,气得浑身发抖。为了保持尊严,他迅速向后退了两步,以确保与沈小东之间的安全距离,然后拿起架势回击道:“狗嘴里吐不出象牙,说别人臭狗屎,自己就是臭狗屎!”

沈小东冲上来,右手捏起拳头,左手指着江亚林说:“你敢再说一遍?”

眼看就要打起来,我和吴黎明赶紧上前抱住沈小东,武大和武二也拉开江亚林。江亚林一边向外走,一边不失气节地咕哝道:“我为什么要再说一遍?你叫我说我就说啊。我才不说哩,别以为我怕你!”

这场争吵来得有些莫名其妙。事后,武大武二都来问我,出了什么事,怎搞没头没脑地就吵起来了。吴黎明也说是啊,江亚林怎搞的,发哄神经啊!我也不甚明了,直到沈小东告诉我原因,才有所省醒悟。

“这是真的?”

“那还有假。”

“你是说江猴子和贾玲玲搞上了?”

“搞上没搞上,不敢说,”沈小东说,“反正他俩一直在通信。江猴子鬼得很,在班上就开始打贾玲玲的主意了。”

我仍然有些将信将疑:“通信?我怎搞不知道。”

“嘁,”沈小东说,“谁像你呆儿巴痴的!他们精得很,贾玲玲来信从来不写地址,只写‘内详’二字,一般人哪会发现?”

"哦。"听他这么一说，我倒想起来了。江猴子来信中确有不少信封上只注着"内详"二字的。我曾问过江亚林，这内详哪来的，怎么这么多？江亚林含糊其词地说，是他哥寄来的。我倒信以为真了。沈小东说："他骗得了你，骗不了我。你看看那邮戳不就看出来了，都是当地邮局的。"

"嘿，这家伙装神弄鬼的，蛮有一套啊。"

"所以说，"沈小东分析说，"你们要去看贾玲玲，尤其是吴黎明，他就不快活了，明白了吧。"

"嗨，我说，伙家，你怎搞不早说？这回砸蛋了，江猴子要恨死我了。"

沈小东说："让他恨好了，小小寰球，几只苍蝇碰壁，你怕他个鸟啊！"

第二天，我们如约出发。江猴子简直气疯得了。从早上起来就对我们鼻子不是鼻子，脸不是脸的。尤其是对我这个始作俑者更是视而不见，也不和我说话，就像那回考试我和吴黎明并列第一一样，一副苦大仇深的样子。可吴黎明偏偏不长眼色，这时反倒劝说江亚林，说亚林还是一起去吧。没想到江亚林勃然大怒："吴黎明，你他妈的有多远给我滚多远！"他大声吼道，那副穷凶极恶的样子把吴黎明吓了一跳。

我把吴黎明拉到一边说："你就省省吧，少说两句。"

"怎搞的？"他一副懵懂的样子。

我说："还不是因为你。"

"我？我怎搞的？"吴黎明还是不明白。看着他那副理不清头绪的样子，我忍俊不禁，说："好了，好了，不说了，说也说不清楚。"

吃过早饭，我们就出发了，一路上打打闹闹，引吭高歌。一会是"喀秋莎站在峻峭的岸上"，一会是"田野小河边红莓花儿开"，早把昨晚的不愉快丢到了脑后。

贾玲玲她们知青点共有六个女生，听说我们来了，都从田里回来了。同学们多日不见，虽说下塘集离合肥很近，也算是他乡遇故知，有了几分西楼望月的欣喜。女生们端出花生瓜子，泡了茶招待我们，相互说了很多有趣的事。过了好一会儿，贾玲玲才问："哎，江亚林怎么没来？"我刚想掩饰，沈小东抢在了前边说："人家不肯来。"

"为什么？"贾玲玲问。

"作古弄怪呗！"

我们都笑了起来。贾玲玲一头雾水，但也不好问，便也跟着笑了。一个女同学说："江亚林不来，有人要失望了。"

"别瞎说！"贾玲玲的脸唰地红了。

吴黎明坐在一边，浑然不解，拉了我一下说："哄意思？他们哄意思？"我说，他们在说江亚林和贾玲玲。"他们怎么了？"吴黎明还是没反应过来。我说："你歇吧，哄都不明白，和你没法说。"沈小东扭过头来，拍了一下吴黎明的肩膀，打趣道："好大事啊，搗叽叽的！"引来哄堂大笑。

烧饭的时候，吴黎明自告奋勇，主动请缨。女生们说："到我们这里了，哪能让你动手？"可我们强烈推荐好大事，说他手艺不错，快赶上食堂的大厨了。女生们说，真的啊，那就让他露一手。吴黎明高兴得不得了。刚才大家谈话的时候,他被冷落在一边,谁也没有注意他,他也插不上话,不禁有些扫兴。这一下,总算有了露脸的机会,不禁欣喜异常。更让他高兴的是,贾玲玲主动提出烧火。他屁颠颠的,乐得嘴都合不拢。烧菜的时候,他不停地和贾玲玲说话,贾玲玲开心地笑着。她说:"吴黎明,过去我对你有偏见,其实我发现你这人挺赞①的。"受到贾玲玲的夸奖,吴黎明一下子找不到北了。兴奋之下,烧肉的时候放了三次盐,把大家齁得够呛。女生们埋汰说:"真会逗猴,就这手艺也敢说好啊?"吴黎明连连道歉,就在这时,江亚林忽然出现了。

女生们一见都说:"江亚林,你怎么才来啊?"贾玲玲也站了起来说:"你还没吃饭吧?我给你盛一碗,一起吃吧。"

"不吃!"江亚林气鼓鼓地说,"你出来,我有话对你讲。"

女生们哧的一声都笑了,贾玲玲有些难为情。"什么事?"

"出来说。"江亚林扭头先走了出去。

女生们起哄道:"嗷,去吧,快去吧。"

贾玲玲红着脸走了出去。我看着她的背影,对沈小东嘀咕了一声:"出了哄事?"沈小东说:"管他哩,咱吃咱的。"说着端起酒杯,招呼大家:"来来来,为友谊、为青春干杯!"众人一起响应。

一杯酒下了肚,沈小东拍着桌子唱起来:

我们再见吧,亲爱的妈妈,
请你吻别你的儿子吧。

---

① 赞:合肥方言,凡是好的都可以用这话来形容。

再见吧，妈妈，

别难过，莫悲伤，

祝福我们一路平安吧。

大家也跟着一起唱起来。刚唱到兴头上时，一个女生从外边慌慌地跑进来，说："不好了，吵起来了，他们吵起来了，快去看看吧。"

我们一起拥向门外，只见河边上江亚林和贾玲玲正在争吵。远远地听见江亚林说："你走不走？"

"不走。"

"你可想好了。"

"亚林，别这样，都是同学嘛。"

"那好，随你的便吧！"江亚林说完这话，转身就走。贾玲玲喊道："亚林，亚林，别这样……"可江亚林理也不理，走远了。

我走了过去，问贾玲玲出了什么事，贾玲玲说："没什么，他这人就这样。走，走，咱们接着吃饭。"

回到饭桌上，大家再也没了情绪。酒也不喝了，歌也不唱了。沈小东一头恼火，说："这家伙真少见，我就没见过这么讨厌的。"我用手戳戳沈小东，让他少说两句。沈小东正在气头上，把我的手一拨："你少和稀泥，贾玲玲，我有话就说。这种人，我劝你一句，趁早歇。"

贾玲玲听了这话，脸色有点难看。我赶紧把话题岔开说："哎哟，好大事啊，捣叽叽的，吴黎明你说对吗？"

吴黎明傻乎乎地笑着:"对,对,好大事啊!"

4

这件事过后,好长时间再也没见到江亚林接到信封上写着"内详"的来信了。我估计八成是他和贾玲玲吹了。吴黎明还是时不时地来我这里玩。有一次,我把这事告诉他,他显得很兴奋。"这就对了。"他说。

"对什么?"我不知他是哄意思,便问了一句。吴黎明说:"他配不上她。"

"你说江猴子?"

"可不就是。"

我看他那副得意的样子,便提醒他说:"呔呔,伙家,别一刀砍了鼻子,不知前后了。他配不上,你以为你就能配上啊?"

"我可没这么说。"

"还用说吗?都写在脸上了。"

吴黎明嘿嘿笑着说:"扯,你就扯吧!"

那段时间,吴黎明只要一来下塘集,非去贾玲玲她们那里不可。有时我们要下田,他就自己一个人去。不仅带去好吃的,而且还乐此不疲地帮女生们烧锅、刷碗、挑水、扫地,快成人民子弟兵了。除了这些,他还有一大特长,便是会讲故事。他看过的书不少,而且想象力丰富。他把外国的《基督山伯爵》和中国的《三国演义》《说唐》什么的扯在一起,海吹胡侃,让女生们云里雾里的,欲罢不能。只要一段时间不来,女生们便会念叨他,说吴黎明哪去了,怎么不来了。为此,吴黎明十分得意。

慢慢地,吴黎明在穿着上也开始讲究起来,不再像以前那样邋邋遢遢,头发上也打了发蜡,梳成小分头,油光光的。不过,脚还是很臭。我说:“伙家,你是顾头不顾腚,驴屎蛋子表面光啊。”吴黎明眯缝着眼睛,笑眯答痴地说:“你这人哪来那么多穷讲究?”我说:“你要不和我捣腿,我才不管你哩。”吴黎明龇开嘴,露出牙花说:“伙家,别这么计较好不好?”

江猴子恨死吴黎明了,不止一次地骂他是“骚猪”“烂货”,可吴黎明根本不在意。他说:“好大事啊,让他骂吧。”

不过,看着吴黎明一副春风得意的样子,我倒为他担心起来。尽管江猴子骂他癞蛤蟆想吃天鹅肉,这话有些过了,但也不无道理。他和贾玲玲差距太大了,贾玲玲也根本不会看上他,这是明摆着的事。然而,当局者迷。别人都明白,唯有他不明白。作为老朋友,我不能眼睁睁地看着他在危险的道路上越走越远,于是便警告他说:“你可别当真了!”

“哄意思啊?”

“伙家,你少给我揣着明白装糊涂。我是说,你和贾玲玲,根本没戏。”

吴黎明听了我的话,神情有些黯然,但很快脸上便又恢复了那副无所谓的样子:“好大事啊,我又没想怎么样!”

“那你干吗总赶着往那跑?”

吴黎明说:“我只是觉得和她在一起,挺开心的。”

“那好,”我见他这样说,便打住话头,“你自己把稳毫着,不要稀里糊涂掉塘里,到时别怪我没有提醒你。”

三抢过后,农时渐渐清闲下来。沈小东和武大、武二先后回合肥了。知青点就剩我和江亚林了。有一天聒蛋[①]时,江亚林向我透露,他准备走了。我说去哪啊,他说去肥西。“我爸找到一个熟人,是肥西知青办的,他答应接收我。”

“沈小东这个王八蛋,”他咬着牙说,“我实在受不了,一天都不想再看到他。”

我安慰他说:“你这是何必呢! 大家同学一场,也不容易。合肥话说得好,大舅舅二舅舅,有时就得俩舅舅(就就)。”

“就? 就他个头!”江亚林眼一翻,说,“我和谁都能就,就是不能和他就。还有那个吴黎明,都是哄东西啊!”江亚林越说越气,“这个骚猪王八蛋,鬼迷了心窍,就他那样子,哪个女人会喜欢? 就他还不知趣,整天邪屁魍魉地想打贾玲玲的主意,真是不知天高地厚。”

我解释说:“吴黎明没那意思,不过是闲在家里难受,跑来玩玩而已。”

“这是他说的?”

“是啊。”

“这话你也信?”江亚林摇着头说,“矮子矮,一肚拐,这骚猪人小鬼大,总有一天,我会收拾他。”

江亚林说到做到,没几天还真把吴黎明给收拾了。要不是我及时赶到,吴黎明可就惨了。就在我和江亚林聒蛋后没几天,吴黎

① 聒蛋:合肥方言,闲谈。

明又来了。这一次，沈小东和武大、武二都不在，江亚林觉得机会来了。中午，我去挑水回来，刚进灶间就听见屋里传来打斗声，我连忙放下水桶跑进去，只见江亚林压在吴黎明身上，双手死死地卡住他的脖子，嘴里咬牙发狠："骚，我叫你发骚……"吴黎明手脚并用，像一只被掀翻了的小狗，四肢徒劳地在空中划拉着，拼命挣扎。我冲上去，一把抱住江亚林，把他拉开。吴黎明剧烈咳嗽着，大口喘着气，脸上湿乎乎的，不知是眼泪还是口水。

我有些生气了，看着江亚林说："你这是干吗啊？这也太欺侮人了，有本事你去和沈小东打啊！"江亚林自知理亏，不说话，捎着头走了出去。

我打来一盆清水，让吴黎明洗一洗，然后问他怎么回事，他说是江亚林先找碴，骂他是骚猪，还让他保证今后不再去找贾玲玲，"凭哄啊？他算老几啊？"吴黎明不服气地说。

我说："伙家，好汉不吃眼前亏，你这下亏吃大了吧？"

吴黎明摸着被卡得发紫的颈脖子说："我也没便宜他，狠狠地捏了他一把蛋，痛得他清嘶鬼叫。"我扑哧一声笑了："没想到，你还有这一手！"

吴黎明说："我当时心软了，听他一叫便松了手，不然非捏死他不可。"说着，他伸出瘦格郎精的细胳膊在空中狠狠一抓，那模样像是要把地球捏碎似的。

自从那次打架之后，吴黎明好长时间不来了，我以为他是怕江亚林再操事，吴黎明说："才不是哩，我怕他？我捏不死他。"后来，江亚林转走了，我告诉他，他还是没来。我好生纳闷，贾玲玲有一次见了我也问我，吴黎明搞哪去了，怎么不见影了。

秋天到来时，我因母亲生病回了一趟合肥。巧得很，有一次傍晚在路上竟然遇上吴黎明了。我说："你这是干吗去？"他说："刚下班。"

"下班？"

"是啊。"吴黎明拍了拍身上的工作服，上面印着"合肥宏光无线厂"字样。我说："你招工了？""可不是。"吴黎明说。

"嘿，踌起来了。"

"就那回事吧。"

"瞧你烧包的，别和我来这套。"

吴黎明说："好大事啊，捣叽叽的。"

"什么工？"我又问。

"搬运工。"吴黎明做了个推车的动作。

"这是什么时候的事？"

"才上一个星期，还没来得及告诉你们。"

"难怪你不去我们那里了。"

"那倒不是，就是不想去了。"

"这是为哄啊？"

"也不为哄，就是感到不赞。"

"噫，这话怎讲？哄叫不赞啊？难道我们得罪你了？"

"没没，这倒没有。"

"那是为哄？"

吴黎明望了望我，像是思考下边的话该不该说。过了一下，才开口道:“我这话只对你说,贾玲玲这人不地道。”

这话让我有些意外。他时不时地去我们那里,不都是为了接近贾玲玲,怎么几个月不见,就反目成仇了!我说:“这是怎搞的?贾玲玲哪块得罪你啦?”

吴黎明咂着嘴说:“她和江猴子是一路货色。”

我说:“不会吧,他们俩听说闹翻了。”

“才没哩。”

“你怎么知道?”

“我当然知道。”

“不会吧,贾玲玲前几天还问到你。”

“你就拿我逗猴吧。”

“逗你是小狗,不信你问沈小东。”

“歇,歇吧,”吴黎明说,“这个女人没脑子,早晚要害在江猴子手上。”

又说了一会话,时候不早了,便分手而别。我和吴黎明约好了过几天去他们厂里玩。我说沈小东也回来了,要么让他也一起去。吴黎明说好啊。第二天,我去找沈小东,说起这事。沈小东说:“这家伙真是有狗屎运,好事一样没落下。”我说:“他让我们去厂里玩,咱们一起去吧。”沈小东歪在沙发上,嘴里拔着烟,说:“那个破厂,有啥玩头?我可没那闲工夫。”沈小东就是这样,常爱摆谱,处处拿出高人一等的模样。虽然我和他关系不错,但有时也烦他。

既然他不去,我便自己去了。吴黎明听说我来了,屁颠颠地跑到大门口来接我。他领着我来到仓库——吴黎明的工作地点就在这里，远远看去，不少人正在往车上搬货。我们刚走过去，一个黑不溜秋的中年师傅便冲着吴黎明喊："你死哪去了？一车间正等着送货哩！"吴黎明说："好哩，我这就送去。"说着，推起一车货，扭头对我说，"走，一起去。"

我和他一起把货送到一车间。回来的路上，他便领着我四处参观。宏光无线电厂当时生产一种收音机，叫"舵手牌"，市面上很畅销，价格也不菲，三十多元钱。我说："你怎搞没弄一台？听说职工有优惠哩。"他说他才不要哩。

"太贵了，顶我好几个月工资了。"吴黎明说，"有那钱，我装好几台了。"

我说："你会装？"

他说学呗。

"哼，你就扯吧！"我不以为然地说。

吴黎明每天的工作十分简单，就是从仓库里往各车间送货，最后再把生产好的产品打包、堆放或装车。虽然也是体力活，但比我们下田好多了，而且工资并不低。虽说是学徒，现在只拿六元钱，可只要一转正，那就是三十二元。

"这人比人，气死人啊！"我说，"我们日晒雨淋，一天下来，苦巴巴的，裤带都拢断得了，也就是毛把大钱。"

"那是啊，谁叫咱是工人阶级哩，这能比吗？"吴黎明撇着嘴说。

看着他那副不无得意的样子，我臭他说："看你美的，当初不知是谁拾拾弄弄地还闹着非要下去哩。"

吴黎明咧开嘴巴说："哎呀，这事多亏了我爸，要不可就砸蛋了。”

我们一边走，一边拉着呱。又送了几趟货，上午的活就干完了。吴黎明带我来到更衣间，里边三三两两地坐着一些工人，有的在聒蛋，有的在下棋，有两个女工坐在纸盒上打毛线。房子里烟雾缭绕。吴黎明拉着我逢人便介绍:“这是我同学。”我从口袋里拿出一包“渡江”烟，不停地散着。有人看了看牌子，说“渡江”啊，这烟不错，便都友好地冲我笑着。

吴黎明走到他的更衣柜前，打开柜门，从里边掏出一个白色的搪瓷把缸，上边印着“宏光无线电厂”字样，帮我倒了一杯水。“没茶叶，你将就点。”他说。一上午没喝水，本来我还有些口渴，可一看他那把缸脏兮兮的，像是八百年没洗过，只好忍住了。

“你怎么不喝啊?”

“不渴，我不渴。”

“你不渴，我还真渴了。”吴黎明端起把缸，咕咚地喝了两口，喝完之后还咂巴咂巴了两下嘴，让我愈加口渴难耐，心想，这个生猪，咋就不生病呢!

快到吃中饭时间了，我起身告辞，吴黎明死活留我，说他们食堂的饭菜不错，让我也尝尝。盛情难却，我便留了下来。

吴黎明买了两菜一汤，一份红烧肉圆子，一份猪肉炖粉条，还有一个西红柿鸡蛋汤。我们吃得很过瘾，心想到底是拿工资的，就是不一样。然而，吃完饭，回到更衣间我才发现吴黎明留我吃饭原来是包藏祸心。他趁人不备，将一个纸包塞到我怀里，“这是哄?”我说。

“嘘!”吴黎明做了个噤声的动作,然后鬼鬼祟祟地四下瞅瞅,“别吱声。”接着又把一个纸包塞进自己的怀里。“走,我送你出去!”

“这到底是哄啊?”

“零件。”

我一下明白过来了:“你这是偷……”

“嘘,别吱声!”吴黎明用手压在嘴唇上,左右看看,“没事的。”

我说:“这要抓住怎搞?”

“你怕什么? 有我哩。”

可我打小就没做过这样的事,心脏不禁扑通乱跳。吴黎明显然是老手,一副沉着镇静的样子。快到大门口时,只见传达室的老头站在铁门前一边拔烟,一边东张西望。吴黎明说:“烟还有吗?”

“什么?”

“烟。”

“噢,还有几支。”

“给我。”

我把烟掏出来递给他,手一个劲地发抖。吴黎明小声说:“别抽风了,不会有事的。”我说:“你他妈的别害我!”吴黎明说:“好大事啊。”

说话间,已来到大门前。吴黎明老远地就喊:“张师傅,吃没吃?”那个叫张师傅的看门老头并不搭理,他扭过脸来睺①着我们问:“这是搞哄去?”

---

① 睺:合肥方言,看,盯住,注视。

"哦,我送送同学。"吴黎明一副轻松自然的样子。

张师傅掉过目光,用狐疑的眼神瞅着我。我心里一阵紧张,下意识用手捂了捂肚子——那包零件就藏在衣服下边。

吴黎明掏出烟说:"来来来,张师傅拔一根,'渡江'的。"

张师傅接过烟,放在鼻头下嗅了嗅,然后二话未说便让开了身子。出了大门,我拔腿就跑,生怕有人追上来。吴黎明气夯八喘地跟在后边,连声叫道:"你跑哄个?跑哄个?"

跑了一段后,看看没事,我便停了下来。吴黎明喘着气跟上来说:"你想累死我啊?"我说:"你他妈的胆子也太大了,黑七糊三①的哄事都敢干。"

"没事的,"吴黎明笑着说,"我每天下班都要顺一点。"

"顺?"我说,"伙家,你倒说得轻松,这不就是偷吗?你偷这干吗?"

"装收音机。"

"你会装?"

"这不难,找几本看看就会了。"说着,他从怀里掏出自己的那个纸包,"这些你先拿着,我还要上班,回头下班了我去你家里拿。"

"你他妈把我当同案犯了?"

吴黎明喊了一声:"好大事啊,瞧你。放心吧,伙家,我不会亏待你,等我装好了,送你一台。"

我说:"歇了吧,你就随嘴扯吧。"

---

① 黑七糊三:合肥方言,不管不顾。

5

元旦前夕，武大从合肥回来了，说是见到吴黎明了，他有事找我，让我回合肥后就去找他。我问他哄事，武大说吴黎明没讲。我也没有当回事。过了一段时间，生产队要买手扶拖拉机。这玩意儿当时很紧俏，生产队长便让我和沈小东回合肥找人批计划。

回到合肥办完事，有一天我忽然想到吴黎明，吃过晚饭便骑着脚踏车去找他了。吴黎明的家住在搬运公司宿舍。宿舍不大，有两排红楼。吴黎明家在红楼后边的平房里。房子很小，只有两间，一间堂屋，一间卧室。原来吴黎明就睡在堂屋里，后来吴黎明他爸找人在后边院子里搭了两个披厦，一个烧饭用，一个便让吴黎明住。吴黎明妈正在门前喂鸡，见到我很热情，一边向我打招呼，一边扯着嗓子喊："大头啊，来同学了。"

大头是吴黎明的小名。听到喊声，吴黎明便从后边伸出头来："学贵啊，来，快来。"说着便招手让我进去。我来到他住的那间披厦。房子很小，只有十来平方米，里边放了一张床和一张桌子，剩下的场地就不大了。屋子里乱七八糟，到处都堆着东西。我一走进去，一股熟悉而又久违的脚臭味便扑面而来。我用手扇了扇，吴黎明也不在意。"别讲究了，"他一边说着，一边用手在床上扒拉出一个空场，说，"坐吧坐吧。"我说："你找我有事啊？"

"是啊。"

"哄事啊？"

"好事啊。"

我说:“你能有哄好事啊?”

吴黎明嘿嘿笑着,手忙脚乱地收拾起桌子。我这时才发现他的桌上堆满了各种无线电零件,还有烙铁什么的。我说:“这都是你顺来的?”

他眯起眼睛,一副颇有成就感的样子,接着从床底下拖出一个纸盒子,从纸盒中搬出一个收音机垛在桌上。“看看怎么样!”

“这是你装的?”

“你说呢?”

他脸上开着花,用手拧开旋钮,收音机里便传来唱歌的声音。又一拧,里边又传来样板戏的唱腔。“能收十几个台哩!”他不停地拧着,调着台,一副能过过的样子。

我有些惊讶地看着他,说:“伙家,你还真鼓捣出来啦?”

他撇撇嘴说:“好大事啊,小菜一碟。”

我说:“乖乖隆地咚,青菜炒大葱,你小子行啊!”接着便凑过去调起台来。吴黎明坐在一边,看着我说:“喜欢吗?”我说:“有毫赞。”

“喜欢就拿去。”

“真的?”

“那还假了? 你马上就搬走,我说过不会亏待你。”

我一阵欣喜,说:“你找我就这事?”

“是啊。”

“伙家,够朋友!”我说,“我原以为你就是随嘴一扯,没想到你还真当回事了。”

“那是啊，我吴黎明是哄人？男子汉大豆腐，说话算话。”他拍了拍胸脯，接着又说，“我装的这个比厂里生产的还要高级，能收到《美国之音》哩。”

我说：“这不是敌台吗？抓到可就是现行犯。”

吴黎明眨了眨眼睛，不无狡黠地说：“你是孬子啊？干吗要让人抓到啊？”

我把收音机搬回家后，家里人都说这机子装得不错，外表虽差点，但音质却比买的还要强。“你这个同学不简单啊。”我母亲夸奖道。

我说：“你还记得吗？就是那个闹着要下放的，叫吴黎明。”

母亲说：“这人不是脑子有问题吗？”

我说：“这事说不好，他有时拾拾弄弄，不一当起来，让人哭笑不得；可有时聪明起来，谁也搞不彻他。”

我姐插话道：“也许是哪根筋没通。”

我说有可能。

母亲说：“还有这种人，真是怪了。”

我回知青点后，把收音机也带去了。武大和武二见了都说好，让我给吴黎明说说，也给他们装一台。我说这没问题啊，不过可能要收点材料费。因为吴黎明对我说过，有些材料可以从厂里顺，但有些却顺不出来，像机壳什么的，体积太大，就比较难办。我把这些给武大、武二解释了一下，他们也认为的确如此。

“不过，材料费并不贵，”我说，“比在外边买还是便宜多了。”他们问多少钱，我说，“十元左右吧。”他们都说好，让他装吧。

“小东,你要不要也装一台?”我扭过头来问沈小东。他正躺在床上看《金光大道》,眼睛也没抬便说:“那破玩意有哄装头?我家里有两台上海‘红灯牌’的,比这还不强十倍?”

武大说:“那可不一定,这个能收到《美国之音》哩,你那个行吗?”

沈小东放下书,说:“我收那个干吗?抓到螺丝岗去哭都来不及。”螺丝岗是合肥看守所的所在地,专门关犯人的。

武大听他这么一说,便不吭声了。我说:“好了,好了,人家小东有‘红灯牌’的。不稀罕,那就算了。”

春节前,我们返城过年。我和武大、武二约好了,一起去找吴黎明。到了搬运公司宿舍老远就看见吴黎明家门前围了好多人,叽叽喳喳正议论着什么,好像出了什么事。我们下了脚踏车,锁上车,支好车架便挤了进去。屋子里一片狼藉,吴黎明他爸吴师傅正在骂人:“这个蹚炮子的枪冲的,我们吴家祖宗八代的脸都被他丢尽了!”吴黎明的妈在一边抹着眼泪。我问门口看热闹的人这是怎搞的。有人说,派出所来人抄家了。还有人说,是大头出事了。我们吓了一跳,连忙进屋叫了一声伯父伯母。吴师傅哼了一声说:“走走走,你们以后别来找他了,我也没这个儿子。”吴黎明的妈说:“你发哪门子神经?这事和他们有哄关系?你不分青红皂白,端起三眼枪就冲。”说着连声向我们赔不是。我说:“究竟出了什么事?”吴黎明的妈脸上又淌起“麻油”:“这回砸蛋了,事情搞大了。”她一边哭,一边说。说了半天,我们总算搞明白了,原来吴黎明从厂里“顺”零件,被保卫科抓住,送到派出所去了。“这回砸蛋了,”吴黎明的妈说，“看看，东西都被抄走了。”她把我们带到吴黎明住的那间披厦里，果然，桌上零件，还有烙铁什么的都不在了。

“这可怎搞啊？”吴黎明的妈说，“我们哪晓得这是他偷的？要是早知道，他爸能不管吗？现在出了这事，我们的脸都没场搁了。”

说着，吴黎明的妈又呜呜地哭起来：“这可怎搞啊！眼瞅着就要过年了，这要把大头关起来，这年还怎过啊！”

我们连忙劝她，让她不要急，我们帮着找找人，看能不能把吴黎明弄出来。吴黎明的妈感激不尽，说：“我们没权没势，也够不到人，你们都是他的同学，无论如何要帮着想想办法，起码让他先出来把年过了。”

离开吴黎明的家，我们便骑车直奔公安厅宿舍去找沈小东。沈小东父亲是公安厅的副厅长，虽说已经靠边站了，但毕竟是老厅长，关系还不少。我们到了沈小东家里，他正在与他弟弟下象棋，看到我后便说：“学贵，你来得正好，我们杀两盘。”

我说：“你们下吧。”

沈小东说：“他不行，棋太臭，还是你来。”

他弟弟显然早就不想下了，连忙起身让我。我说：“小东，现在不是下棋的时候，我有事找你。”

“哄事？有话我们边下边说。”他一边掏烟散给我们，一边摆起棋子。我把吴黎明的事对他一说，他说：“活该，早该让他去螺丝岗了。这家伙太走运了，让他吃点苦头也好。”

我说：“伙家，不能这样搞啊，你这不是见死不救吗？”

沈小东说：“死不了，这种事关几天就会放人，我还不比你们清楚?”

我说:“这不要过年了嘛,他爸他妈急死了,你就帮帮忙吧。”武大和武二也帮着求情。沈小东这才说:“那好,我来给老爷子说说吧。”

当天下午,派出所便放人了。我得到消息,便赶到吴黎明家。吴黎明模样有点萎,一看到我就说:“他们真打哎!”他指的是派出所。“我一进去,就让我交代。我起头还不承认,一个老警上来就拟我两板脚,”他指了指胸前,“就朝胸门口拟唉,痛得我直喊妈,直到现在肋巴骨还生疼。他们还把我的手扭到背后,让我坐飞机。真是太土匪了!”说着,他又站起来比画了一下那个动作,“伙家,你是不知道,那样搞法是人都受不了。”

我说:“你全交代了?”

“不交代能行吗?”吴黎明无可奈何地说,“不过,还算好的,没送螺丝岗。真要送去,那亏就吃大了。”

我说这事是沈小东老爷子帮的忙,他给派出所打了电话。“难怪哩,”吴黎明说,“他们本来说要送我去螺丝岗的,后来又说我是初犯,让保卫科把我接回去了。”

“那现在怎搞?”

“还能怎搞?保卫科说了,让我先回家,等待处理决定。”

“估计会怎处理?”

“这就不知道了,”吴黎明说,“严重的话,搞不好要开除。”

“开除?”我说,“那不砸蛋了?你今后怎搞啊?”

“我哪知道?”吴黎明神色有点黯然,过了一会,他又说,“我倒没什么,就是我爸我妈要伤心死了。”

听他这样一说,我也为他难过。吴黎明这时突然说:“好大事啊,捣叽叽的,随他去了,大不了跟我爸拉板车去。”说这话时,他又恢复了以前那种似笑非笑的样子。

春节转眼就快到了,家家都忙着打年货。那时候物资紧缺,年货不仅要凭票供应,还要排长队。这天一大早,我便去菜市场排队买年货。排到中午了,我姐便来换我回去吃饭。刚到家,只见吴黎明兴冲冲地跑来了。我看他满脸彩头的样子,说:“看你嘴龇的,捡到金元宝啦?”

吴黎明说:“伙家,这事你做梦都想不到!”

“什么事?”

“我去技术科了。”

“技术科?这是咋回事?不是要开除你吗?”

“可不是,我也没想到。”吴黎明告诉我说,前几天他接到通知,去厂保卫科接受处理,没想到老厂长来了。“他指着桌上的收音机问我:‘这是你装的?’我说:‘我就是爱好,家里没钱,便顺手牵羊,犯了错误,如今后悔极了,希望宽大处理。’这话都是我事先编排好的,本来是要说给保卫科听的。老厂长听了之后,便一摆手说:‘给他零件,让他再装一个看看。’他大概是不相信我能装出来。没想到,我几弄几不弄就给他装出来了。而且这次用的都是好零件,那质量当然没话说。老厂长听了听,说:‘这家伙是个人才啊。’

“后来他就提出让我去技术科。老厂长是个三八式的老干部,‘文革’开始前被打倒,现在又被解放了,进了厂革委会,做副主任,专门抓生产。开始，厂里有的领导，还有保卫科都不同意，说这样的人不处理，还要重用，那不把厂里的风气都带坏啦！老厂长说，谁说不处理了？处理归处理，使用归使用。于是给我一个警告处分，同时把我调到了技术科。”吴黎明一边说，一边嘴龇得像个葫芦瓢似的。

我说：“你他妈的，这是吃屎吃出豆子来，走屎运啊！”

6

1971 年冬天，我和沈小东分别找关系参了军，离开了农村。沈小东去了东海舰队，在潜艇上服役；我则去了山东，在海岛守备部队当炮兵。临走时，吴黎明来给我送行。他送我一个便携式的小收音机，还有一个笔记本，扉页上印着一句毛体的字：“海内存知己，天涯若比邻。”到了技术科后，吴黎明便开始从事技术工作。业余时间，自己仍然在家里鼓捣收音机。不过，他再也不从厂里顺材料了，而是用自己的工资从市场购买，或者淘一些便宜的旧货。有时他还会到废品收购站，买回一些破旧的收音机，把上边的零件拆下来，废物利用。那个屁大的小屋简直成了生产车间，里边钳子、锯子、锉刀，哄家什都有，还有一台不知从哪弄来的绕线圈机。有一次我去看他时，他正在绕线圈，那有板有眼的样子，还真像那么回事。很快，他的名气越来越大，很多人慕名来请他装收音机，他除了照收材料费外，有时也象征性地收一点劳务费，以便有更多的经费来供他折腾。

这天晚上，我们聒蛋一直聒到深夜。也许因为就要离开农村，开始新的生活，我显得很兴奋。我们聒了很多东西，包括一些同学，但我一直避开了江亚林和贾玲玲，始终不提他们。吴黎明似乎意识到了，有几次把话题往上引，都被我岔开了。后来，吴黎明终于忍不住了，说："你为哄不提他们？"

"哪们？"

"那两位啊。"

我说："提他们干吗？何必给自己添堵啊？"

"嘿，好大事啊，"吴黎明咧了咧嘴，说，"这事都过去了，我早不放在心上了。"

"那就更别提了。"

"但有些话我不能不说。"吴黎明提高嗓门说，"你知道我后来为哄不去你们那了吗？"

"为哄？"

"贾玲玲给我来了一封信。"

"给你？"

吴黎明点点头。

"哦？都写了哄？"

"这女人不地道，"吴黎明抹了一下嘴巴，有些恼恨地说，"你说，我又没怎样，她要给我来这一出。"

"哪一出？"

"哼，"吴黎明冷笑了一下，眼神中透着轻蔑，"她来信说，让我今后不要再去了，说是不希望再看到我，还说什么不要破坏她与江亚林的关系。这叫哄话？我也没怎样啊，怎搞就破坏他们关系了？”

我说：“不会吧，她有几次看到我还问起你呢。”

“歇吧你，”吴黎明不相信地说，“你就别跟我糊大糊二了。你看看这信。”说着，他从口袋里掏出一封信，扔到我面前，看来他今晚是想好了要把这件事告诉我。

我好奇地拿过信，只见信封上写着长丰县下塘公社某大队某某村，正是贾玲玲下放的地方。我又掏出信瓤，信不长，但内容确如吴黎明所说，不过用词要刻薄得多，其中还有一些人身攻击的语言，比如“小丑”“自重”，还引用了毛主席语录“人贵有自知之明”。难怪把吴黎明气得够呛。但我一看信就看出了破绽。

“这不是贾玲玲写的。”

“哄个？不是？”

“对，这不是她的字。”

“你认识她的字？”

“我见过。”

吴黎明一把抓过信，仔细看起来。“呔，伙家，你不说我还没注意，这字还真不大像。那会是谁写的？”

“江亚林，”我毫不犹豫地脱口而出，“是江亚林。”

“真的？”

“我敢肯定。”我说，这字我一见就有几分眼熟，虽然写信者有意变了字体，但有些关键的笔画还是露了马脚。“明白吗？”我分析说，“他是怕你再去找贾玲玲，所以才以贾玲玲的名义给你写信，好让你死心。这种事也只有他做得出。”

“妈的，”吴黎明骂道，“亏他想得出。我就说嘛，贾玲玲不是那种人嘛。”我听他这样说便打趣道：“伙家，你变得倒快，刚才还说贾玲玲不地道。”

“嗨，我这不是上了江猴子的当吗？”

“你打算怎搞？”我说。

“哄怎搞？”

“要不要揭穿他？”

“算了，”吴黎明叹了一口气，接着又说，“贾玲玲哄都好，就是没眼力，分不出个好歹。你说江猴子是个哄玩意？她早晚要后悔。”

几天后，我去了部队。开始我还一头劲地给同学们写信，同学们也不断鸿雁传书。后来时间一长，联系便渐渐淡了。不过，偶然还能接到一两封同学的来信。记得是我当兵的第二年，吴黎明来信说，他已调到市轻工局科研所工作了，搞了不少技术革新，多次受到省市各级表彰，还被树为“活学活用”毛泽东思想的积极分子。郝主任，就是那个把他调到技术科的老厂长，现在已经进了市轻工局革委会，就是老厂长一句话又把他调进了科研所的。“郝主任慧眼识才”，吴黎明在信中不无感激地写道，并在信中对郝主任大加赞美，说他文化不高，但特别爱才，而且处理事情也特别有智慧。“这样的干部只要多几个，中国何愁无希望！”在信中，他还告诉我，他现在正在搞一项发明，如果成功了，将会震动全国。武大和武二也来过信，他们都已上调回城了，武大在电厂工作，武二在轻工局开小车，经常能见到吴黎明。武二在信中说，他给郝主任开小车，郝主任不止一次地夸过吴黎明，说自己没看走眼，这个小鬼真是呱呱叫，技术发明一个两个地搞出来，就连正牌大学生都搞不彻他。

我也为吴黎明高兴，有一次写信给沈小东把这事告诉了他。沈小东回信说，人要走运了，门板都挡不住。我早说过了，这家伙有狗屎运。

7

时间过得也快，转眼间到了1975年，我从部队复员了。那年头政策一日三变。沈小东比我提前一年复员，进了国营企业，可等到我回来，合肥有了新规定，凡复员军人一律进集体单位。我母亲对我父亲叨咕，进了集体单位再想进国营就难了，将来找对象都困难。我父亲也是个老干部，他有个老部下在安徽南部一个县里当劳动局长，他答应帮我安排，先在县里国营厂干两年，然后再调回合肥，用他的话说叫曲线救国。

就这样，我去了那个县，被安排进了国营化工厂。这期间，我回过合肥几次，每次回去总要看看同学，也见过吴黎明。他还是那个样子，头发乱蓬蓬的，穿着也不讲究。和我握手时，手巴掌黏糊糊的，像是没洗过。我注意到他的指甲老长，指甲缝里都是黑泥。我说："伙家，你怎搞还是这样子？"他说："哪样了？"我说："瞧你这身打扮，还技术员哩，修鞋的都不如。"

吴黎明眯起眼睛，嘿嘿笑着："好大事啊，我就这个样，再打扮也打扮不出花来。"

吴黎明还住在老地方。我去他那里玩过一次，他那间小披厦里还是乱七八糟的，堆满了各种工具、零件。不过，还有不少书，都是一些技术方面的，其中还有几本英文教材。那年头批判"白专道路"，这类书出版社既不出版，书店里也没卖的。"你这都是哪来的？"我问他。

"我舅舅，你还记得吗？"

我当然记得："图书馆的那个，当年借了不少黄书给你。"

"别糟扯！"

我拿起一本英文教材："你借这书干吗？"

"学呗，"他说，"学会了好看外国的技术资料。"

我撇起嘴，不大相信地说："就你？"

吴黎明并不介意，他说："我发现当年李老师教我们的都是错误的。"吴黎明说的李老师，就是那个教我们英语，后来被他拾弄走的女老师。他举了几个例子，我也没听懂，便岔开话题，问他上次写信给我，说有什么发明将会引起全国震动，不知搞出来没有。吴黎明神情有些愀然。"搞是搞出来了，"他说，"还有毫毫问题。"

我说："哄问题？"

他似乎不愿多讲，含糊了一下就过去了。后来有一次，我在沈小东家遇到武二，说起这事。武二说，吴黎明搞革新发明，有人眼红了，不知哪个鬼写信给市里，说他走"白专道路"，是黑典型，上边派人来查了，把郝主任也连累了，他的发明也不得不停了下来。"不过，"武二说，"郝主任说了，吴黎明没有错，要有责任他来承担，还说要送吴黎明去上海学习哩。"

我说："这郝主任还真不错。"

武二说:“哈讲不是呢！亏得郝主任,要不然,十个吴黎明也被整趴得了。”

记得我去县里的第二年,有一次回合肥过国庆节,沈小东做东把同学们召到淮上酒家。那次来了十几个同学,武大、武二,还有一些女同学。当年下放下塘集的差不多都来了,包括贾玲玲她们知青点的几个女生,唯独吴黎明和江亚林没有来。江亚林是沈小东不愿喊他,说那个搅屎棍,叫他干哄？我知道他还记恨江亚林,便说:“这都过去多少年了,何必呢!”但沈小东死活不肯,说:“我看到他就烦,你就别给我添堵了。”至于吴黎明,听说他去上海学习了。那个慧眼识才的郝主任说到做到,真把吴黎明送去上海了,据说要学习半年。

那天去饭店时,武二开车来接我,武大也在车上。武二开的是一辆“上海”轿车,这种车当时都是领导干部坐的。武二偷偷从单位开了出来,领着我们在街上转了两圈才去饭店。在车上,武二提醒我说:“高哥,今天吃饭贾玲玲要来,你知道吧?”

“知道,小东都和我说了。”

“那你最好别提江猴子。”

“为哄啊?”

“他们正在处对象。”

“你是说江猴子和贾玲玲?”

“就是。”

“他们又好上了?”

“可不是,”武大插话说,“听说从没断过。”

我说:“那也不一定能成,他们闹过几次了。”

“那你就不知道了吧,这回是真的,”武大说,“他们两家大人都见过面了,听说就快办事了。”

我说:“这江猴子可真有两下子,到底把贾玲玲追到手了。”

“所以,”武二说,“等会见了贾玲玲,你说话最好注意点,千万不要说江猴子不好。”

我说知道了。到了饭店,同学们来了不少,包间里一片欢声笑语。看到我们进来,大家都站起来打招呼。贾玲玲也笑着叫我。自打我参军后就一直没见过她。如今她是越发漂亮了,上身穿着一件粉红色薄呢外套,里边是一件带花的白毛衣,胸脯鼓鼓的,举手投足还是那副俊袅袅的样子。从农村回城后,她被安排到一家粮站工作,工作挺轻松的,她也挺满意。据说,这事是江猴子妈帮的忙。江猴子的妈在市粮食局政工处工作,手上有点小权。估计江猴子把贾玲玲搞到手,跟这件事也有点关系。

那天的饭局很热闹,大家喝酒、唱歌,不亦乐乎。同学们好久没见了,个个情绪都很激动。我挨个儿给同学们敬酒,走到贾玲玲面前,贾玲玲站起来问我说:“吴黎明怎搞没来?”

我说:“他去上海学习了。”贾玲玲说:“我都好久没见过他了,他都好吧?”我说:“好啊,人家现在是技术人员,以工代干了。”我还把吴黎明搞技术发明的事添油加醋地说了一通,也不知出于什么目的。贾玲玲说:“他这人脑子好用,学习行。”说到这里,我突然问了一句:“对了,你还给吴黎明写过信吧?”

“写信?没有啊。”

我说："也许不是你写的。"

贾玲玲笑着说："你什么意思？"

我说："这事你还蒙在鼓里吧，我告诉你……"就在这时，有人从背后拉了我一把，是武二。"伙家，你酒喝多了吧？酒老爷当家，又糟讲了！"

我一下清醒过来，马上说："哎呀，是喝多了。这古井玉液劲太大，我去搞两口菜就就。"说着转身走开了。

贾玲玲说："哎，你话还没说完呢。"

我说："没事，没事。"

饭后，武二开车送我们回去。我对武二说："幸亏你拉得及时，不然话到嘴边了，我非秃噜出去不可。"沈小东说："这种人你帮他瞒干吗？早该揭发出来！"我说："歇歇歇，你是唯恐天下不乱，看别人克架快活啊？"

8

不久，高考恢复了。我幸运地从小县城考上江淮师院。虽然是普通大学，但毕竟是上了大学，我还是很兴奋的。报到那天，我遇见了沈小东，没想到我们竟考上了同一所大学，不过，我是历史系，他是中文系。沈小东说："我刚才看到好大事了。"

"你说吴黎明？"

"是啊。"

我有些奇怪，就凭吴黎明的成绩，不说北大清华，起码也得考个重点大学吧。"他怎么会报这个学校？"我说。

“谁知道呢?”

“他在哪个系?”

“数学系。哦,对了,”沈小东又说,“贾玲玲也考上了,和吴黎明一个系。”

我心里动了一下,心想吴黎明是不是冲着贾玲玲来的?报完到,我在校园里闲逛,忽然看见吴黎明,只见他扛着一床被子,右手还拎着包,满头大汗地走来。我叫了他一声,上前帮他拎过包。“你怎搞才来啊?”我说。

吴黎明龇着嘴说:“我早来过了,这是贾玲玲的。”

“她人呢?”

“报到去了,我帮她把东西搬过去。”

我说:“伙家,你还真会献殷勤!忙得屁急急的,跟个小使子似的。”

吴黎明嘿嘿笑着:“好大事啊,都是同学嘛。”

“歇吧,”我说,“你少给我散扯!同学多哩,你怎搞别人都不帮?你给我说老实话,你们俩这是怎搞的?”

“哄个怎搞的?”吴黎明一时没明白我的意思。

我说:“你心里明白,这事怎搞这样巧,你和贾玲玲考了一个系?”

“这我哪知道?”

“别打马虎眼,你和贾玲玲是不是串通好了?”

“扯,又糟扯!”吴黎明一口否认。他解释说,他考江师是不想离开合肥,况且他喜欢数学,和贾玲玲哄关系都没有。

对于他的话,我将信将疑。后来我遇见了武二,他对我说,高考前那段时间,贾玲玲就经常来找吴黎明帮着复习,他们还上的一个补习班。武二的话证实了我的想法,吴黎明和贾玲玲考上一个校、系绝非偶然,他肯定事先就知道了贾玲玲填报的志愿。我问武二:“这事江猴子知道吗?”

“知道,复习的时候他们还吵过好几次哩。”武二说,“贾玲玲也很生气,她说不就是复习嘛,干吗这么小心眼?”

“这么说,他们又闹翻了?”

“这倒没有,”武二说,“他们的关系早定了,听说证都拿了,因为高考才推迟了办事。”

我心里想,这吴黎明也太糊涂了!明摆着不着边的事,干吗要瞎忙活?真是鬼迷了心窍!后来,出于好意,我多次劝过他,可吴黎明压根儿就不承认有这事。他说:“你真是想多了,我和贾玲玲能有哄啊?也不会有哄。”有时说多了,他还挺恼火,冲我尥起蹶子:“伙家,你不就是看不起我嘛,说我不配嘛!”

我听他这样说当然也不快活,便说:“你这人真没讲头,怎搞连个屎香屁臭都不分?”

沈小东有一次看到我说:“伙家,老曹妈是怎死的[①]?我看你是闲得蛋疼。这家伙一根筋,你又不是不知道,你随他去好了。”

我想想也对,一赌气,便不再管这事了。数学系跟我们不在一个楼,那段时间,我也很少见到吴黎明。偶然在食堂或图书馆碰上,看到他总是和贾玲玲在一起。有一次,我忍不住说:“伙家,你

---

① 老曹妈是怎死的:合肥方言,形容过度操心,多用于讽刺和调侃。

现在还真行啊,都形影不离啦?”

吴黎明说:“你别瞎想,她是找我复习功课。她的基础差,上次微积分测验没及格,急得直淌‘麻油’。她来找我帮着复习,你说我能怎搞?”

吴黎明说的倒也是实情。我们这些老三届基础差,特别是我们这一届只上过初一,几乎没学到东西,冷不丁地蹦到大学,文科还好办,那些高等数学、物理、化学什么的,还真搞不彻。贾玲玲不止一次对我说,早知不该报理科,还是文科快活,现在后悔也来不及了。不过,这些大学课程对于吴黎明来说都不在话下,他学得轻松自如,上课有时也不去,自己躲在寝室里看书。据说,大三的课程他都看完了。同学们经常来向他请教,他总是有问必答。至于考试,常常满分,轻轻松松便稳拿第一。老师们对他缺课虽有意见,但都网开一面,并不认真计较,就连全系最难讲话的孟老师也不例外。孟老师是教高等数学的,脾气很大,训人从不打草稿。有一次,他在课堂上考勤,发现一个同学没来,便当着全班的面把他狠狠数落了一番,并说你们不要和吴黎明比,有本事你也考个满分给我看看。

吴黎明刚入校时,班上很多同学都看不起他。他其貌不扬,穿着也不讲究,一口合肥腔更是土里巴叽。但几次考试下来,谁也不敢看不起他了。开始还有几个同学想和他摽劲,但掐了几回都败下阵来,不得不服。那几年,“文革”刚结束,全国正在搞现代化,同学们的学习热情高涨,都说要把失去的时间夺回来。在这种氛围下,吴黎明如鱼得水,每天晚自习总有不少人围着他转,让他帮着解题，而他也乐此不疲。吴黎明上课有时不去，但晚自习从不缺席，而且对女同学特别耐心，说话也尽量撇腔，不说合肥话。对于贾玲玲他更是热情主动，百问不厌。他还帮她搞了一个复习计划，让贾玲玲感激不已。有一次，她请吴黎明吃饭，拉我去作陪。吃饭期间，吴黎明一副能过过的样子，不停地给贾玲玲讲题，显摆得不行。我没好气地说："伙家，你这是上数学课啊？还让不让人吃饭了？"

然而，吴黎明似乎很享受这样的时光，他说："你吃你的，我们说我们的。"压根儿没把我放在眼里。我说："你这样搞我吃得下去吗？"

吴黎明听我这样说，知道我不高兴了，便龇开嘴嘿嘿笑着说："伙家，伙家，好大事啊！"

那次吃饭后，我有好长时间没见过吴黎明了。期末考试前，有一天晚上，我和几个同学到英语老师家去套题目，美其名曰请老师帮助划定复习范围。教我们英语的老师是个工农兵学员，姓蒋，为人相当不错。他给我们划定范围后，我们仍不罢休，磨磨蹭蹭地不肯走，装作十分热爱学习的样子，反复向老师讨教，问这问那，目的就是要把题目套出来。在我们的软磨硬缠之下，蒋老师的考题虽然像挤牙膏似的被我们挤出了一些，可我们仍不满足，继续虚心求教，说到后来蒋老师不得不打住了："好了，好了，我只能说到这里了。"

从蒋老师那儿回来，我们斩获颇丰，心情愉快。根据以往的经验，蒋老师透露的题目足以保证我们获得及格分以上了。一路上，我们说说笑笑，鹅喊鸭叫地乱喊乱唱，以宣泄心中的喜悦，刚进宿舍楼便听见沈小东叫我。中文系的宿舍在我们楼上。我和沈小东进进出出，经常碰面，原以为就是像平常那样打个招呼，没想到沈小东却一把把我拉到一边。“你还不知道吧？”他说。

“知道哄个？”

“吴黎明出事了！”

“哄事？”

“他把贾玲玲那个了。”沈小东一脸兴奋而又紧张的神情。我吓了一跳，因为“那个”用在男女之间通常具有特殊含义。我说：“什么？他把贾玲玲搞了？”

“嘘，”沈小东把手指按在嘴唇上，做了个噤声的动作，“你小声点！”说着，他把我拉到操场边，“具体怎搞的，我还不清楚。”

“你听谁说的？”

“我碰见贾玲玲了，她哭得像个泪人似的。”沈小东说，“我问她出了哄事，她说流氓，吴黎明是流氓。”

“她还说了哄？”

“这我就不好问了。”

“你见到吴黎明了吗？”

沈小东摇摇头。

我说：“那咱们去看看吧？”

“看哄看？”沈小东说，“这种事最好少掺和。这个吴黎明，净干没屁眼的事。我早说过，他是乌龟爬门槛，大有一跌在后头。”

沈小东说话的口气完全是一副事不关己，高高挂起的样子，我对他这种态度有些反感。他走了之后,我想想还是决定去找吴黎明问问情况。

吴黎明不在宿舍里,同屋的人也不知他去哪里了。“也许上自习去了吧?”有人这样说,从他们的反应看,似乎还不知道发生的事情。我跑到数学系教室,自习课早结束了。我又折返回来,还是没找到吴黎明,心想别出事了,便急吼吼地在校园里四处乱找,终于在学校的水塘边发现了他。他一个人坐在塘边的台阶上发呆。我走过去叫了他一声,他抬头瞅瞅我,又低下头去,半天不则声。

我问他到底怎搞的,他说他也不知道,直到现在脑子里还是一盆糨糊。我说:“你就不要瞒我了,刚才沈小东碰到贾玲玲了,她哭得要死要活的。你们到底怎搞的,你可要对我说实话!”

“没怎搞,真没怎搞。”吴黎明话音里带着哭腔说,“这回砸蛋了,真砸蛋了,我也不知道怎搞干出那种事。”

他嘴里咕咕哝哝的,重复着这几句话。我有些急了,说:“到底发生了什么事,你倒是快说啊。事到如今,你想瞒也瞒不住了。”在我的催问下,吴黎明终于吞吞吐吐地说了事情的经过。原来,晚自习回来,他和贾玲玲一起从教室里出来,两人边走边说。贾玲玲心情很好。这段时间在吴黎明的帮助下,她的数学成绩直线上升,免不了要夸吴黎明几句,吴黎明听了便有些飘飘然。后来,他们走到教学区与宿舍区之间的那片小树林,为了抄近路,便从小树林中间穿了过去。由于天黑,加上吴黎明光顾着高兴了,没注意脚下,一下子被绊倒了。贾玲玲赶紧上来扶他。这一扶便扶出了问题。吴黎明当时昏了头,竟把贾玲玲抱住了。

“光是抱啊?”我说。

吴黎明点点头。

“就这些?”

“就这些,”吴黎明一副灰巴巴的样子看着我说,“而且就抱了一下。”他又强调说,好像这样责任就可以减轻似的。

“不对吧?”我说,“肯定还有!否则贾玲玲不会哭成那样。”

吴黎明不吱声了,一副难以启齿的样子。过了好半天,他才承认还亲了一下。“好嘛,”我说,“你狗胆不小嘛。”

“不过,没亲到,”吴黎明连忙补充说,“她当时就把我推开了。”看着他那副可怜巴巴的倒霉样,我是既可气又可笑。

“真没亲到?”我说。

“真没。”

“还有吗?”

“真没了。”吴黎明叹了一口气,一副懊恼不已的样子,“这回砸蛋了,我也不知道怎搞的,闹出这种事。贾玲玲以后肯定不会睬我了。”

我心想这都哄时候了,你还在想这事,真是糊涂到家了。“吴黎明,”我说,“你不要犯迷糊了,你知道这事的严重性吗?要是给学校知道了,开除你都有可能。”

听我这样一说,吴黎明也有些害怕了。“开除?真会开除啊?”他嗫嚅道,“那怎搞呢?怎搞呢?”

“怎搞?”我说,“你现在晓得害怕了?当初我怎么跟你说的?可你倒好,就是不听,黑七糊三,一门心思往塘里栽。”

吴黎明说:“伙家,眼门前说这些还有哄用啊?你还是赶紧帮我拿拿主意吧。”

我说:“事到如今,能有什么好主意?现在只有看贾玲玲了,只要她不揭发你就没事。”吴黎明说:“那你赶快帮我圆讲圆讲,我真不是有意的,当时脑子进屎了,请她无论如何原谅我这一回,我保证今后再也不会干这种事了。”我说:“好吧,我试试看吧。”

第二天,我便去找贾玲玲了。这天正逢周日,贾玲玲宿舍里的女同学大多出去了,只有贾玲玲和袁晓芸在屋里。袁晓芸和贾玲玲是同班同学,两人是铁姐妹,关系很好。我和袁晓芸也认识。她以前是初一(2)班的,家住在干休所,那里有一个篮球场,我常去那儿打篮球,与她哥哥袁晓军是球友。袁晓芸见我来了,很客气,问我要不要喝水,我说不用,但她还是给我倒了一杯。贾玲玲坐在床边,眼圈红红的,不说话。袁晓芸说:“你们那个吴黎明太流氓,玲玲昨天哭了一晚上。”我说:“哄个叫我们那个吴黎明?他可是你们数学系的。”

袁晓芸说:“你别挑字眼,谁不知道你们是狐朋狗友?”

我说:“狐是狐,狗是狗,我和他可是豆腐渣贴门对,两不粘。”

我开了几句玩笑,想把气氛搞轻松一些,似乎并未达到效果。贾玲玲一直不说话,我又东拉西扯了一会,慢慢把话题扯到了正题上。先是大骂吴黎明,接着又代表吴黎明向她赔罪,并转弯抹角地请求她不要把这事搞到学校去。“吴黎明知错了,当时他鬼迷心窍,犯了糊涂,连肠子都悔青了。大家同学一场,也不容易,无论如何总得给他一个改过的机会。”我使出浑身解数,想方设法地说好话，以博取贾玲玲的同情。

袁晓芸开始还义愤填膺，坚决要求严惩吴黎明，后来看我态度诚恳，便也帮着劝说贾玲玲。贾玲玲情绪显得很低落，她说："我没想到吴黎明会那样，我是诚心把他当朋友看的。是的，他对我帮助不小，但也不能那样，这太让我失望了。"说着又伤心起来。我连忙劝她说："他那人一贯拾弄，你又不是不知道，千万别和他一般见识。"说到最后，贾玲玲叹了一口气，说："好了，我不想再说这事了。你回去对他说吧，我不会把他怎么样的。"

我一听这话，知道事情成了，便千谢万谢地告辞了。

事情到此，本来已经平息了，没想到几天后，吴黎明他们班的辅导员金老师突然把吴黎明找去了，与他进行了一次很严肃的谈话，并告诉他系里决定对他和贾玲玲的事进行调查。从金老师那儿回来后，吴黎明失魂落魄地找到我说："砸蛋了，这回真砸蛋了！这事让系里知道了。"我说怎么会呢？系里怎搞会知道这件事？吴黎明也说不清楚。他说："听金老师讲，有人写信给系里了。""谁？难道是贾玲玲？"我问。

吴黎明说："这我就不知道了。"

我说："你都交代了？"

"这倒没有。"

"那好，"我说，"我去问问贾玲玲，她可是答应过的，怎搞又出尔反尔了？"

贾玲玲不在教室，也不在宿舍。袁晓芸对我说："她身体不好，请假去医院了。"我问袁晓芸："她是不是又变卦了？"袁晓芸说："不会吧，要有这事她肯定会和我说。”我想也是，以我对贾玲玲的了解，她也不会干出这种事。

从贾玲玲那儿回来，我想到了沈小东，金老师与沈小东家是邻居，我听他说过这事，便去找他帮忙。沈小东开始不情愿，但在我的央求下最后还是答应了。当天下午，我们便找到金老师的办公室。金老师也是个干部子弟，说话爽快，当着我们的面也不遮遮掩掩。他说写信的人是江亚林，是市内另一所大学的，自称是贾玲玲的女朋友。我们一听便全明白了，肯定是贾玲玲把这事告诉了他，他便告到系里来了。“这个小人！”沈小东说，“我们早该想到他。”

我问金老师这事会如何处理。金老师说：“系里已经研究，正式进行调查。如果情况属实，将严肃处理。”我说：“会开除吗？”金老师说：“这个还说不定，但系里领导都很生气，说这是败坏校风。我想处理肯定轻不了，即便不开除，也会劝其退学。”我想这下真砸蛋了，吴黎明是在劫难逃了。

回去后，我把这情况告诉了吴黎明。吴黎明始而紧张，继而沮丧，他说：“这个江猴子，我和他命里犯冲，专和我过不去。”我说：“伙家，这事你要有心理准备。既然江猴子告你了，贾玲玲也不好藏着掖着了。”吴黎明捎着头，不说话，过了好一会才说：“这都是报应吧！”说着，一仰身倒在铺上，“随他去吧，好大事啊！是死是活屌朝上。”

然而，又过了几天，系里风平浪静，好像什么事都没发生。有一天傍晚，我打球回来，老远看见吴黎明站在我们寝室门前。他龇着嘴，眯着眼睛，又恢复了以前那副自信的神态。“伙家，”他老远就朝我打招呼，“还没肿[1]饭吧？”我说：“没哩。”“走走，我请你吃饭。”说着拉起我就走。我说：“等等，瞧我一身汗，让我先洗一把。”

“有哄好洗的？就你毛病多！”吴黎明一边说着，一边跟我进了盥洗间，显然是有些迫不及待想把要说的话说出来。我说：“看来有什么好事啊。”

“可不是，算你一屁冲对了！”吴黎明高兴地咧开嘴巴，“今天系里找我了，那件事拜拜了。”

“怎搞的？不查了？”

吴黎明告诉我说，贾玲玲前几天请假到医院看病，昨天回来了，系里找她谈话，她一口否认，说根本没有这回事。至于江猴子的信，她的解释是，他不了解情况，有些误会了。系里一看这样，也就顺水推舟，不再追究了。毕竟这事宣扬开来，对系里也不利。不过，金老师还是教育了他一番，让他今后要遵纪守法，用高标准严格要求自己。说到这里，吴黎明庆幸不已。他说：“贾玲玲这人真够意思，我是真没有看错人。”

我说：“怎么着？你还想打人家主意啊？”

吴黎明说：“伙家，你就别扯了。我是说，贾玲玲这人真不错，将来有机会，我一定要报答她。”

“歇吧，”我心里想，“你以后别骚扰人家，人家就烧高香了。”

9

这件事发生后，吴黎明便和贾玲玲彻底不来往了，两人见面也

---

① 肿：合肥方言，意为“吃”。

不说话，吴黎明也不再去上自习了，直到大学毕业。我听武二说，吴黎明和贾玲玲的事情发生后，江猴子气屁得了，曾扬言要来江师把吴黎明好好锄一顿。他还对贾玲玲包庇吴黎明很不快活，为这事和她吵过几次。他还要求贾玲玲保证，今后不再与吴黎明有任何来往。武二还在轻工局开车，在老同学中，他的消息最为灵通。那时开车可是最吃香的行当，同学们有事常找他帮忙，包括江猴子在内。江猴子和谁都搞不好，但他妈身体瘫痪，行动不便，时不时地要去医院，他就来找武二帮忙接送。因此，两人一直保持来往，有些话武二也都是听他亲口说的。

四年的大学生活转眼就结束了，同学们各奔东西。开始还经常走动，有空也聚聚，可后来工作一忙，走动也渐渐少了。沈小东靠他老子的关系进了公安厅，我则被分配到文化系统工作。由于喜爱写作，后来调到一家文学期刊当编辑，日子混得还算不错。吴黎明分到一所中学当老师，但他第二年便考上了上海交大的研究生，毕业后回到江师教书，据说在全国核心期刊发表了不少高质量的学术论文，在学术界崭露头角。业余时间，他又重操旧业，把学校分给他的一间不大的宿舍变成了制造车间。不过这一次不是鼓捣收音机了，而是当时还很稀少的计算机。那时候，国内计算机刚刚开始时兴，一般人用的都是286，而吴黎明已经能够组装386了。有一年春节，他把自己组装的386抱了一台送给他的老领导，就是那个在轻工局对他“慧眼识才”的郝主任。郝主任说什么也不收，说这太贵重了。吴黎明说这是他自己组装的，总算不上行贿受贿吧。后来，在郝主任的坚持下，吴黎明收了材料费，他才把机子留下。郝主任的儿子高兴得不得了,逮着吴黎明一口一个叔叔地叫。

更了不起的是,吴黎明迷上计算机后,又发扬起他当年在轻工研究所的精神,不断进行技术革新,搞了不少发明,一下子引起了业界的注意。后来,还被破格评为副教授,成为江师有史以来最年轻的副教授。

有一次,我和武二到他那里去玩。他那间屋子与他当年住的披厦比,除了面积大了点外,其他没有什么区别。里边脏兮兮的,堆得乱七八糟,到处都是计算机零件,床头地上摆满了一摞摞书报杂志。屋里拉着窗帘,一盏电线吊在屋顶上,墙上横七竖八拖着电线和插线板。他头发蓬乱,穿着一件又旧又脏的蓝布工作服,眼屎巴拉地瞅着我们。"现在几点了?"他问。我说10点多了。他说:"都10点多了,我还没吃早饭哩,你们先进来坐坐,我去弄点东西填填肚子。"说着便颠颠地走了出去。过了一会儿,他便拿着两根冷油条回来了。他一边大口嚼着油条,一边伸手拎起热水瓶,想往一把伤痕累累的搪瓷缸里倒水,可摇了摇发现里边没水了,便说他马上去打。

我说:"伙家,你这过的都是哄日子?都大学副教授了,还这样拾拾弄弄的?"吴黎明却满不在乎,吸溜了两下鼻子说:"好大事啊。"一边说着,一边咬下一截油条塞进嘴里,顺带把油渍渍的手指在工作服上麻溜地抹了两下。

武二看了直笑。我说:"你还讲不讲卫生?"吴黎明眯起眼睛说:"伙家,就你讲究,好大事啊,不干不净,吃了没病。"

我让他说得哭笑不得,劝他不能再这样了。"你也老大不小了，”我说，“好歹也该找个人了。”

从吴黎明那儿回来，我和武二就热心地帮他物色起对象来。那一年，吴黎明已经40岁了。我们的同学早都结婚生子，就他一个人还单着。然而，我们的努力却是剃头挑子一头热。吴黎明根本打不起精神，不是拒绝，就是不配合。实事求是地说，他那个长相基本上属于残次品，有的姑娘看他年纪轻轻就评上副教授，也就不计较了，可他还要挑剔别人，经常是第一次见面便“死机”。

我给他气得不行，说：“你不会还在想贾玲玲吧？人家早结婚了，伢都上小学了。”吴黎明当然不承认，连声说：“扯，别糟扯。”

贾玲玲毕业当年就和江亚林结婚了。结婚那天，就连沈小东都去了，尽管他最烦江亚林，但吴黎明却没接到邀请。不过，吴黎明听到消息后，还是买了一套餐具作为礼品，托我和武二送过去。当时大家都很穷，社会风气也不那么奢侈，一般结婚送礼品都是热水瓶、洗脸盆之类的，吴黎明送的这个礼算是比较重的。我知道他是有心报答一下贾玲玲当年的恩情。然而，贾玲玲却没有收，她对我和武二说：“你们也知道，江亚林这人特别计较，我要收了他肯定要闹死了。请你转告吴黎明，我谢谢他了。”

这件事让吴黎明备受打击。他说：“我这人真是不弄①子，处处让人讨嫌。”我打心眼里同情他，但除了安慰几句，又能说什么呢？

给吴黎明介绍对象接连失败，我妻子开始烦了。我妻子就是贾玲玲同班同学袁晓芸。早在学校时我就对她有意，但由于怯懦，始终埋在心里。直到毕业后，我们俩都分在文化系统工作，经常打

---

① 不弄：合肥方言，比喻人讲话颠三倒四。

交道，一来二往就好上了。原来袁晓芸也在暗中喜欢我。我说："亏得老天帮忙，要不然不知要便宜哪个王八蛋了。"袁晓芸说："谁叫你这么胆小呢？"我说："你不也没敢说吗？"袁晓芸说："这种事哪有女的先说的。"

袁晓芸为人热情，心直口快。本来她对吴黎明印象并不好，但架不住我常在她面前提及吴黎明的长处，加上吴黎明也确实做出了成绩，在班上同学中无论学历还是职称都是最高的，何况成就也最大，她便慢慢改变了对他的态度，并热情地帮他张罗对象。然而，吴黎明偏偏不领情，人家不挑他吧，他还挑人家，说这个文化低，那个没有共同语言。袁晓芸气得说："你以为你是谁啊？还真把自己当盆菜了！"从此不再给他物色对象，也不准我再烦这个神。

我也有些泄气。武二有一次对我说："吴黎明怕是有问题吧？"我说："哄问题？"他说："身体上啊。"我明白他的意思，说不会吧。

"绝对是，"武二很肯定地说，"不然他不可能对女人不动心。"

有一天晚上，我把武二的话对袁晓芸说了，袁晓芸说："你们这些狗男人，怎搞都这么下流啊！"

就在我们都对吴黎明胡乱猜测时，吴黎明突然结婚了。那是两年后的事了。那天，我正在参加一个作品研讨会，手机忽然响了，我一看来电显示是武二的名字，便一边按下接听键，一边抽身出来。武二在电话里把吴黎明结婚的消息告诉了我，我大感意外："哄时候？我怎搞不知道？"

"就在不久前，"武二说，"他哄人都没说。我也是刚知道的。"

"女的是谁？"

“就是那个方大姐,”武二说,看我想不起来了,便提醒道,“你见过的,就是食堂里打菜的那个。”

他这样一说,我就想起来了。有一次,我们去吴黎明那儿,饭点到了,他带我们去食堂吃饭。一个打菜女人,见到吴黎明特别热情,给吴黎明打的饭菜也比别人多得多。我听见吴黎明叫那人方大姐。那个女人又高又胖,皮肤又黑,看着年龄也不小了,与吴黎明很不相称。“他俩怎搞上了?”我颇感惊讶。

“这事说来话长,”武二说,“我去你那里,我们当面再聒吧。”我说好啊。那年头手机刚开始时兴,手机费很贵,而且接听都收费,大家打电话都很注意节省。

过了一会儿,武二来了。我们来到楼下的茶馆里,点了两杯茶便聒了起来。据武二说,这个方大姐30多岁,结过一次婚,后来丈夫出车祸死了。她有个叔叔在“江师”后勤处工作,便把她弄进食堂里当炊事员。这个方大姐人倒不错,做事麻利,对人也实诚。她住的地方也在筒子楼,与吴黎明是邻居。她看到吴黎明整天忙工作,一日三餐也有时无点的,便常常照顾他,主动给他带饭带菜什么的,一来二往就熟了。后来,她还帮着吴黎明洗衣服、洗被子、打扫房间,吴黎明有些过意不去,要给她钱她也不要,说是远亲不如近邻,相互帮衬一下,要是给钱那就见外了。

就在今年夏天,有一天夜里吴黎明发高烧。方大姐知道了,便守在边上替他端水擦脸。半夜时分,吴黎明的烧退了,兴许是吃了退烧药的缘故,他浑身大汗淋漓,像从水里捞出来似的,方大姐便烧了热水替他擦抹起来。天气热,方大姐只穿了个短袖白布衫子,两只肉嘟嘟的大奶子在白布衫子后边直晃荡。"晃得我眼都晕了。"这是吴黎明后来说的。他也不知怎么了,下意识地伸出手摸了一把。这一摸,他吓出了一身冷汗,赶紧把手缩了回去,连声说对不起。可是,方大姐并不生气,她说你想摸就摸吧。"不能够,不能够。"吴黎明连声说着,声音都哆嗦起来。

方大姐说:"好大事啊,想摸就摸吧,长这么大还没摸过吧?"说着逮住吴黎明的手按在自己的两个肉馒头上。吴黎明的手仿佛一下子被焊住了,再也挪不开了。"后来的事不用我说了。"武二说,当天晚上俩人就成事了,精屁股撂天地在床上折腾了半宿。

我听了忍俊不禁,说:"这是你亲眼看见的?"武二说:"千真万确,这都是吴黎明亲口告诉我的。""哦,对了,"武二怕我不信,又补充道,"事后吴黎明也后悔,说千不该万不该,没有控制住自己。不过干了人家,也不能不认账,虽说结婚了,心里并不情愿,结婚时班上同学哈个也没讲,更没摆场子,两家人吃个饭就算了。"

我对武二的话将信将疑,有一次我去看吴黎明,向他求证,吴黎明说:"你听他屁磨,哪有的事啊?"不过,对于大致过程他也承认,只是对有些细节坚决否认,说全是武二编的,完全是糟扯。

2003 年,吴黎明迎来了他人生最辉煌的时刻,他被一家从事计算机产业的中外合资公司高薪聘去,专门做技术研发。据说年薪30 万。这在当时可是一个相当可观的数字,我们几个同学的收入加起来也敌不过他。他去公司没多久,大家便起哄要他请客。那天来了不少同学,除了江亚林和贾玲玲没来,其他同学几乎都来了。吴黎明像个土豪似的,对我们说:"伙家,想吃什么尽管说,我今天管够。”他还对点菜的小姐说，“有没有烧鸡、猪头肉？多上几份，分量要足，让大家放开肚子吃个够。”沈小东说：“伙家，这都是啥年代了？你没上过饭店吧？谁还稀罕烧鸡和猪头肉啊？”

他说：“那你们想吃哄？”

我说：“你就给个标准吧，我来点菜。”

“那好，”他豪气冲天地说，“搞个500元的菜怎么样？”

众人齐声大笑，都说你是生活在火星上，哄个都不知道啊？吴黎明被我们笑得不好意思了，摸着脑门说：“伙家，我真搞不彻你们了，你们想怎搞就怎搞吧。”

武二一把从我手中抢过菜单，对站在一边等着我们点菜的小姐喊：“你就拣贵的上，我们要好好宰一下这家伙！”

10

吴黎明的故事本来到此就应该结束了，可谁也没想到，就在这不久发生了一件事，他的人生之路彻底发生了转折。

那是2005年冬天。快到过年了，各种事情纷至沓来，单位的和家里的，乱七八糟搅在一起，加上饭局又多，我一天到晚都忙忙碌碌的。这天晚上，我正在和几个朋友小聚，忽然接到袁晓芸的电话，说贾玲玲出事了。“哄事啊？”我开始还没当回事，袁晓芸说：“她死了。”

“哄个？你说哄个？”这一下我吃惊不小。

“听说是自杀。”

“自杀？你听谁说的？”

“贾珊珊刚给我打的电话。”贾珊珊是贾玲玲的妹妹。晓芸说，“你赶快回来，我们去看看。”

我说好的，一边和朋友们告假，一边匆匆在街上打了一个车。在车上我给沈小东打了个电话，问他知道不知这件事。“没听说啊。”沈小东也在一个饭局上，他说他来问问。接着我又给武二打电话。武二说，他马上就去。放下电话，沈小东的电话就打过来了。他说他刚问过市局了，市局刑警队已经出过警了，她是在家服安眠药死的，初步确定是自杀。沈小东说他在陪领导，一时走不开：“你们先过去，我过一会就来。”

我打车经过小区门口，接上晓芸便去了贾玲玲家。贾玲玲家哭声一片，几个殡仪馆的人进进出出正在布置灵堂。屋里已经有了不少人，有的是贾玲玲同学，也有的是贾家的亲戚。贾珊珊和她丈夫黄明看到我们便迎了上来。贾珊珊眼睛哭得红通通的，向我们讲述了事情的经过：“我姐这些天都好好的，昨天周日全家还在一起吃的饭。我说等飞飞回来，过年全家一起去泰国玩玩，她还说好啊。”飞飞是贾玲玲的儿子，正在外地上大学。“今天中午她还好好的，”贾珊珊又说，“她还买了不少年货送回家，我妈让她晚上回来吃饭，她也说好的，可没想到下午就出事了。”

贾珊珊说到这里有些后悔不迭。她说：“下午我姐给我打了个电话，说她不想去泰国了，让我带爸妈还有飞飞一起去，还说要我今后好好照顾他们，我当时并没在意，还劝了她半天，说这事晚上吃饭时再说吧。没想到晚上电话就不通了。我妈不放心，让我去看看……”说到这里贾珊珊已经泣不成声了。晓芸和几个女同学也陪着一起掉眼泪。不一会儿,武二和沈小东也先后赶到了。贾玲玲父亲死得早,母亲身体不好,得知噩耗便病倒了。家里现在全靠贾珊珊和黄明在张罗。大家一边劝慰,一边筹划如何办理后事,直到很晚才离开。这期间,江亚林始终没露面。

“太不像话了,真没见过这号的。”从贾玲玲家里出来后,大家都愤愤不平。晓芸说:“就算你们感情不和,好歹夫妻一场,你也该伸伸头吧?况且你们还没离婚,你还是飞飞他爸啊。”“哈讲不是呢?”武二说,“听说这家伙在外边有人了,是个酒吧里弹钢琴的,比他小十几岁。我见过一次,长得妖里妖气,走路扭头刮颈的,别提多风骚了。”

沈小东骂道:“这狗东西一毫毫没讲头,我几十年前就看出来了,他不是个东西。”大家都说,贾玲玲当年多漂亮,哄样的找不到?偏偏找了他,真是倒了血霉了。

贾玲玲的婚姻并不幸福,她嫁给江亚林后两人一直叮叮扛扛。江亚林性格悭吝,为人刻薄,事事都要管着贾玲玲。听晓芸说,有时贾玲玲买件衣服,他都要啰唆半天。但为了飞飞,贾玲玲都忍了。

大学毕业后,江亚林被分到一家研科所工作,贾玲玲则被分到一家省属大型国营企业,在那里做会计。2000 年时,这家企业合并了另外几家企业,更名为淮风集团,正式上市。不久,上边空降了一个领导姓白。这个领导到任后,便大刀阔斧地进行改革,集团飞速发展,风生水起。外界对这个领导的评价越来越高,都说白总有魄力,是个了不起的改革家。

随着业绩的不断上升，白总的地位越来越稳固，他便开始调整班子，从集团高层到中层换了一大批人。这时贾玲玲已是财务科长，由于她工作认真，人缘也不错，因此几次调整都没有动到她。白总就曾说过："有人说我任人唯亲，全是屁话。我是任人唯贤，有些人动了，有些为什么不动？比如贾玲玲，还有潘力、王峰，"他提了好几个人的名字，"这些人我就不会动，因为人家干得好嘛！"

有人把这话传给贾玲玲，贾玲玲暗自高兴，工作更加卖力，常常加班加点，周六周日也不休息。然而，就在白总上任后的第3年，贾玲玲发现下属的好几家子公司账目上有些不清，特别是房地产公司问题较大。她出于对集团负责，便主动找到白总向他汇报。白总说，好的好的，他知道了，但一直没有采取任何措施。贾玲玲有些急了，便给白总写了一份材料，详细汇报了这件事，白总当时批示要认真对待，彻底查清。为了此事，集团还专门派了一个调查组下去。贾玲玲很高兴，认为自己尽到了责任，没有辜负白总的期望。

然而，就在这之后没多久，有一天人力资源部突然把她找去了，说集团决定，由于工作需要，调她去工会工作。贾玲玲事先毫无准备，她说："这是为什么，我做错了什么吗？"找她谈话的是人力资源部的徐部长，他解释说她在财务科工作了十几年，也该轮轮岗了。"你千万不要多想，"徐部长说，"这是正常调动，你的工作有目共睹，集团评价很高，包括白总在内。"

尽管说得冠冕堂皇，但贾玲玲接受不了。她先后找了白总和集团的其他几个领导，但都无果而终。贾玲玲气不过，有一次便对白总说："是不是我反映账目上的问题，让你们不高兴了？"白总听了这话，脸便拉了下来，说："你不要无理取闹，话都跟你说过多少遍了，这是正常调动。你反映的事不是调查了吗？你放心，如果有问题我们决不姑息。好了，好了，这事就到此为止了，"他有些不耐烦地说，"你以后不要再找我了，这是集体决定。我可以明确告诉你，不论找谁，再找也没用。"

贾玲玲又委屈又伤心，回到家里不停地哭，江亚林不仅不劝，反而挖苦她说："三亩地就出了你这个能豆子？有问题上边不知道，要你烦神！"两人大吵了一通，当天晚上贾玲玲便跑到我家找晓芸，两人说了一晚上。晓芸听了也替她抱不平，说不行就向上级反映，不信他白敬森（白总的名字）能一手遮天。

袁晓芸的哥哥袁晓军就在淮风集团的上级部门工作，第二天她便领着贾玲玲去找袁晓军了。袁晓军在办公室当副主任，他倒是挺帮忙，带着贾玲玲找到了一个分管的厅领导。这个领导答应过问一下。可是，没想到，几天后人力资源部的徐部长又找贾玲玲谈话了，他说："让你去工会你不去，现在集团决定让你去东门仓库工作，职务是副主任，保留正科待遇。"贾玲玲这下火了，她一向好脾气，可人被逼急了也会发火。她当时就喊起来："你们这是报复！打击报复！"徐部长也火了，他说："你喊哄喊？这是集团的决定，我只是负责通知你。你不要冲我发火好不好？"徐部长亮起嗓门说，"实话对你讲，给你保留正科待遇，还是我替你争取来的。"

"我不稀罕！"贾玲玲大声说，"有本事你们把我开除了，反正我哪里也不去！"

这一下,事情闹僵了。就在徐部长和她谈话的第二天,贾玲玲去财务科上班,发现她的桌子也被抬走了。财务科的人暗中都同情她,但在公开场合谁也不敢为她说话。贾玲玲又气又恨,一下子病倒了,住进了医院。即便如此,集团仍然不肯放过她。在她躺在医院打吊针时,徐部长又带着几个人赶到她的床边,正式向她宣布集团的决定:限她五日内去仓库报到,如不报到,便作自动除名处理。当时,贾珊珊正在医院里陪着她姐打吊针,气得大骂:“你们都是哄人啊? 还讲不讲人道? 人都病成这样了,什么事不能等到好了再说啊?”

徐部长也有些理屈,他说:“我们都是当差的,上边的指示不能不执行。”说着,把那份决定放在床头柜上,匆匆离去。

贾玲玲赌气坚决不去报到,第二个月集团便把她工资停了。贾玲玲心情坏透了,这时候江亚林非但不劝解,反倒天天和她吵,并提出要离婚。同学们纷纷来劝解,可江亚林根本不听,他说他们的事外人少管。有同学劝他说,飞飞还在上大学,就是要离,最好等他毕业了再说。江亚林说:“我管不了那么多了,你瞧她那个死样,我是一天也不想和她过了。”没多久,他干脆搬了出去。

从那之后,贾玲玲就开始出现抑郁症的症状。她整天把自己关在家里,不吃不喝,有时电话也不接。她妈不放心,把她接过去住了一段时间,后来情况好转,她才又搬了回去。

晓芸经常去看贾玲玲。她在班上就和贾玲玲是铁姐妹,关系一直要好。贾玲玲与集团闹僵后,晓芸又去找过他哥哥。他哥哥说,这事不好办了,白敬森态度很强硬,淮风集团还专门写了一个报告，反映贾玲玲的情况，说她问题很多，不好好干工作，专门操事。这样的人不处理，集团还如何发展？晓芸说："你听他们糟扯，什么邪屁魍魉的！要说贾玲玲工作态度不好，那天底下就没有好的了！"

袁晓军也很同情贾玲玲，他对袁晓芸说："要么你劝劝贾玲玲，让她认个错，我再找人想想办法。"可贾玲玲平时都好说话，这个时候反倒犟了起来，说什么也不肯低头。沈小东也帮着找人。他如今是公安厅的处长了，认识不少人，但找了半天也没有结果。

袁晓军后来递了个点子，说干脆调出来吧，他联系了一个单位，愿意接收她。贾玲玲也同意了，可办调动时又被卡住了。淮风集团人力资源部说，她已经被除名了，不是他们单位职工了，她爱去哪都行，和他们已经没关系了。淮风集团不出调函，调动便无法实行。

袁晓军打电话给徐部长进行疏通，徐部长说，不是他不帮忙，是这事不好办，她已经不是淮风集团的人了，就连档案都转到人才交流中心去了。

这一来，贾玲玲受不了了。她去集团又哭又闹，集团保安竟打了110，把她弄到派出所去了。后来，还是沈小东把她接了回来。

这件事发生后，同学们都为贾玲玲担心，轮流去看她，劝她，安慰她。不久，她的情绪渐渐稳定下来。沈小东和袁晓军又帮着找了一些关系，最后有家单位同意采取变通的方法，先让贾玲玲以聘用的方式去上班，然后再通过劳动仲裁，重新获得身份，再办调动手续。得到这个消息，大家都松了一口气，也为贾玲玲感到高兴。

然而，谁也没有想到，就在这个当口，贾玲玲自杀了。

贾玲玲的死讯，吴黎明是最后知道的。那天举行告别仪式，我打电话通知了吴黎明，吴黎明一听愣了好半天。对于贾玲玲的事，他是一点也不知道。“这是哄时候的事啊？”他问。我说都大半年了。“这么大的事，怎搞没一个人告诉我？”吴黎明又说。

“告诉你有哄用？”我说，“你也帮不了忙。”

吴黎明有些不高兴了，说：“伙家，我们好歹也是同学吧？”我说：“这不通知你了嘛，记住时间，明天别拾弄搭弄①地搞错时间。”

第二天，吴黎明准时出席了告别仪式。我来的时候看到他一个人圪蹴在树下拔着烟，脚跟前丢了十来个烟头，看样子来了有一段时间了。他看见我站了起来，我注意到他穿了一件新崭崭的黑色滑雪衫，下边是一条牛仔裤，头发也梳得纹丝不乱，看样子是精心打扮了一番。不过，仔细看还是有点拾弄，裤子上沾满了油渍，衬衣领子也结了厚厚的垢，一看就知道有日子没换了，皮鞋上也满是灰尘。但打扮成这样对他来说已经不容易了。吴黎明见到我后，便一个劲儿地埋怨我没把贾玲玲的事早点告诉他。我心想，我怎么告诉你啊？江亚林正愁找不到碴子，你再掺和不是添乱吗，但我不能这样说，只能躲闪着应付他，说：“你不是太忙吗？没敢打扰你。”

我们说着话，同学们陆陆续续都到了。这次来的同学不少，除了合肥的，还有外地的，包括北京、深圳的同学有的也来了。武大是从天津赶来的。他在天津上大学，毕业后就留在天津了。我们

① 拾弄搭弄：合肥方言，形容人衣衫不整或头没梳、脸没洗的样子。

已经好久没见了。他是接到武二的电话赶回来的。“这事我不知道,”武大说,“要早知道,我非帮贾玲玲打赢这个官司。”武大如今在天津与人合伙开了一家律师事务所,而且在京津一带都小有名气。“不过,”他有些遗憾地说,“现在人死了,这官司就没法打了。”

告别仪式快开始时,江亚林赶到了。他现在已是科研所的副所长了,司机开车一直把他送到遗体告别厅前,一个跟班模样的人替他打开车门,他便周吴郑王地背着手走了下来。看到同学倒是主动上前打招呼,可不少人都扭过脸去装作没看见,他也感到有毫子没趣。仪式一结束便匆匆走了。

当天中午,沈小东做东请同学们吃饭。吃饭的时候,同学们又讲起贾玲玲的事,有的骂江亚林,有的骂淮风集团,说贾玲玲硬是给他们逼死的。“这事不能就这么算了,”武二气不过地说,“贾玲玲死得太冤了,咱们得告他!”

“告? 怎么告啊?”有人说。武大这时开口说话了,他说从法律角度说,人死了,劳动合同关系就不存在了,因此官司也没法打了。不过,从党纪国法角度说,如果淮风集团是打击报复,而且有腐败行为,那就是另一回事了。

“对,”武二说,“我就是这个意思,我们告他打击报复,搞腐败!”

“那证据呢?”沈小东说,“你不能凭空诬告啊?”

“怎搞是诬告啊?”武二不服气地说,“贾玲玲发现他们问题了,这才挨整的嘛,大家都知道嘛。”

“是啊,是啊,”沈小东说,“你说得不错,但证据呢? 你有吗?

拿得出来吗?”

武二听他这样一说,便瘪了气。

“哦,对了,”这时我说,“我想起来了,我听晓芸说过,贾玲玲好像有本日记,在她妹妹手中,上边不知可有线索?”

沈小东说:“那你让她查查看,只要有线索就好办。”

在我们说话的时候,吴黎明坐在一边,始终不吱声不则气,只顾闷头喝酒,菜也很少吃。散席时,他喝得酩酊大醉。我不得不打车送他回去。一路上他吐得沸反盈天,我用一个大塑料袋接都来不彻,他吐得一身都是,把那件新崭崭的滑雪衫弄得脏兮兮的。方大姐看他醉成那样,又气又心痛,嘴里骂道:“这个害人精,自己酒量就那毫毫大,又不是不晓得,发哄猪头疯啊?怎搞没喝屁得了?喝屁得了算了,省得害人!”

11

春节一到,我便进入了过年的模式,每天走亲访友,不是吃就是喝,要么就是斗地主打麻将。一个长假过下来,人累脱了一层皮。上班后仍是晕头耷脑,打不起精神,专家们说这叫过年综合征。由于还在年中,饭局和牌局仍然一个接一个,直到过了十五才慢慢消停下来。

春节期间,晓芸曾去贾玲玲家看过一次。她家冷冷清清,一点过年的气氛也没有。贾玲玲的老母亲仍然病快快地躺在床上,见到晓芸便拉着手直淌眼泪。飞飞坐在一边闷声不说话,那眼神里透着一股说不出的凄楚和压抑,让人看了直揪心。“唉,一个好好的家,就这样破碎了。”晓芸说着直叹气,我也为贾玲玲感到难过。

十五一过,上班逐渐走入正轨,各种事务蜂拥而至,我整天忙忙碌碌,三月里参加一个笔会,之后又去北京学习。四月里我又出了一趟国,去俄罗斯参观访问。等我回国后,天已渐渐热了。回到家里,我先洗了澡,晓芸已把菜烧好了,我一边坐下来吃饭,一边和她说起俄罗斯的见闻。这时,晓芸忽然说:“你还不晓得吧?吴黎明正在告淮风。”

“哦?”我有些意外,“哄时候的事啊?”

“春节后就开始了。”

“你听谁说的?”

“珊珊告诉我的,”晓芸说,“吴黎明这人还真够意思。春节后就去找珊珊了,说要帮着讨一个说法,让珊珊把情况都告诉他。可珊珊知道的情况也有限。吴黎明这人还真仔细,说:‘你姐当年写的材料不知还在不在了?’珊珊说不清楚。吴黎明就和她一起去贾玲玲的房子里找,可所有的地方都翻遍了,包括电脑里的文件也挨个找了一遍,还是没找到。吴黎明还不死心,说贾玲玲好像有个日记在她手中,能不能让他看看。晓芸开始还有些犹豫,因为日记中毕竟有一些个人的隐私,但吴黎明说要不然这样,你把日记中与淮风集团有关的内容复印给我。珊珊听他这样说,反倒有些不过意了。黄明也说:‘都到这时候了,别管那么多了,人家存心帮你姐,咱也别太见外。’”

“这么说,她们把贾玲玲的日记给他了?”我说。

“是的,”晓芸说,“吴黎明这家伙还真有毫子厉害,根据日记中的线索，整理出了淮风集团的大问题，写出揭发材料，先是给各单位寄，等等没有回音，便找上门去了。一个部门一个部门去找。现在这事闹大了，好几个领导都批示了，要求查办。”

我说：“没想到，真没想到。当时，参加贾玲玲告别仪式，同学们也就是说说，没想到说者无意，听者有心，吴黎明还真当回事了。”

“可不是，”晓芸说，“如果吴黎明把这事搞成了，那真是做了一件好事，也好还贾玲玲一个公道。”

有一次，我遇见沈小东，对他说起这事，他摇着头说，不要太乐观了，这事结果难讲得很。他还告诉我，吴黎明来找过他，他去市局报案，人家不受理，问我怎搞。我说还能怎搞？这案子早结过了，确实是自杀，人家还怎么受理？他说，他现在有证据了，证明贾玲玲是淮风集团个别领导逼死的。我问他哄证据，他便拿出一个材料，我一看那材料虽然下了不少功夫，也有一些线索，但多是推测，毕竟不具体。“所以讲，”沈小东说，“这事能不能告下来，难讲得很。”

沈小东的判断一点不错。几个月下来，尽管吴黎明到处告状，事情却毫无进展。国庆节期间，我和晓芸回老岳母家过节，见到了他哥哥晓军，就是那个在淮风集团上级主管厅里当办公副主任的。他说，你们这个同学还真过劲，为了贾玲玲的事，他是较上劲了。左三发，右四起[①]，不停地向厅里跑。厅长、副厅长他是挨个地找。好几次把厅长堵在大门口，硬是不让他走。厅领导一个个都给他

① 左三发，右四起：合肥方言，意为一次又一次。

搞得头皮发麻,想方设法地躲着他。

“那领导是哄态度?”我说,“难道就不处理吗?”

“那也不是,”晓军说,“厅长也让人查了,他反映的问题模模糊糊,仅凭贾玲玲日记的只言片语,线索很不明确,根本没法查。”

我说真要想查,哪有查不清楚的?我看这些当官的都是官官相护,说不定还和那姓白的小子穿一条裤子哩。

晓芸也说:“就是嘛,别的不说,这打击报复总是明摆着的吧。”

“是啊,你们那个同学也是这样讲,”晓军说,“可我们派人查了,集团里的人根本不承认,他们举了一大堆例子,说贾玲玲不好好工作,不服从分配。”

“这全是污蔑造谣!”晓芸说,“你要说别人不好好工作,我还相信,你要说贾玲玲,打死我也不信。”

“话是这么说,”晓军讲,“现在贾玲玲也死了,死无对证,集团这边又这样讲,你说怎搞?”

“还能怎搞?”我插话说,“他们这些人有权有势,哪有小老百姓讲理的地方?因此中央提出要反腐败哩,不反真不行了。”

“伙家,”晓军说,“学贵你可不能这么讲!摸着心门口讲,别的我不敢说,但在这件事上厅领导还真没包庇白敬森。我就参加过调查,可查不出问题咱也不能非说有问题对吧?”

我说:“这还叫没问题啊?人都叫他逼死了!我敢讲,这个白敬森肯定心里有鬼,否则他不会因为贾玲玲提了点意见,就把她赶出财务科。”

晓军说:“你有何证据?你这样说只是猜测,但白敬森也有他的道理,再说搞轮岗的也不只她一个人。”

“歇,歇吧,”我说,“这明摆着是整人嘛。他们官大嘴大,要整人还愁找不到理由?”

岳母看我们争执起来,便连忙制止道:“好了,好了,别争了,有哄好争的?快收拾桌子,吃饭吧。”

12

吴黎明告状并不顺利,但他一点也不气馁。厅里告不赢,他就上省里,信访办、纪委、监察厅、检察院、人大、政协、省委、省政府,凡是能告的地方他都去告。这耗去了他大量的时间和精力。他迟到早退,还常常请假。这一来,公司受不了了。他们高薪聘他来可不是让他来管闲事的。公司高层终于找他谈话了。他们婉转地表达了以下意见:“我们充分尊重你个人的意愿,对你个人的能力也寄予厚望,但鉴于市场竞争激烈,我们希望你能集中精力,排除干扰,不要因为你个人的私事而影响公司的工作。”尽管他们十分注意措辞,吴黎明还是听明白了,当天下午他二话没说便递交了辞呈。

这个消息在公司内部引起了不小的轰动,不久便传进了方大姐的耳里。她急得猫抓似的,和吴黎明又吵又闹,但吴黎明根本不予理睬。方大姐无奈之下打电话向我求助:“学贵啊,你来劝劝他吧,你讲这不是吃错药了吗?连饭碗都不要了,伢才十来岁,将来我们靠哄个生活啊?我知道你们俩对色,只有你的话他能听进去,你来说说他吧。”

我听了也吓一跳，连忙扯上武二，一起去了“江师”。吴黎明结婚后，学校按副教授待遇给他分了一套房，70多平方米，两室一厅，住房条件大有改善，屋里也收拾得比以前干净多了，当然这都是方大姐的功劳。婚后方大姐还给他生了一个男孩，小名叫光光，正在上小学。我们劝他说，你黑七糊三地把工作辞了，这不是瞎胡闹吗？你就是不为自己想，也得为光光，为方大姐想想啊，他们也不容易啊！吴黎明吧唧了一下嘴，一副满不在乎的神情说：“好大事啊，搗叽叽的，还能饿死他们啊？”

我说你可不能这样说，虽然这些年你工资不低，有一些积蓄，但坐吃山空，总有用完的时候，你就不想想以后啊？

武二也帮着一起劝。吴黎明说：“这个不用你们操心，我早想好了。我先把贾玲玲这事办妥了，再去找工作，你还怕我找不到工作啊？”他一副自信满满的样子。他还向我们透露说，他下一步要上北京，找中央，找国务院。“我还不信告不下来了！”他说，“当然，我知道这事很难，再难我也不怕。哪怕告他两三年，不信这事解决不了，不信他白敬森能一手遮天？”

方大姐在一边气得直跺脚：“你这个人怎搞这样拾弄啊？谁的话也不听。贾玲玲是你哄人啊？人家家里人都不伸头，你倒屁急急的，她和你哄关系啊？你给我讲清楚，你们过去是不是有一腿？就算有，现在人都屁得了，你这个骚不弄子难道还放不下啊？”

方大姐气急上火，话也失了分寸，吴黎明开始对她的吵闹不理不睬，但看她越说越不像话了，不禁勃然大怒，抄起桌上的热水瓶便砸了过去。热水瓶砰的一声炸开了，方大姐吓得连跳几跳，开水还是溅了一裤腿,幸亏天气冷,穿的衣服厚才没烫到。

“你这个没良心的!”方大姐跺起脚来哇哇大叫。“你想烫死我啊?我烧给你吃,烧给你喝,一天到晚忙得像个小使子似的,你就这样对我?你这蹚炮子的枪冲的,也太没良心了!”方大姐越说越气,嗓门也越来越高。

“你给我住嘴!”吴黎明这时又抓起茶杯要砸过去,我和武二赶紧上去把他拉住了。他一边挣扎着,一边对方大姐怒目而视,“你再说一句,看我夯不死你!”

大约从没见过吴黎明发这么大的火,方大姐也害怕起来,声音慢慢小了下去。吴黎明虽然被我们按到椅子上,但他仍然怒气未消:“方银花(方大姐的名字),我告诉你,你骂我可以,但你不准骂贾玲玲。她是一个好人,你晓得不晓得,我这辈子哄人都不欠,唯独是欠她的!”说完这话,他眼睛竟有些湿润了。

从吴黎明家出来,我对武二说,没想到这么多年了,吴黎明还没忘掉那件事。武二问我哪件事,我说就是那次他差点被开除的事。武二一听便明白了,他说:“吴黎明这家伙还真够朋友!”

冬去春来,日子过得飞快。转眼两三年又过去了,吴黎明从省里到北京,再从北京到省里,来回不停地上访、告状,但事情一直没有结果。显然,他过低地估计了事情的难度,没想到这件事远比他预想的要复杂得多,也困难得多。其实,有关部门对他的反映还是相当重视的,北京多次督办,省里各部门也组成了联合调查组对淮风集团进行了调查和审计,但都没有发现太大的问题。

有一次领导接待日,一个领导接待了吴黎明,他肯定了吴黎明向上反映问题是一种负责任的表现，是法律赋予一个公民的权利，但同时对他仅凭一己推测，便坚定认为淮风集团有问题，白敬森同志是腐败分子，这也不是科学态度。这位领导很开明，他还让有关人员把最近对淮风集团的调查和审计报告拿给吴黎明过目。“凡事要讲道理，重事实，”他和颜悦色地开导吴黎明说，“是的，我们要维护你的权利，但别人的权利我们同样要维护，是不是这样啊，教授同志？不过，我向你保证，只要有事实，有证据，不论何人，官再高，权力再大，我们都决不姑息，你要相信党，相信组织。”

不知是这位领导的话起了作用，还是屡次碰壁，吴黎明开始有所改变了。那段时间，有关部门不再出现他的身影，包括省里和北京他也好久不去了。不过，他依然很忙，每天早出晚归，蹬着那辆叮当乱响的破脚踏车四处乱跑，谁也不知道他在干什么。自打那次发火后，方大姐老实多了，除了背后发几句牢骚，也只能睁一只眼闭一只眼，任由他去了。

日子一天天地过去，转眼又到夏季。有一天晚上，我正在省体育馆灯光球场打球，手机忽然响了。我一接，是方大姐的。

“学贵吗？”

“是我。”

“吴黎明让人给打了！”方大姐在电话那头哭了起来。

我听了一惊，连忙说：“嫂子，你别急，有话慢慢说，究竟出了什么事，吴黎明现在人呢？”

“正在医院里抢救哩。你说这要有个三长两短，我们娘儿俩可怎么活啊？”方大姐一边说着，一边呜呜地哭个不停。

我一边劝她，一边打车赶到医院。吴黎明正在急诊室里抢救，方大姐看到我便迎了上来，就在我向她打听情况时，武二也赶到了。“这是哄人干的?”他说。

“哈个知道呢?”方大姐说。

“吴黎明是不是得罪谁了?”武二又问。

“哈个知道呢?”方大姐一问三不知。

几个小时后，吴黎明从急诊室里被推了出来。他被打得不轻，脸上充血，头肿得像个笆斗似的，缠满了绷带，左腿也被打断了，上了夹板。医生说，这些人下手真狠，不过还算好，没有打到要害，只是从 CT 看，脑震荡较为严重，可能会留下后遗症。方大姐一听又哭了起来，我们连忙劝她，把还处于半昏迷状态的吴黎明推进了病房。

几天后，吴黎明的伤情渐渐好转，已经能够坐起来了。我和晓芸去看他，给他带了一些吃的。他告诉我说，那天他从外边回来，快到江师时，有一段路正在修，他便下了脚踏车，推着车子向前走。天很黑，路灯也坏了。他深一脚浅一脚地走着，忽然有人从后边冲上来，用麻袋往他头上一套，便打了起来。“我是一毫毫也没想到，”吴黎明说，“当时头嗡地一下就什么都不知道了。”后来，有人路过发现了他，便打了 110，这才把他送进医院。我说：“你是不是和谁结仇了?”他说：“也许吧。”

“也许?”

“是的。如果说结仇，那只有一个人。”

“谁啊?”

“白敬森!”他非常肯定地说,“因为他害怕了!”

“害怕?”

“是的。”

原来,吴黎明这段时间虽然没有告状,但并未闲着,而是在搜集淮风集团的情况。他早出晚归,多方打听,先后找了不少淮风集团的人,包括原先与贾玲玲共事过的同事,以及那些先前被白敬森撤换和调职的人。凡是能找的他都找了。“所以,白敬森害怕了,这才狗急跳墙,派人来打我。”吴黎明分析说。

“你不要命啦?”我说,“这太危险了!”

吴黎明哼了一声说:“好大事啊,捣叽叽的! 这不正好暴露了他们,说明他肯定有问题啊!”他有些得意地说,那神情不像是刚刚挨了一顿打,而像是意外地捡了个大元宝。我心想这家伙走火入魔了,再这样下去非出纰漏不可。回去后,我把自己的担心对晓芸说了。晓芸说:“他这是和他们摽上了,不弄个水落石出,恐怕是不会回头了。”

又过了几个月,吴黎明的伤好了,腿也能走路了。他又带着新搜集到的材料,开始从省里到北京,从北京到省里地来回折腾了。有一天,沈小东给我打电话,说:“伙家,咱们得劝劝吴黎明,不能再这样下去了。”我感到有些奇怪,他一向懒得管闲事,怎么忽然热心起来? 我说:“伙家,你怎搞也当起老曹妈了?”

沈小东说,前两天他在党校学习,一个领导碰见他,这个领导就是那个曾经接待过吴黎明的领导。他说:“小东啊,听说那个吴黎明是你的同学,你帮着劝劝他,老是这样搞,影响也不好。”

我说:“难怪呢,搞了半天,你是想顺领导的蛋啊?”

“你少跟我邪屁魍魉,”他打着哈哈说,“我这不也是为他好吗?”

这倒也是实话。几天后,我们便一起去了吴黎明家。吴黎明不在家,方大姐一见我们又诉起苦来。她说:“这怎搞呢?工作工作没有,工资工资没有,家里哄事都不管,油瓶倒了都不扶,这都不讲了。上回还叫人打得半死,差点就屁得了。就这样,还是不长记性,想想真让人胀肠子。你说这个害人精,哄时是个完啊?”正说着,吴黎明从外边进来了。自打上次被打后,左腿便不大利索了,走起来就有些拐啊拐的。方大姐看他回来了,便住了口,忙别的去了。吴黎明坐下后,便和我们讲起去北京的情况,他说他又搜集到了一些材料,但还是不够具体:“不过没关系。我又找到了几个人,”吴黎明说,“他们现在还有毫子顾虑,我正在做他们的工作。”看他那个样子,一点没有罢手的样子。

沈小东说:“吴黎明啊,我们上初中就在一起,下放时也在一起玩,后来又一起上大学,你说我们算不算朋友?”

“算啊。”

“既然是朋友,你说我们会害你吗?”

“当然不会。”

“那好,”沈小东说,“你就听我们一句劝,别再折腾了。这都五六年了,你难道还没折腾够吗?”

吴黎明眯起眼睛看着沈小东,那神情很不以为然。“伙家,”他说,“这怎搞叫折腾呢?”

“不叫折腾叫哄个?”沈小东说,“我问你,你究竟图个什么?就算是为贾玲玲,该做的你也都做了,对不对?”

吴黎明说:“这事起头是为她,但现在也不光是为了她!”

“那为个哄?”

“哄也不为,”吴黎明说,“我就是不信这个邪。”

沈小东听了直摇头,回来的路上,他对我说:“伙家,这人彻底完了,咬卵横犟,一根筋到底。没救了,真没救了。”

13

又过了几年,我们这些老三届都陆续退休了。吴黎明也办了退休手续。本来,他从那家公司辞职后,便成了无业游民。因为年龄渐大,身体机能也出了问题,经常生病住院,可由于没有工作,连个医保也没有,生活更加困难。他的情况引起了“江师”金书记的注意。金书记就是当年数学系的辅导员,吴黎明和贾玲玲都是他的学生,他知道吴黎明这人有才,对他的境遇也很同情,便在党委会上力排众议,让吴黎明重新回到数学系工作。

吴黎明回到数学系后,除了代代课,搞点研究外,任务并不多。业余时间或寒暑假,他仍是左三发,右四起地往省里跑,往北京跑。同学们开始还关心这事,有时碰见了还要说一说,问一问。时间一久,便都疲沓了,连问都懒得问了。

我退休后,除了写作、看书,便是在家带孙子,对外边的事也越来越不关心了。不仅很少外出,就连同学们的聚会也是能推则推。正所谓“晚年唯好静,万事不关心”。

2015 年,全国反腐力度越来越大,一个个大老虎小苍蝇不断被揪出来。有一天早上,我在院子里散步,收音机里传来了一个消息,淮风集团董事长白敬森因严重违纪,正在接受组织调查。报道称,白敬森是在一次会议上被带走的,在这前一天,他还高调地在电视上接受采访,大谈清正廉洁,以及企业如何在新形势下再创辉煌。听完这个报道,我连忙给吴黎明打电话,可电话响了半天也没人接。我接着又给沈小东打电话,问他是否知道这件事。他说早知道了。

"没想到,"我说,"吴黎明告了这么多年,总算让他告成了。"

沈小东说:"你别抬举他了,这事和他有毛关系啊?据我所知,是上海一个什么案子把白敬森牵出来的。"那口气很有些不以为然。

我说:"你不能这么说吧?就算是上海的案子把白敬森牵出来的,那也不排除吴黎明的功劳吧?他告了那么多年,难道一点作用也不起吗?"

沈小东看我这么说,也不想和我抬杠,便敷衍道:"也许吧。"接着便转了话题。

我们又聊了几句,我便挂了电话。这边电话刚挂断,又一个电话打进来了。我一看来电显示,是吴黎明,便说:"伙家,刚才去哪了,怎搞不接电话啊?"那边传来一个女人的声音:"学贵是我啊,我是你嫂子啊。"

"哦,是嫂子啊,"我说,"吴黎明呢?"

"他住院了。"

“又怎搞的?”

方大姐说:“哈个晓得哩。昨晚好好的,坐在房里看电视,不知怎么就突发脑溢血了!”

“脑溢血?”我说,“要紧吗?”

她说还好,得亏发现得及时,已经脱离危险了。放下电话,我便赶去医院。吴黎明的病情已经稳定了,正在吊水,但嘴巴明显向一边歪去,说话时嘴里像含个烂桃子,呜哝呜哝的,手也战战簸簸,不大好使唤了,不过情绪还不错。我说:“伙家,好消息,白敬森被抓了。”吴黎明点点头,说是已经知道了。

“你的心愿总算完成了,”我说,“贾玲玲地下有知也会感谢你。”

吴黎明说:“哄个谢不谢的?我早说过我要报答她,男子汉大豆腐,说到做到。”他咧开嘴巴笑起来,就像当年送收音机给我一样。我看着他满头白发,一脸皱纹,心里突然有些苦涩:“唉,想想都十年了,真不容易啊!”

“你叹哄个气啊?”吴黎明说。

我说:“想想也亏,如果没有这件事,你肯定不是现在这样,成就不说了,起码评个教授没问题吧?”

吴黎明满不在乎地眯起眼睛,说:“呔,伙家,人怎搞不是一辈子啊?评上教授又怎样,也不多长块肉,你说对吧?”

我说:“对,好大事啊!”

吴黎明笑了起来,嘴巴歪到一边,那模样让人百感交集。

县长朱四

1

高田从青龙山上下来的时候，不早不晚正好撞在了自卫团的枪口上。高田是一心要避开盘查，所以特地选择了这条人迹罕至的崎岖山路，而且时间也选择在太阳下山之后。临时找来的两个脚夫都大惑不解，他们不明白，这位矮壮的高田先生为何要放着大路不走，偏走这鬼不生蛋的小路？但高田却通过译员告诉两位老实巴交的农民，他愿意加倍付给他们脚钱，只要按他说的把自己和译员送过青龙山去。说着，他就伸出五根长着黑毛的粗短的手指头，在他们面前使劲地晃了晃。五块光洋？脚夫睁大了眼睛，这几乎是他们连想也不敢想的数字，但站在一旁的那个给高田担任翻译的精瘦的家伙却用纯熟的中国话向他们证实了这一点。五块光洋！他肯定地这样说，并朝他们鄙视地笑了笑。

高田利雄的公开身份是日本九州帝国大学教授、著名的探矿专家。早在昭和二年（公元1927年），他就受聘于三井物产，在中国东北一带进行探矿活动。高田的汉语读写能力堪称一流，但口语水平却十分低下，因此他的身边总也离不开译员。译员是个小个子，瘦瘦的，长着细溜溜的鸡脖子，鼻梁上架了副金丝眼镜，说话慢声慢气的，带着尖尖的女声。他名叫藤原江，其父曾是日本满铁的重要干部，藤原自幼随父母在中国长大，成人后一度被送回本土，就读于九州帝国大学，高田曾做过他的老师。

太阳下山后，他们就开始出发了。暮色正在一点一点地加深，飘在山脚下的薄雾也在一点一点地变暗，终于完全消失于夜色之中了。被脚步声惊起的飞鸟时而扑扇着翅膀向远处的树林里飞去，在寂静中引起了短暂的骚动。脚夫们挑着探矿器材和生活用品走在前面，高田和藤原牵着马跟在后边。道路越来越险峻了，他们小心翼翼地走着，走得很慢。为了减少动静，马蹄上裹了厚厚的麻布，踩在石子路上发出令人压抑的、沉闷的声响。天完全黑下来后，就只能依靠朦胧的月光和手电摸索着前进了。对于不惯走夜路的人来说，坎坷不平的羊肠小道完全是一场灾难。走了一会儿，藤原就气喘吁吁地掉在了后面。体魄强健的高田不时停下来，回过头去皱紧了眉头。跟上，快跟上，他压低嗓门催促道，声音里流露出不满。

高田在学生时代就是一把运动好手。他曾代表帝国大学参加过全日大学生运动会，在短跑、骑马和游泳等项目上均拿过名次。尤其拳击，更是其拿手好戏，他曾多次在各种比赛中大出风头。后来的生活经历又是长期泡在野外，风餐露宿，摸爬滚打，使他的筋骨如同铁打一般，走这种夜路压根儿就不算什么。但这可苦了藤原江。藤原虽然比高田小十几岁，可他长得瘦弱，一副营养不良的架势，且长期生活在城里，眼下这种夜路对他无疑是一种很痛苦的折磨。然而，他明白他必须无条件绝对服从高田，没有丝毫讨价还价的余地，于是只得咬紧牙齿，挣扎着向前移动。

拂晓时分，天上飘起了淅淅沥沥的雨丝，秋风秋雨裹着浓浓的寒气，不知不觉地弥漫开来。湿润的路面变得滑腻了，像抹了一层油，更增添了行进的困难。所幸的是，青龙山这时已被高田他们甩在了身后，前方的道路逐渐趋于平坦。在绛紫色的夜光中望去，五湖城的身影模模糊糊的，仿佛一个不可言状的巨兽沉浸在美妙而恬静的梦乡里。看来，天亮前通过五湖已不存在什么问题了，高田这样想着，心情开始轻松起来。休息一会儿吧，当藤原狼狈不堪跌跌撞撞地从后面跟上来时，他铁石一般的心里突然涌出了一丝同情。

藤原如遇大赦，身子一软，便如同一摊烂泥似的倒在了湿漉漉的路边上，脚夫们也找了个避风的地方歇住担子。

“藤原君，”高田在藤原身边坐下来，无声的雨丝在黑暗中闪烁着微光，他拢了拢被雨水浸湿的衣服，用打气的语调说，“再咬咬牙，前面的路就可以骑马了。只要我们天亮前通过五湖，那就不会再有麻烦了。”

藤原哼哼着，声音细若游丝，算是作了回答。不久，雨就停了下来，炼乳一样黏稠的雾气在黎明前的晨曦中庄重而富态地游动着，好像伸手就可以触摸到。在一片深沉博大的宁静之中，寒气显得愈加浓烈了。两个脚夫噗噗地打着火镰，想抽口旱烟解解乏，高田立刻上前制止了他们。

“不揪盐（不抽烟），不揪盐。”他压低嗓门，用生硬的发音含混的汉语低声喝道。

脚夫们一脸木然，疲惫而迟钝地望着他。他们不明白他想说的是什么。

“不揪盐，不揪盐。”高田使劲地用手比画着，好不容易才达到了目的。两个脚夫显然对他的要求感到不满，但还是老实地顺从了。就在他们使劲地咽着唾沫，有些遗憾地收起旱烟的时候，不远处的山脚下突然传来一阵吆喝声：

“喂，上面是什么人？……干啥的？……”

高田的身子蓦地僵住了。他循着喊声望去，粗重的喘息在黑暗中如风车旋转。瘫在地上的藤原江也触电般一骨碌坐直了身子，像只受惊的鸟儿，仓促间不知所措地望着高田。

2

五湖自卫团出城巡逻是极其偶然的。在这之前，他们从不出城巡逻，只是例行公事地在城门口布置一些岗哨而已。但就在这天晚上，新任县长朱四却突然心血来潮，打破了这个惯例。

事情说起来也巧了。那天晚上，城里三江货栈的驮队在离青龙山不远的官道上遇到了匪情，幸亏附近村庄的联防队及时赶到才没有遭受太大的损失。这样的事其实以前也曾发生过，朱四早就对此十分恼火了，可他上任伊始，立足未稳，一直没有顾上这些事，现在他觉得应该管一管了。于是朱四连夜把自卫团团长马老五找来，要他每晚必须派出巡逻队，巡逻范围包括城外青龙山、大流河一带。马老五老大不情愿，他支支吾吾地提了不少困难，比如人手少、马匹缺乏等等。朱四不等他说完就沉下脸去打断了他的话。朱四说:“马团长,你只要回答一句,去还是不去吧。”

“这个,”马老五被将住了,他尴尬地摸了摸光溜溜的脑袋,朝朱四笑了一下说,“这个,县长的话嘛,我能不听?”

“听就好,”朱四的声音变得温和起来,他说,“老五啊,我这也是为百姓着想,有啥困难我会想办法的,你现在就去准备吧。”

马老五拿起帽子,用粗糙的手巴掌把它展展平,然后戴到头上。“啥时开始?”他望着朱四问。

“今晚。”

“今晚?”

“是的。”朱四叼起一支烟,平静地擦着了火柴。“就今晚。”他说。

马老五使劲鼓了鼓嘴巴,那表情是想说点什么,可话到嘴边又咽了回去。

马老五在五湖地面也算得上是一个拿鼎的人物了。其父原是当地一个有名的武师,后在城里开了一家镖局,红火过一阵子。马老五自幼随父习武,练了一身好功夫。父亲死后,镖局垮了,他就进了东兴钱庄做起保镖。东兴的刘老板是五湖十八县有名的大财东,五湖商会的会长。民国十七年(公元 1928 年)一个热得让人喘不过气来的夏天,刘老板去省城给省长贺寿回来,当他乘坐的小客轮驶到靠近五湖的一个名叫十五里坡的地方时,遇上了土匪,船上的乘客被洗劫一空,刘老板也被绑了票。

制造这起事件的土匪头目就是青龙山一带大名鼎鼎的“老洋人”。老洋人姓吴,叫什么没人清楚。据说他祖籍山东,因犯了人命案，这才逃到五湖一带。之后不久就拉起人马，干起了占山为王、打家劫舍的勾当，闹得当地鸡犬不宁，谈匪色变。老洋人身板高大，钩鼻凹眼，头发卷曲，长相酷似洋人，其绰号也由此而来。他的凶残是出了名的，杀人如麻，恶迹昭著。有歌谣为证：最苦莫过黄连根，最狠莫过老洋人。谁要是犯在他手里，不死也得脱层皮。这次老洋人索价十万光洋，数额之巨，令人咋舌，而且赎票的时间也十分苛刻，定于次日太阳下山之前，否则就撕票。

消息传进城里，东兴钱庄上下顿时乱了套。由于票价数额太大，一时难以凑齐，县长连夜把警察局长召去商讨对策，商讨来商讨去，也没想出个好办法。眼看期限就要到了，马老五站出来说话了。马老五说，如果信得过，就让我去试试吧。刘太太听了这话，差点儿当场就给他下跪。马老五却显出了从未有过的镇静。他说，我马老五光棍一个，竖起一根，放下一条，来去无牵无挂，只是家里还有老母在堂，让我放心不下。他向刘太太提出，万一他要有个三长两短，务望刘家能拉扯一把。

“老五啊，你这是从何说起？”刘太太这时也大动感情，一把鼻涕一把眼泪地说，“你冒死搭救老爷，就是刘家的大恩人啊，你不说我们也懂得该咋着。你要是有个意外，刘家一定烧香念佛供奉你家老太太，你就一千个放心吧。”临走时，她又千叮咛万交代：“别的啥都别问了，救人要紧，无论如何得请老洋人宽限几日，赎金一俟凑齐，立马派人送去。”马老五沉着地点头，说他知道该咋办。

当天下午，马老五就骑上马，带着先期凑齐的两万块光洋，独自一人进山去了。在他走后，几乎所有的人都为他捏了一把汗，因为按照老洋人乖戾暴躁的脾气，赎金不够不但要撕票毁人，而且就连送钱者也难保活命。后来刘家人每每回忆起那个夜晚，都说这是他们经历过的最漫长、最难熬的夜晚了。全家老少几十口人围坐在厅堂里，惶恐不安，心焦如焚，如同大限将至。刘太太更是长跪不起，在佛像前一个劲地磕头祷告。然而，天亮之后，就在刘家人经过漫长的不眠之夜，正陷入心力交瘁、神志麻木之际，外面突然一片声地乱了起来。一个伙计慌慌张张地跑进屋里，上气不接下气地叫道：

"老爷……老爷……"

"老爷咋啦？"

"老爷……老爷……"

"小祖宗，老爷咋啦？你快说！"

"老爷……老爷回来啦……"

刘太太一听这话，立时背过气去。丫头和老妈子们又是掐人中，又是往她脸上泼冷水，这才使她慢慢缓过气来。她挣扎起身子，在丫头们的搀扶下，颤巍巍地来到门口，远远看见一大群人簇拥着一匹马从大街上走过来。到了近前，她才发现饱受惊吓之苦的老爷面如死灰、有气无力地伏在马背上，已经奄奄一息，而牵着马走在前面的马老五虽面带倦容，却神采奕奕，俨然一个凯旋的英雄。

这件事发生后，马老五名声大震。事情的过程后来几经渲染，也被越传越神，光民间流传的各类版本就有十几种之多。但据马老五自己讲，倒也不像人们所传的那样传奇那样玄妙。那天上山前他就抱定以死相拼的决心,见到老洋人后,对方一听说钱没带够,果然就翻脸了。但马老五没容他喊人动手就抢在了前面,他敏捷而迅速地贴上去,用一把事先藏在裤腿里的尖刀逼住了老洋人。马老五说:“我说兄弟,咱们无冤无仇,好说好散。我马某贱命一条,不值几文大钱,你要肯给面子,就收下这两万光洋——这数字可不算小了——放我们回去;要是不答应,那也只好以命抵命了。”老洋人一看马老五的眼神,知道碰上不要命的了,心里便虚了几分。他极不情愿地笑着说:“看来兄弟也是一条好汉,我老洋人就交你这个朋友了。”这之后,在马老五的胁迫下,老洋人又亲自把他们送到五湖城边……

说到底就这回事吧,善的怕恶的,恶的怕不要命的。马老五每当说到这里,总免不了要这样总结一番,然后得意地仰面大笑。

绑票事件后,马老五便成了刘老板的大恩人,深受器重。不久,五湖成立自卫团,在刘老板一再郑重推荐之下,马老五就当上了自卫团团长。当了团长,又有刘会长撑腰,马老五便有些忘乎所以起来,平日里趾高气扬,目空一切,有时就连县长的话也爱听不听。前任胡县长为此发过几次脾气,可也拿他没办法。然而,新任县长朱四到任不久,马老五却一下子认栽了,在朱四面前他乖得就像个没见过世面的雏儿,用自卫团弟兄们的话说,就是他二得比龟孙子还龟孙子……

3

夏季结束的时候五湖落起了绵绵细雨,迷蒙的雨雾飘洒在枯败的落叶上，散发出甜丝丝的、腐烂的气味，空气中弥漫着阴晦和湿润。

新任县长朱四就在这样的日子来五湖上任了。关于新县长的来历和背景，人们知道得并不多。从履历上看，他姓朱名之骥，字华忠，生于光绪二十三年（公元 1897 年）秋，因行四，故人称朱四。民国三年（公元 1914 年）春，朱四曾去日本士官学校留学陆军，但并未毕业。原因据他从老家带来的仆人朱小六说，朱四在日期间深受当时一些宣传启蒙思想的书籍的影响，认为非实业不能救国救民于水火，于是不顾家人反对，毅然改学矿业。但学成归国后，他的实业救国梦却没能实现。当时的中国根本无人重视矿业，仅有的一点矿业公司也都控制在外国人手中。混了几年没混出名堂，朱四也就心灰意冷，产生了改弦更张、弃实业而从政的念头。恰逢这时五湖前任胡县长因日本大远东探矿公司的塌方事件引起的政潮而被开缺，他便不大费事地谋到了这份差使。人们还从小六子的口中得知，朱四有个舅舅在南京参政院任职。他是个老同盟会员，参加过北伐，在国民政府中有不少关系，朱四的任命好像也是得力于他的举荐。

朱四刚到任时给人的印象是很一般的。他貌不惊人，长相也过于斯文了，说话不紧不慢，好静不好动，这些都给人一种文弱的感觉。而事实却正好相反，朱四是秋天到五湖上任的，到了次年夏季，不足一年的时间里他就成功地改组了县府各级机构，整顿了自卫团，包括撤换所有他认为应该撤换的大小官员，成为全县说一不二的人物。直到这时人们才认识到朱四的才干和魄力非同一般，在那斯文的外表之下掩盖着另一个侧面。这就是老练、手腕和心计。

马老五算是最先领教到朱四厉害的人之一。前任胡县长交接时曾推心置腹地对朱四说，五湖这县长不好当啊，且不说日本人了，光一个马老五就够缠的，你还是好自为之吧。说这番话时，胡县长的舌头在嘴里直打绕，那天他喝了过量的酒，加上心情苦闷，已是半醉了，但朱四看得出他那眼神是真诚的。胡县长是个老实人，可运气不佳，丰岩塌方闹得他里外不是人，灰溜溜地被罢了职。说到马老五，他的表情是无奈而又充满怨恨的，但朱四听了不置一词，淡淡地笑了笑。

恭贺新县长到任的欢迎酒宴几天后在状元楼大饭店举行了。五湖军政要员、名流显贵、乡绅贤达，以及各界代表纷纷出席，高朋满座，气氛热烈。酒过三巡，人们频频来主桌向朱四敬酒，朱四和蔼地微笑着，他说，不喝了，不喝了，我喝得不少啦。来敬酒的便说，县长意思一下就成，我们干了，说着一饮而尽。而朱四就端起杯子在嘴边轻轻一点，算是意思到了。没有人勉强他，他是县长，表示一下意思已经足够了。

马老五坐在朱四边上的一桌，一直冷冷地朝这边看着，看了一阵子之后就站了起来。他身材胖大，厚大的手巴掌里攥着酒瓶，像头黑熊似的威风凛凛地挤到桌前，肩膀轻轻地左右一动，那些凑在桌前等着敬酒的人便被七歪八倒地撞了开来，不知是谁手中的酒泼翻了，溅洒得到处都是。人们很恼怒地回过头去，可一见是马老五也都不吱声了，纷纷让到一边。

马老五大咧咧地翘着脑袋，他的帽子满不在乎地扣在后脑勺上，衣领大敞，褐红的大脸盘上油渍渍的，冒着汗珠，显得英气勃勃。“来，让我也来敬敬新县长。”他嘶哑着嗓门嚷嚷道，声音像破钟似的沙沙响。看来，他已经喝得不少了。

“老五，意思到就行了。”坐在朱四身旁的刘会长开口说。

“那哪成?”马老五一撸袖子，露出了滚圆的长着毛茸茸黑毛的粗壮胳膊。他说:“那哪成啊，今儿个可是五湖的喜日子。新县长初到乍来，与民同乐，酒还能不管够吗?”说着大巴掌一揽，揽过六只酒杯，又一龇牙咬开手中的瓶盖，把酒杯斟满了。接着，他就兴奋地抹了一下嘴，又用力搓了搓手。“来，来，”他高声叫道，“让我先和县长喝个六六大顺。”

朱四微笑地望着马老五，表情温和而安详。他摇着手说:“马团长，你的心意我领了，但今天我喝得不少了，不能再喝了。”

“那哪成?”马老五咧开嘴巴，露出了两排硕大而结实的牙齿，他说，“那哪成? 先喝为敬，我先喝了。”不等朱四表态，他一把抓起三只酒杯，像吹口琴似的在嘴边一滑，三杯酒便吱溜溜下了肚。他一翻掌，朝朱四亮了一下满把抓着的三只空酒杯，说:“朱县长，我可是喝了，你要不喝，就是瞧不起我马老五。”

朱四撩了一下眼皮，白皙文静的脸上飘起一丝淡淡的红晕。他说:“马团长，你这是要我难堪啊。”

“话可不敢这么说，”马老五哈哈笑起来，“朱县长屈尊降贵来到咱这里，这是咱的福分啊，咱高兴还来不及呢，大伙说是不? 我老五是个粗人，别的能耐没有，几杯薄酒也算是表表心意，县长可得给面子哦。”

朱四笑了笑:“这么说,这酒我是非喝不可喽?”

“那您瞧着办吧,”马老五歪起脸,似笑非笑地望着朱四,他说,“俗话讲,酒桌无大小。我老五今儿个斗胆冒犯地说一句,县长要是存心不给面子,我也无话可说,就算我老五自讨没趣吧。”

马老五的话半真半假,但听上去已颇有几分刺耳了。在场的人都有些不自在起来,局促地交换着目光,气氛隐隐地开始有些不安了。坐在朱四另一侧的一个着中山装举止沉稳干练的官员这时咳嗽一声,站了起来。他叫吴仲荣,是五湖县的四朝元老,现任县府参事兼第一科科长。吴仲荣说:“马团长,你的心意朱县长领了。我看这样吧,我来代他喝一杯,你看如何?”

“那不成,”马老五板住面孔,红头紫脸地瞪起眼睛,摆出了一副较真的架势。他说,“要代都得代,这三杯你要代,那我的三杯你也得代。”

“你的不是喝了吗?”吴仲荣说。

“喝了怕啥?咱不会再斟上?”马老五摇着手中的酒瓶说,“别的没有,酒可是管够。”

吴仲荣的脸色有些难看起来,他心里明白马老五这是故意找碴了,便气鼓鼓地坐下去不再说话。刘会长在一边看不下去了,他用筷子在桌上轻轻地敲了敲:“老五,你是咋了?我看你是喝多了。”

“多?这还叫多?”许是酒劲上来的缘故,马老五有些逞性子了。平时他很听刘会长的话,这会儿也听不进去了。他说,“这点酒算个啥？我还没开始喝呢。县长要是真不肯给面子，那干脆，这三杯我也喝了。”

马老五的话越说越出格，刘会长也感到摆不住面子了。他沉下脸刚要训斥几句，朱四笑吟吟地在烟缸里捺灭了香烟。他抬起脸，饶有兴致地看了马老五一眼，眯缝着的眼睛里潜藏着深深的笑意。朱四说：“好，好，看得出马团长是个豪爽之人，朱某我今天就舍命陪君子了。”说着，端起杯子，很沉稳地把三杯酒一杯一杯地喝了下去。

周围立时响起一片彩声。好啊，人们叫道，接着便七嘴八舌地向朱四恭维起来。刘会长和吴仲荣也长长地舒了一口气，他们说，没想到朱县长好酒量，海量，真是海量啊。

就在气氛开始轻松下来的时候，一向争胜好强的马老五却明显地感到被冷落了。他鼓了鼓嘴巴，接下去便像赌气似的抓起酒瓶，又把那六只杯子一一斟满了。

“老五！你这是干啥?”刘会长不满地瞪了他一眼。

马老五没有理会。他伸手抹下脑袋上的帽子，往桌上一甩，又朝着朱四拱拱手。“多谢县长瞧得起，”马老五说，“刚才是我马某个人的一点心意，现在让我代表自卫团全体弟兄再敬县长一次。”

“老五!”刘会长真有些不高兴了。

“刘会长，这事您老就甭问了。”马老五挥了一下手，又转过脸朝着朱四，脸上的笑容已是咄咄逼人。他说，“再说了，五湖的规矩，敬酒是敬双不敬单，这也是图个吉利。来，还是我先喝……”

“慢着。”朱四嘴角飘过了一丝冷笑，他竖起两根指头做了个手势，一直站在他身后的小六子便朝他俯下身来。朱四吩咐了一句什么，不一会儿，小六子就找来两只青瓷海碗，摆在桌上。朱四先把马老五面前的三杯酒倒入一只碗中，又把另外三杯酒倒入另一只碗中。碗很大，三杯酒倒进去只浅浅地覆盖住碗底。他漫不经心地端起一只碗，轻松自如地晃了晃，而后稳稳地放好，很和蔼地微笑起来。“小六子。”他叫了一声。

“哎。”

“满上。”他吩咐说。

“好嘞。”小六子脆脆地应了一声。

两只海碗很快就灌满了，浓浓的酒香四处弥漫，空气中充盈着一种隐秘的激动。几桌子的人都扭过头来注视着这边，被即将发生的事情弄得振奋起来。马老五却有些发愣了。他的酒量虽然不小，但眼前的情景还是让他感到脚底下直冒凉气。

“马团长，请吧。”朱四这时已端起碗，朝马老五的那只碗上轻轻一碰，然后就先喝了起来。马老五迟疑了一下，只好硬起头皮端起碗。周围的人都被这场面弄得目瞪口呆而又激动不已了，有人站起来伸长脖颈往这边看，有人干脆挤到桌边来了，整个宴会厅都被一种沸腾的情绪感染了。

朱四喝完酒，神态自如，脸上微微泛起一片红晕。他绅士般地掏出手帕在嘴角边沾了沾，然后又很仔细地把手帕方方正正地叠好装进了口袋。他的动作很从容、很优雅，也很自信。马老五却有些异样了，他眼睛发直，双腿摇晃着，慢慢地有些站不稳了。朱四瞥了他一眼，嘴角边又轻轻地滑过了一丝笑意。

“好，很好。”朱四点点头，态度依然十分和蔼，他说，“入乡随俗，就照马团长说的，咱也图个吉利，喝个双份吧。”

“小六子啊，”他侧过脸吩咐道，“来，再给我们满上。”

小六子应了一声，转身去后边支派伙计上酒时，大厅里已一片声地乱了起来。马老五不知何时已滑到桌肚下面去了，几个跑堂的正七手八脚地把他往外拖。呕吐物秽气扑鼻，滚得他满身皆是，其狼狈之状惨不忍睹……

状元楼酒宴后来成了一个长久的话题。人们都说看不出剽悍的马老五竟会败在朱四手下，而新县长的深藏不露更让人不摸深浅了。有人说，这位白脸县长就像一本深奥的书，看似平常，一旦读起来才感到奥妙无穷，读不懂，读不透了。

但真正让人开眼的事还在半个月之后。

那是在自卫团成立五周年的庆典上。那天，朱四和县里的头面人物都出席了庆典，刘会长等五湖名流作为地方代表也应邀参加。庆典场面盛大、隆重而热烈，并照例举行了阅操仪式。朱四发表了讲话，并检阅了部队。阅操结束后，进行了骑术和射击表演。当看到射手们训练有素准确命中目标时，朱四显得十分高兴，他特地表扬了马老五，说他作为团长，功不可没。马老五这时又有些忘乎所以了。他咧开嘴巴，昂了昂脑袋，说：“这没啥，要是县长不嫌弃的话，马某也来助助兴，县长看咋样？”

“哦，”朱四歪过脑袋，眯缝起眼睛乜斜他一眼，然后慢条斯理地说，“怎么个助兴法啊？”

马老五叫了一声“来人啦”，一个勤务兵应声而至。他指着百米开外的一块石头，吩咐摆三只酒盅上去。酒盅摆好后，马老五在手巴掌上唾了一口，搓搓手，掏出盒子枪在裤腿上一蹭，枪栓咔嗒一声响，子弹便上了膛。他向前跨了一步，朝朱四一拱手，说了句献丑了，接着，一撸袖子，一甩手——啪！啪！啪！——那三只酒盅顷刻间便不见踪影了，只有破碎的瓷片飞溅开来，在阳光下闪着亮晶晶的光点，很快消失了。

好枪法！周围响起了喝彩声。朱四也轻轻地鼓起掌来。

马老五收起枪，做出一副恭敬而谦逊的样子望着朱四，但骨子里的得意却掩饰不住地四处漫溢。上次醉酒，马老五丢了面子，心里一直不服气，今天是存心要露一手，压一压朱四，于是故意双手捧着枪递至朱四面前。他说："县长不试试？"

朱四笑吟吟地接过枪，举在手里左右看看，又掂量了一下，他说："拿酒盅来。"勤务兵拿过酒盅，朱四像是很好奇似的将那小酒盅捉在手里把玩了一下，接着不动声色地点点头。他转身对马老五说："马团长，劳你驾把它摆过去。"

"好哩。"马老五应了一声，颠儿颠儿地跑了过去。当他摆好酒盅转过身来时，脸上的肌肉突然间凝固起来——他看到朱四正举起枪对着他，枪身的烤蓝在阳光下烁动起一片耀眼而刺目的光斑。"别动，"他听见朱四的声音像从冰窖里传出来似的，充满了森森的寒意。马老五顿时惊慌起来。

"你、你……"

"别动，"朱四冷冷地吩咐说，"把酒盅放到头上。"

"朱县长……"

"按我说的做……"

除了服从,马老五已别无选择了。处在惊愕中的人们慢慢回过神来,都暗自抽了一口凉气。人群中出现了轻微的骚动。刘会长脸色苍白,赶紧趋步上前,他说:"朱县长,朱县长,老五这人脾气不好,但人是好人,即便有所冒犯,还望朱县长看在老朽的分上,看在他过去功劳的分上,高抬贵手,饶他这一次吧。"但回答他的却是一下清脆悦耳的咔嗒声——朱四打开了扳机。

一切都静下去了。这是死一般的静,静得连呼吸都可以听得见。马老五在经过短暂的慌乱之后,索性横下心来。他咬咬牙,血性鼓涌了上来,突然很豪气地瞪起眼珠,冲着朱四喊道:"开枪吧,开枪吧。"

但枪声却迟迟没有响。朱四举着枪,很沉着很有耐心地慢慢瞄着,那模样就像是在欣赏一幅作品,反反复复地咀嚼着、体味着,显得滋味无穷而又乐趣横生。没有人知道他究竟想干什么,只有他自己心里明白,这是一次征服,一次从心理上的彻底征服。他清楚他完全可以用别的方法来惩治这个站在他面前的目空一切的家伙,但他更清楚这并不是他的目的。对他这个新来乍到的县长来说,要想在五湖这块陌生的土地上站稳脚跟,必须一开始就不同凡响,而驯服马老五正是这不同凡响的开始。

时间流逝着,显得无比漫长。意志对意志的较量,终于随着时间的推移逐渐发生了微妙的变化。马老五的勇气在一点一点地退却。开枪吧,开枪吧,他在心里反复念叨着,终于他感到再也受不了了。与生俱来的恐惧和懦弱就在一瞬间猛然占据了上风,一下子把他击垮了。他闭上眼睛,浑身不由自主地痉挛起来。

朱四的脸上闪过了会心的笑意。他要的正是这种效果。他知道彻底击败对方的最好办法就是从心理上瓦解他。恐惧有时比死亡更让人害怕。

“开枪啊,开枪啊……”马老五又一次大声喊起来。但这一回,他的声音里已带有明显的哭腔了。

朱四说:“马团长,你害怕了吗?”

“不。”马老五还嘴硬。

“那就睁开眼睛看着我。”

马老五的眼睛抖抖索索地刚睁开,尖锐的枪声就呼啸着撕裂空气,惊心动魄地响了。马老五只感到头皮上猛然掠过一阵凉气,接着酒盅的瓷片就像下雨似的噼噼啪啪落下来。马老五身子一软,这时才感到浑身上下如同水洗一般湿透了……

这件事发生后,马老五再也不敢炸刺了。而朱四恩威并用,在以后的大改组中,他不仅继续任用马老五,而且还给予充分的信任,更使马老五心悦诚服。不久,他就成了朱四的得力臂膀,对朱四的话言听计从。那天晚上,朱四要他派出巡逻队,尽管他心里老大不愿意,还是不折不扣地执行了。

半个小时之后,当巡逻队满怀怨气、牢骚满腹地出城去的时候,精力充沛的朱四已经回到住处准备歇息了。他当然还不可能预计到下面将要发生的事情,但对于高田来说,这个决定却是灾难性的。他精心制订的周密计划,就因为朱四的这个偶然决定被彻底破坏了。而接下来发生的一切,更让所有的人都始料不及。实际上，后来那场轰动一时“高田事件”，就在这个不同寻常的夜晚已经悄然拉开了序幕……

4

抓住日本奸细的消息传进朱四耳里时，已是第二天早上了。那天早晨像往常一样，天刚蒙蒙亮，朱四就起身去护城河边的小树林里练起剑来。这习惯还是他幼年时养成的。那时，朱四跟随父亲生活在军营里。他的父亲早年毕业于天津武备学堂，后来曾做过北洋新军的中将统制官。朱四的剑术就是跟着父亲学会的，以后经年不辍，渐成积习。练完剑，朱四收了功，擦去头上的微汗，便沿着护城河慢慢地往回踱去。浓重的雾气弥漫在河面上，像凝固了一般缓慢地移动着。天色尚早，河面上静悄悄的，熹微的白光就在这宁静之中沉着地渲染着，不断地扩大开来。

朱四慢慢地踱着步，走在这一片宁静之中，他心里不由得溢出了一丝孤独之感。要知道来五湖当县长，朱四心里本来是不大情愿的。这里的情况比较棘手，几个前任都栽了跟头，但除此之外一时没有更好的空缺。舅舅让他暂且委屈一下，说以后会替他再想办法。因此，朱四来五湖并没有作长久打算，直到如今家眷仍留在南京。

朱四的太太是一个贤惠的女人，他们是在上海相识而后结的婚。那时朱四刚从日本回国不久，少年新进，踌躇满志。在一次慈善赈灾晚会上，朱四在如花般的女校学生中被一位剪着短发、皮肤光洁亮丽的姑娘深深吸引了，这个姑娘后来就成了他的太太。他们一起生活,并有了一个漂亮的女儿。但婚后的生活始终是动荡不安的,朱四忽东忽西,从未安稳过。想到这里,他心里就不由得涌出了一丝歉意……

小六子远远地从河边上跑过来了。在乳白色的晨曦中,他像一只鸟儿似的一跳一跳地蹦着,到了近前便气喘吁吁地喊起来。

"四爷,四爷。"他连声叫着。

小六子是朱四从老家带来的贴身仆人。他自幼就进了朱家,除了朱四去国留学那段时间外,他始终跟着朱四。小六子做事机灵,说话乖巧,很讨人喜欢,唯一的毛病就是好赌麻将,常常背着朱四玩几把,但并未出过大格。

"有事吗?"朱四问道。

"听说抓到了日本奸细。"小六说。

"日本奸细?"

"是的,吴参事和马团长一大早就来了,"小六子接着又说,"眼下正在县府等你哩。"

"哦。"朱四颇感意外地扬了扬眉毛,旋即把手中的剑递给小六子,匆匆赶回县府。

客厅里,县府参事吴仲荣和马老五已经等候在那里了,朱四一到就立即谈起了情况。马老五报告说,他昨晚带队巡逻,至青龙山时一切正常。就在打算掉头返回时,山脚拐弯处偶然闪出的几点火星——后来得知是脚夫打火镰所致——引起了巡逻队的注意,接着又听见隐隐地有人声传来。他当即派人上去搜索,结果就发现了四个可疑的人。那些人惊慌失措,试图躲避,但已经来不及了。巡逻队很快抓住了他们。

马老五说，后来经过讯问得知，这四人中有两个是日本人，另两个是临时雇来的脚夫。两个日本人自称他们是受聘于大远东探矿公司，来此地探矿的，可他们的形迹却鬼鬼祟祟，十分可疑，于是他决定把他们带回城里。然而出于某种顾虑，他没有像对待其他人犯那样把他们捆绑起来，以至于在押解途中让其中一个日本人逃掉了。

那个逃掉的日本人名叫高田利雄，马老五解释说，当时他们正经过一处陡坡，这个叫高田的家伙突然发起袭击，挥拳击倒了两个团兵。接着，他用日本话大声喊了一句什么，另一个日本人便也乘乱推倒守卫。这之后他们就一齐撒腿跑起来。由于事发突然，巡逻队乱了一阵才开始追赶。所幸的是，日本人慌不择路，在黑暗中很快迷失了方向，不久他们就跑到绝路上去了，一个十多米高的悬崖拦住了他们的去路，而崖下则是滔滔的大流河。巡逻队围上去时，那个叫高田的日本人便毫不犹豫地跳了下去，而另一个却害怕了，被重新抓获。这个被抓住的是高田的译员，马老五补充说，他供认他的名字叫藤原江。

朱四很仔细很认真地听着。在马老五报告过程中，他除了偶尔插问几句外，便不停地抽着烟卷。

马老五讲完后，吴仲荣开始发表看法了。他说，马团长回来后，立即打电话把他叫去了。他们一起审讯了藤原江以及那两个脚夫。他分析说，他们完全有理由认为这两个日本人就是奸细。根据有三：其一，如果是探矿，可以磊落正大地进行，不必偷偷摸摸。而他们放着大路不走，偏要翻越青龙山，且在夜深人静之时，这就不能不叫人生疑。其二，巡逻队押送他们回城时，他们为何要逃跑呢？这也说明他们心中有鬼。最后一点，尤为严重，吴参事强调说，从他们身上搜出的大量照片以及图纸，都与探矿无关，而涉及我军之驻防。说着，就把那些照片和图纸摊开来，一一摆到桌面上。

朱四俯下身默默地检视着，骨子里便感到一股股凉气直往上蹿。起先他对抓住的是否是日本奸细，心里还存有疑虑，但现在一切都再明白不过了。他是学陆军出身，这些照片和图纸意味着什么，他比别人更清楚。种种迹象表明，这些照片、图纸都是在松县一带拍摄和绘制的，而那里正是国军新编第158师驻扎之地。

朱四上任后不久曾去松县拜访过一次。他是持舅舅的信函去的。158师师长鲁大田过去是舅舅的学生，他很热情地接待了朱四，并领着朱四四处看了看，因此对那里的地形朱四也大致了解。可以说，这些照片和图纸涉及那一带所有的兵力部署、防御工事以及火力配备的详细情况，就连海拔高度也在图纸上准确地标了出来。其细致和精确程度，一看便知系行家所为。朱四感到问题严重了，他抚摸着下巴，脑子飞快地转动起来。

民国十九年（公元1930年）正是日军大举侵华的前夜，五湖的局势紧张而微妙。在朱四上任前，距城七十余里的丰岩煤矿曾发生过一次严重的塌方事件。该矿是由日本大远东探矿公司兴建的，董事长叫尾崎一郎。此人曾在日本海军做过军官，参加过甲午战争，为人傲慢，蛮横无理。那次塌方中国矿工死伤有两百多人，是一次极其重大的恶性事故。事件发生后，尾崎一边掩盖真相，一边援引该公司的所谓条例，拒绝支付赔偿金。一时间，舆论哗然，民情激愤，后来终于导致了一场大规模的骚乱。事件发生后，日本以保护帝国在华利益和本国侨民的安全为由，公然派出了两艘战舰以及五百余名海军陆战队开至丰岩江面。为了避免冲突，南京政府立令驻扎在五湖的新编第 158 师撤出该城，退驻松县一带。但事态平息之后，日军仍以种种理由继续逗留在那里，迟迟不走。朱四上任时，五湖城里的全部武装只剩下马老五的自卫团，人数仅四百余人。

朱四意识到，自己上任以来最担心的事终于发生了。这件事如果处置不当，不仅会引起中日争端，而且自己的前程也将毁于一旦。

朱四还清楚地记得来五湖之前舅舅和他的那次谈话。舅舅说，你这次去五湖要有所作为，你还年轻，前程远大，今后会有很多机会的。朱四表示他一定不辜负舅舅的栽培。

"别的我就不多说了，"舅舅沉吟了一下，接着又说，"我只提醒你一点，不要得罪日本人。有些事能忍则忍，小不忍则乱大谋。你的前任就是在这件事上栽了跟头。我可以这样对你说吧，日本人是很坏的。他们是我们的宿敌，从甲午开始，就一直对中国有野心。如今的气氛很紧张，东北的关东军不断增兵，长江上也有他们的不少炮舰。他们想做什么？这是很清楚的。但中国积弱，不可能去和日本对抗，只有忍让，忍让，再忍让，这也是没有法子的事，因此千万不要惹事。日本人现在就愁找不到碴子哩，你一惹事正好授人以柄，我说的这些你懂吗？”

朱四不住地点头。

“懂就好，”舅舅停了一下，继续说，“其他的事都好说，可在这上头，无论如何不能出一点纰漏，否则到时我即便想保你，恐怕也力不从心啊。”

想到这里，朱四更感到这件事的分量了。他在心里盘算了一会儿，最后开口说话了。他指示说：“这件事涉及外交，举足轻重，倘若日本方面知道我们抓了人，肯定不会善罢甘休，所以现在首要的是严加保密，不准向外透露一点消息。”此外，他命令自卫团立即沿大流河两岸搜寻高田。“活要见人，死要见尸。”他这样对马老五吩咐说。

接下去的几天，是在高度的紧张和神秘之中度过的。自卫团沿着大流河两岸展开了拉网似的严密搜寻，与此同时，朱四还加紧了对藤原江的讯问，但藤原却狡猾地回避了问题的实质。他说，他只是一个译员，对高田所为一无所知。讯问进行不下去了，而搜寻也毫无结果。

就在这当口，日本人却气势汹汹地找上门来了。

5

那是事情发生的第五天头上。

一个秋日里阳光灿烂的上午，朱四和吴仲荣、马老五正在商讨下一步该如何进行。连日的紧张和折腾，使他们显得疲惫不堪而又忧心忡忡。马老五不大耐烦地说，干脆杀了算屎。他认为高田必死无疑,理由是他跳水的地方山高坡陡,且水流湍急,活下去的可能性微乎其微,继续搜寻只能是白费气力。他提议不留活口,把藤原江和那两个脚夫一齐杀掉,省得麻烦。吴参事比较谨慎。他说不怕一万,就怕万一;万一高田活下去,就会后患无穷。他主张再找一找,暂且不慌处置藤原江和那两个脚夫。正议论间,门外响起了汽车声,小六子慌慌张张地跑进来。

“日本人,”他说,“日本人来了……”

来的日本人就是大远东探矿公司的董事长尾崎一郎,而随他一同前来的正是自卫团苦苦搜寻的高田利雄。朱四来到会客间,听完尾崎的介绍,一股说不出的恼怒立时涌上了脑门。他感到自己受到了前所未有的蔑视和侮辱。高田作为逃犯竟然堂而皇之地走进了他的会客间,可见日本人压根儿就没把他这个县长放在眼里。小鬼子太张狂了!他在心里骂道,但这种情绪只是稍稍一闪,很快就被压制下去了。朱四重新恢复了冷静,好像什么都没有发生似的,脸色平静如水。

尾崎穿着笔挺的白西服坐在椅子上。他是个身材矮胖的人,脸盘又大又白,脖子上的肉套叠着,显得层次丰富,厚厚的嘴唇上留着一小撮仁丹胡,金丝眼镜后边的目光是毫无顾忌而又盛气凌人的。高田利雄就坐在尾崎的身旁,他的额头上留着一道很长的伤痕,左胳膊弯曲着,吊在绷带里。与尾崎相比,高田的身材要魁梧得多,举止也显得富有教养,但那神态却如出一辙,同样是傲慢而居高临下的。

谈话开门见山地进行了。尾崎是个中国通,他用一口流利的汉语向朱四提出了抗议。他说:“鄙公司的职员在贵县境内受到无故骚扰和绑架,对此大远东探矿公司表示严重关注,并要求贵县立即放人,赔礼道歉。否则,”他捏了捏拳头,加强语气说,“大日本帝国将采取最激烈的手段来解决此事。”

朱四平静地听完他的抗议,随即做出了一副十分惊讶的神态。“有这种事?”他侧过脸来,看了看坐在一旁的吴参事。吴仲荣愣了一下,马上摇摇头。他说,他也不大清楚。

一直沉默不语的高田这时插话了。他用日语叽里呱啦地说了一通,尾崎便翻译说:“高田教授说了,他是当事人。如果不是冒着生命危险逃跑的话,结果也会和藤原君一样。这是抵赖不了的事实。”

朱四满脸严肃地听着,之后他点了点头。他表示这件事会弄清楚的。他说:“请两位放心,我将认真调查此事。”

日本人走后,朱四却一筹莫展了,吴仲荣和马老五也想不出什么好办法。三人商议了一晚上,最后认为高田生还,事情已经瞒不下去了,必须尽快向省长公署报告。他们当晚便摇通了省署的电话,接电话的是政务厅黄厅长。

“什么?什么?”黄厅长听完事情的经过,马上不安起来,他说,“事情过去五天了,为什么早不报告?”

朱四辩解说高田一直没有找到,他们是想等事情弄清后再向省府报告。

“糊涂,糊涂,事涉外交,怎能如此掉以轻心?”黄厅长在电话里很生气地把朱四训斥了一通,最后他说省长昨天刚去南京开会了,两三天后才能回来。他答应省长一回来就向他报告。至于如何处置这件事,他却语焉不详,含糊其词。

可日本人这边却紧逼不舍,不给朱四丝毫喘息之机。尾崎在第二天、第三天又连续两次登门,尽管朱四极力周旋,拖延时间,日本人还是不耐烦了。第四天上午,尾崎派人送来了最后通牒。这是一份充满威胁和恫吓的文件,它要求五湖方面在四十八小时内必须答应日方提出的全部条件,否则一切后果将由中方负责。在通牒送达的同时,日军炮舰还公然在丰岩附近进行了一次挑衅性的演习。隆隆的炮声时断时续地传入城内,各种谣言不胫而走,就像夏夜的蝙蝠漫天飞舞,弄得人心惶惶。

朱四感到了极大的压力。然而,最令他震惊和痛苦的地方还不仅仅在这里。一天深夜,省署的电话终于来了。打电话的仍然是黄厅长。他传达了省长的指示,让朱四立即放人。

"放人?"朱四以为自己听错了,他说,"他们可是日本奸细啊!"

黄厅长说:"你有什么根据?"

朱四便把照片、图纸的情况再次报告了一遍。可电话那一头已经不耐烦了。日本驻省商务代办已向省长作了解释,黄厅长提高了嗓门,他说,高田教授是位摄影爱好者,拍一些照片有何大惊小怪的!

黄厅长的话简直使朱四感到震惊了。他不敢相信省里的轻信和无知居然达到了这种不可思议的程度。他望着守在一边的马老五和吴仲荣,半天说不出话来了。

"喂,喂,你怎么不说话?"黄厅长的声音又把他从震惊中唤醒了。朱四迅速理清思路，然后试图用最简洁、最有说服力的语言来戳穿日本人的谎言，改变省里的看法，但是黄厅长却不愿再听下去了。

“够了，”他的语调里充满了教训的口吻，他说，“你难道还嫌惹的事不够吗？这是省长的命令，你们必须服从。”

电话咔嚓一声挂断了。朱四呆呆地握着话机，就像吞了一口蛆似的心里说不出地难受。他一直拖延时间，等待省里的回音，原以为上面会为他撑腰打气的，至少也会帮他拿点主意，没想到结果却大出所料。他又想起来五湖上任那天，前任胡县长对他说过的那番话。胡县长说，丰岩塌方，责任明显是在日方，县里为此专门起草了一份呈文报到省里，可省里这帮老爷却只听信尾崎的一面之词，下来几个人假模假式地调查一番，然后就不分青红皂白地把他给撤了。“简直黑暗透了，”胡县长悲愤难言，“我看上头这群王八蛋，全都瞎了眼，都是吃里爬外的软骨头。”如果说，当时朱四还不十分理解胡县长的这番话，那么，现在他算是深切体会到了。

“咋办？”马老五瞪起两眼望着朱四，省里的电话显然也使他感到气愤和失望。

“我看不能放人，”吴仲荣情绪激动地表态说，古人云，“义死不避斧钺之诛，义穷不受轩冕之荣。放了人就是卖国。事情传出去，我们将成为历史的罪人，永遭世人唾弃。”

朱四一声不吭，大团大团的烟雾从他口、鼻中喷吐而出。他在屋里来来回回踱着步。吴仲荣说的道理，他何尝不知道呢？但现在日本人和省里两头相逼，使他进退维谷，左右为难。“我看马上派人去省署一趟，将照片和图纸等面呈省长。”吴仲荣建议说。

朱四摇头。他说：“时间来不及了。”

“要么，还有一个办法，”吴仲荣想了想说，“干脆把奸细交给军方处置。”

“你是说，交给158师？”

“是的。”

朱四仍然摇头。他说：“这不成了公然抗旨吗？”

“那你说咋办？”吴仲荣有些急了。

朱四说：“让我再想想，让我一个人好好想想。”

6

经过一夜艰难的考虑，最后的选择终于作出了：朱四决定还是把日本人交出去。

吴仲荣事先考虑过了种种可能，但这却是最坏的，是他最不愿意看到的结果。那天离开县府时，他就有了某种不祥的预感，朱四患得患失的态度就像一块生面疙瘩堵在他的心窝里，使他吐不出咽不下。出了县府大门，他就把马老五拉到一边嘀咕了半天。他首先晓以利害。吴仲荣说：“老五啊，国家兴亡，匹夫有责。说到底，咱可都是中国人。这事不比其他，无论如何，咱都要对得住良心，对得住家乡父老，不能让人在背后戳咱脊梁骨子啊。我看县长的态度现在有些动摇了，咱俩可千万要坚决。”接着他又说，“我已做好了准备，不行就辞职，求个清白。”

马老五连连点头，他一拍胸腔子，爽快地说：“吴参事，这没啥说的，我老五你还不了解吗？虽是个粗人，但啥事该做，啥事不该做，心里一本清账。他要交人，老子就去他尿的，不给龟孙子卖命了。”

可吴仲荣没想到的是，一夜之间事情却完全改变了，就连昨天还直朝他拍胸脯的马老五也自食其言，变得吞吞吐吐起来。许多年后，只要吴仲荣回想起那天早晨的情景，就有一种坠入云雾飘飘忽忽的感觉。直到如今，许多事情仍令他疑团重重，百思不解。

应该说那是一个令人烦躁的阴晦暧昧的早晨。吴仲荣赶到县府时，天才蒙蒙亮。由于心里装着事，他一夜未能入眠。到了后半夜实在躺不住了，他便披衣下床，在书房里枯坐达旦。等到天色刚有些泛白，他就按捺不住地动身去了县府。深秋的拂晓，寒气已有些逼人了，青石路面上落了一层厚厚的露水，湿漉漉的，五湖城还处在夜晚的宁静之中。吴仲荣拢紧了衣服，低着头急匆匆地走着。这条路他已经走了十几年了，路边上的每一座房子、每一家店铺，甚至路旁的每一棵树、路面上的每一块石板，他都太熟悉了。吴仲荣自到县府供职以来，县长已先后换过四任，但不论哪任县长都很倚重他，故有人称他为“四朝元老”。吴仲荣才干过人，办事稳妥，能说一口流利的日语，且性情耿直，敢说敢当，在五湖口碑极佳，有很高的威望。朱四到任后，吴仲荣起先冷眼旁观，后来便对他寄予了厚望。他觉得这位新来的县长锐意新政，与众不同，于是尽心辅佐，尤其是在朱四进行的大改组中，他更是全力支持，因而两人的关系始终是和谐而融洽的。可不知为什么，这一次朱四却让他有些担心了。

夜色的迷蒙和昏暗在清冷的晨光中逐渐淡去了，远远看去县府门前冷冷清清的，大门紧闭，只有卫兵的影子在门前来回游动着。县府所在地曾是前清的知县衙门，民国改制，知县改县长，但办公地点却没变。不过，院内的格局已进行了改造，前院的知县大堂和周围的房屋被改成了公事房，而后院则辟为历任县长的下榻之处。卫兵为吴仲荣开了门，他便熟门熟路地径直朝后院走去。

后院不大，显得很幽静。四周的院墙上爬满了茂盛的爬山虎，园子里种着一些花草竹木，一条用碎石铺成的小路从院中穿过，通向一排青砖青瓦的平房，那里就是朱四的住处。小六子正立在井边，一边打哈欠一边往上提水。吴仲荣问："县长起床了吗？"小六子说："早起了，正在书房里和马团长谈事哩。"

"马团长？"吴仲荣说，"马团长已经来了？"

"早来了。"小六子说。

吴仲荣哦了一声，略感意外，但并未往心里去。他快步走向了朱四的书房，这里是朱四经常约人谈话的地方。书房的门此刻紧紧关闭着，里面依稀有谈话声传出来，声音很低，听不清在说什么。吴仲荣敲了敲门，声音便蓦然停下了。

"谁？"是朱四的声音。

"是我，吴仲荣。"

屋里突然静下去了。吴仲荣感到过了好一会儿，门才慢慢打开来。开门的是马老五，他满脸倦容，神色异常，看见吴仲荣只是点点头，什么也没说。屋子里烟雾腾腾，烟灰缸里堆满了烟蒂，桌上、地上到处落满了烟灰，看得出他们的谈话已经进行很长时间了。朱四背光坐在书桌旁，在灯光的暗影下，他脸色灰黄，眼睛充满血丝，好像彻夜未眠。吴仲荣进屋后，他们的谈话就不再进行了，仿佛有什么事瞒着吴仲荣似的。这不禁又一次使吴仲荣感到意外。“哦，你来得正好。”朱四看了吴仲荣一眼，招呼他坐下来。接着，他轻轻咳了两声，有些不大自然地说出了自己的决定。他说：“我已经想好了，这件事嘛，还是按省里说的办吧。”

“这就是说，你要放人？”

朱四没有否认，吴仲荣的声音有些颤抖了。他盯着朱四又问了一句：“你要把日本奸细交出去？”

朱四还是没有正面回答吴仲荣的问题，他避开对方的目光，凶狠地抽着烟，直到把一支烟抽完了，才抬起头来。“只好如此了。”他用很低的声音说，接着又挥了一下手，像是在给自己打气似的。他说，“我并不想这样做，但我不能不考虑后果。”

“后果？什么后果？”吴仲荣终于忍耐不住，失声叫起来。他说：“他们是日本奸细，还有什么比放了他们更严重的后果？”见朱四不说话，吴仲荣的情绪更加激愤了，他尖锐地指出日本派奸细收集情报，绝不是无缘无故的，一旦放虎归山，必然后患无穷。卖国之罪，千夫所指，情理不容。他越说越激动，竟从椅子上跳了起来，声音尖厉、高亢，已顾及不到言辞的分寸。“这是背叛，”他大声说，“这就是对国家的背叛。”

吴仲荣激烈的言辞似乎并没有触动朱四，他仍然一言不发，埋头抽着烟。吴仲荣急了，他猛然转向马老五，试图寻求支持，但马老五的目光却躲闪着避开了。

“马团长，”吴仲荣叫着，“你为啥不说话？”

“我，我说啥呢？”马老五支支吾吾地咕哝了一句，他偷偷地瞟了一下朱四，又用骨节粗大的巴掌摸了摸脸颊，脸上的表情闪闪烁烁，一副暧昧的样子。

“你究竟是同意，还是反对？”吴仲荣明确地问道。

“我说啥呢？”马老五尴尬地朝吴仲荣笑了一下，他低下头，瞅了瞅自己的脚尖，然后含糊其词地回答，“县长都决定了，我还能说个啥？”

马老五的态度不仅使吴仲荣彻底失望了，而且也使他猛然醒悟过来。圈套，他在心里对自己说，所有的一切在这之前都已经做好了，只有他一个人被蒙在鼓里。他感到自己被出卖了，一种心力交瘁的感觉顷刻间油然而生，以至于连说话的力气也没有了。

“吴参事……”马老五看到吴仲荣的脸色一下子变得很难看，好像有些过意不去了，他张了张嘴巴刚想解释几句，吴仲荣却摆摆手，打断了他的话。

“别说了，”他转过脸去说，“你什么都别说了。”

马老五被尴尬地晾在一边，朱四也一时无语，屋里的空气仿佛凝固了，显得沉闷而压抑。客厅里的电话突然响了。朱四走出去接了电话，过了一会儿又踅回来。他说：“是黄厅长的电话，省里已经通知日方，他们今天就来接人。”说到这里，他看了看吴仲荣，语调尽可能和缓地说，“吴参事，我知道你想不通，我又何尝不是如此呢？但事已至此，只有照省里的意思办了。”

吴仲荣这时已经完全平静下来了，这是失望之后的平静，心如死灰。沉默了几分钟,屋子里静极了。吴仲荣从口袋里掏出公事房的钥匙,放到桌上,他说:“我没什么好说的了。”他缓缓地站起来,向门口走去。走到门口时,他又回过头来。“我会让人把辞呈送来的。”他看着朱四,用很坚决的口气这样说。

7

日本人的汽车在当天下午四时左右便抵达了县府。上午,省署正式通知日本驻省商务代办,五湖方面已决定无条件放人。然后,代办便电达丰岩大远东探矿公司。再然后,该公司便与五湖县府就具体细节进行了磋商,并约定接人时间为当天下午。大远东公司董事长尾崎一郎在事发不久,为了向省署施加压力,已亲赴省城交涉,此时人尚在省城未归。按照他的意见,接人的事最好等他回去后再做安排。他在电话里说,他已买好船票,明日即可赶回。但性急的高田等不及了,擅自决定当天下午就去五湖接人。中午吃过饭,他就迫不及待地催促上路了。

按汽车的正常时速,丰岩至五湖一般两个多小时即可到达。可上路不久,天就下起雨来,加上多是山路,路况不佳,高田他们到达五湖时,便比原计划晚了一个多小时。

交人地点就设在县府会议室里,朱四和一些官员早已等候在那里了。一直在关注这件事的几家报纸也派出了访员。有人曾向朱四建议,此事不宜声张,还是悄悄了结为好。但朱四不知出于何种想法,居然置之不理,就连那些无孔不入的报纸访员也没有受到任何阻拦便顺利地进入了会场。但细心的人可能注意到了,吴仲荣和马老五不知什么原因都没有出席。仪式临时指派县教育局长——一个迂腐的老好人——出面主持。藤原江被从关押处带到了会议室。在得知即将获释的消息时，他起先还将信将疑，及至看到高田一行后，他那多日来担惊受怕的带着病态的苍白脸上才露出了一丝笑意。

交接仪式进行得简短而压抑。主持人无精打采地咕噜了几句之后，就请朱四发言。朱四简述了事情的过程，他说这是一场误会，发生这样的事，作为一县之长，他负有不可推卸之责任，所幸并无人员伤亡，现遵省长之训示，将藤原先生平安地交给日方，并诚挚期望今后不再发生此类事件。朱四讲完后，藤原江被安排发言。他显得意外地兴奋，尖细的嗓子像小公鸡叫似的咯咯了一阵，那极快的吐字速度、亢奋的节奏，以及颠来倒去的话语，让听者都感到有些喘不过气来。他为自己的清白做了辩解，并对自己的可疑行为进行了含糊其词的开脱。他说发生这样的事是不幸的、令人遗憾的，但对结果表示欣慰。他还公正地说明，在关押期间，他受到了良好的待遇，对此五湖方面无可指责。

最后发言的是高田利雄。他的讲话，通过藤原江的翻译，成了那天交接会上最让人反感的一幕。事后，几位访员在报道中都不约而同地使用了“傲慢狂妄”“目中无人”这类字眼。高田在发言中大谈所谓的中日亲善，主张由日本来帮助中国觉醒、改革，“使贫弱的支那友邦在唇齿相依的日本帝国的帮助下，逐渐强大，走向共荣”。他还滔滔不绝地宣称，他们来中国探矿完全是出于无私的友谊，那些敌视行为理应受到最强烈的谴责和制裁。他的这些言论实际上都是日本国内某些政治家的陈词滥调，令人难以卒闻。朱四几次示意主持人打断他的谈话，但那位早已不知所措的教育局长显然不得要领。无可奈何之下，朱四只好瞅准机会站起来。他已顾不上起码的礼节以及高田明显的不满，果断地打断了这位感觉良好的日本教授的夸夸其谈。“诸位，”他宣布，“时间已经不早了，今天就到此结束，感谢诸位的光临。”访员们端起照相机砰砰地照了一通，接着仪式就结束了。

人们陆续散去后，高田等人便跟随有关人员来到另一个房间，他们在那里做了短暂的纯属手续性的逗留。跟随高田前来的共有三人，除了司机一直留在车内，还有两个身材粗壮、面无表情的保镖。他们和藤原江一起收点了被自卫团缴获的器材、手枪，以及照片、图纸等。高田对所有东西丝毫未少地得到归还，显然感到挺高兴，以至于把刚才朱四打断他的话所引起的不快也丢到了脑后。

“你的，很好。”他用生硬的中国话说了一句，冷漠的脸上露出了掩饰不住的得意的笑容。接着他又用日语说，“县长先生，我很欣赏你的做法，这件事足见你的诚意。”他还说，“我就喜欢你这样的支那人，可是这样的人太少太少了。”

朱四微笑着把一张清单递到高田面前让他签字。

“但是，”他用日语说，“高田先生，我并不喜欢你这样的日本人。因为像你这样的人如果多了，并不是一件好事。另外我想说明的是，我这样做只是奉命行事，而不是出于我的本意。”高田手中的笔停在了空中。他蓦地抬起头，与朱四的目光相视了片刻，突然哈哈笑起来。“朱先生，我欣赏你的坦率。”他低下头去，动作有些做作地在清单上签了字，然后傲慢地仰起脸，目光直直地瞅着朱四。他说："我听说，朱先生去日本留过学，是吗？"

"是的。"

"啊，受过帝国文化的熏陶，到底不一样啊。"

"是吗？"朱四脸上浮起了一片浅浅的微笑。他说："高田先生，我听说你是一个学识渊博的教授，总不至于连起码的历史都不清楚吧？中国历来是日本的文化母国，这一点，你们日本许多学者也不否认。新石器时代的情况，以及徐福止王不来的传说，我们就不去说它了，仅有文字可考的记载，就表明从汉光武帝时起，日本便开始源源不断地接受来自中国的文明，包括文字和生产知识。"接着他又随口谈到晋代王仁东渡，日本派出遣隋使、遣唐使，包括僧侣、佛教之间的交往等事实。朱四慢条斯理、不急不躁地说着，但绵中藏针，字字千钧。"我想，高田先生一定比我懂得更多，"他最后用很谦虚的口吻说，"鄙人才疏学浅，对历史只是略知皮毛，班门弄斧，贻笑大方，不对之处，还望高田先生多多指教啊。"

高田被他一阵抢白，脸上像降了霜似的难看起来，但一时又找不出有力的反驳，只好恶狠狠地用一种威胁的口气说："朱先生，你们中国有句古语，叫作识时务者为俊杰，朱先生不会不懂得这句话的意思吧？"

朱四笑了笑。

"高田先生，"他说，"中国还有一句老话，我想你也一定知道，叫作善有善报，恶有恶报。"

"这是何意？"

“没什么意思，”朱四摊了摊手，“不过随便说说而已。”

“哼，那就走着瞧吧！”

高田掏出怀表看了看，然后气呼呼地带着人钻进了汽车。尽管雨下得很大，县府门口仍然围着不少人，一些知情的老百姓远远地站在大雨中，目光中充满了无言的愤怒。汽车在茫茫雨雾中轰轰地发动了，飞旋的车轮把泥水高高地甩起，接着汽车撅了撅屁股，便神气活现地开走了。

朱四站在县府的门阶上，直到引擎声完全消失了，仍然一动不动地站着。天色开始暗淡下来，雨越下越大。四周腾起的白色雨雾迷蒙而喧嚣，屋檐下的滴水声像击鼓似的哗哗响成一片，整个天地都恍若置身于一片神秘的喧哗与骚动之中。

朱四久久地站着，任凭充满寒意的雨水飘打在脸上。在逐渐暗下去的光影里，他的表情显得越来越模糊，越来越朦胧。

8

高田出事的消息是半夜里传到五湖的。直到如今这仍是一个众说纷纭的难解之谜。事后有人回忆说，在那个充满神秘的雨夜里，五湖曾先后发生过一连串的怪事，而高田事件便是其中最奇特、最神秘的一桩。

那天晚上发生的头一桩怪事，就是雷电劈倒了县府大院内的一棵百年香樟。这事就发生在傍黑时分，高田一行刚走不久，一阵撕心揪肺的电闪雷鸣之后，县府大院内的那棵老香樟树便突然爆裂开来。据说，这棵香樟已逾百年，树围达两抱之粗，树干刚健，枝繁叶茂，在遭雷击之前未见丝毫衰朽之兆，但在那天意外地被雷电兜头劈开了，如同劈开一棵朽木，其势摧枯拉朽，巨大的炸裂声响彻云霄，方圆几里亦有所闻。人们纷纷从屋里跑出来，望着那一片倒在院中的凄惨而庞大的树身，全都惊得目瞪口呆。尤其令人感到不可思议的是，如此猛烈的雷电竟然出现在秋季里，几乎闻所未闻。人们小声嘀咕着，都说这恐非吉兆。朱四闻讯而至，一向镇定自若的他也被这神秘的力量弄得瞠目结舌。他在雨中伫立许久，黯淡的湿漉漉的脸上闪起了一片宿命般的不安和焦虑……

这件事发生不久，另一桩更可怕的事情又接踵而至了。

那是在吃晚饭的时候，朱四像往常那样在书房里独自进餐。厨子按他惯常的口味，给他做了油焖虾、红烧蹄髈，但他的心情不大好，吃了几口就吃不下去了。他吩咐小六子，让厨子给他重新煨点稀粥。就在稀粥端上来不久，屋外却像着火似的一片声地乱了起来。不一会儿，小六子便惊慌失措地跑进来，连声叫道，不好了，不好了。

朱四满脸不悦，他说："什么事大惊小怪？"

"炸弹……有炸弹……"小六子失声喊道。

"炸弹？"

"是的，就在走廊上……"

朱四放下手中的筷子，这一回他倒没显出丝毫的慌乱。他很镇静地随小六子来到走廊上。院子里已聚了一些人，卫兵们也赶来了，远远地站在一边。炸弹是在走廊的拐角处被发现的，当时厨子送粥上来，往回走时脚下一滑，便碰到了一样物件。那物件在黑暗中骨碌碌地滚动了几下，这就引起了厨子的好奇。当他凑上去，发现竟是一枚炸弹时，好奇心便让恐惧取代了。他吓得尖叫起来，那叫声把寂寞忧伤的雨夜一下子带入了失魂落魄的嘈杂之中。

朱四挥挥手，让人散了开来，他又叫一个卫兵掌灯，然后很小心地走过去取起炸弹。在日本读士官时，朱四学过有关炸弹原理和技术的课目，因此稍加摆弄便拆除了引爆装置。这是一枚自制的土炸弹，炸弹上还裹了一张字条。朱四展开字条看了看，便吩咐把卫兵队长找来。不一会儿，一个左额上长着块黑斑的精壮的汉子便匆匆赶到了。朱四把字条交给他，他刚扫了一眼，脸就变色了。字条上歪歪扭扭地写了一行字：卖国贼死路一条。下面落款是：血光敢死队。

卫兵队长姓李，是土生土长的当地人，他是朱四到五湖之后从自卫团里选拔上来的，对血光敢死队的来历当然很清楚。这个敢死队是在丰岩煤矿塌方事件后出现的。由于日本大远东探矿公司拒不承担塌方责任，而政府又采取软弱、妥协态度，一些受害者的亲属便开始了以血还血的复仇行动。他们结成团体，取名血光敢死队，先后多次袭击过日本人，其主要手段就是用炸弹进行攻击。这件事颇让南京和省里头痛了一阵子。后来在日本的压力下，官方采取了镇压行动，敢死队这才渐渐地销声匿迹，几乎所有的人都确信，这个组织已经不复存在了。谁也没想到的是，在这个神秘的雨夜里它又冒了出来，而且就在高田他们离开后几小时，便神不知鬼不觉地把炸弹送到了由卫兵层层把守的县府内院。

卫兵队长深知这件事的利害，他丝毫不敢掉以轻心，当晚便着手进行了各种布置，一边加强对县府的警戒，一边开始调查炸弹是通过何种途径被送进来的。调查涉及所有有机会进出县府内院的人，包括县府工作人员、各类访客，以及内院的仆佣们。没完没了的折腾整整持续了两个多月，把全城上下闹得沸沸扬扬，当地和省里的报纸还对此做了连篇累牍的报道，结果却一无所获。这件事后来和那天晚上发生的其他事情一样，成了一个说不清道不明的怪事，而各种猜测和杜撰沸沸扬扬，漫天而起，更使事情的真相变得面目全非，扑朔迷离。不过，人们感到最不解的还是朱四的态度，尤其是他对此事如此张扬，既无必要，也不符合他一贯不动声色的处事作风。至于他内心深处究竟如何想的，那就谁也琢磨不透了。

实际上对于那个神秘的雨夜来说，真正蹊跷、真正棘手的事还不在这里。由于高田事件的发生，上述种种怪事已不可避免地或多或少地被冲淡了。街头巷尾，人们最热衷谈论的还是有关高田事件的种种传闻，大家都被这神秘叵测的事件弄得莫名兴奋。朱四却认为这是天意。天意，他在说这句话时，脸上的表情说不上是庆幸还是烦恼。

事实上高田事件带给朱四的既有庆幸又有压力。庆幸的是，他不必再为放走日本奸细而感到愧疚与自责了；至于压力，当然是来自日本方面。这一点，在接到尾崎电话的一瞬间他便意识到了。

尾崎的电话是午夜打来的。这是一个令人焦虑的雨夜。朱四的心情糟透了，尽管睡得很晚，上床后依然辗转反侧，无法入睡。后来他干脆披衣坐起，靠在床头拼命吸起烟来。黑暗中，烟头的红光一闪一闪，就像一条正在燃烧的导火索，一点一点逼近他的心脏。电话就在这时候响起来了。

“县长先生吗？”尾崎在电话里用日语说道，他的声音听上去有些故作镇定，“我是大远东公司尾崎一郎……”

“哦，原来是董事长先生，您知道现在几点了吗？”朱四故意拉长了语调，使他的声音听上去显得慵懒、模糊而略带不满。他抬眼瞅了一下墙上的挂钟，指针正指在一点二十分的位置上。

“我很抱歉，县长先生，这么晚打扰您，务请原谅。”尾崎客套了几句，便迫不及待地转入正题，他说，“请问县长先生，高田教授他们下午去五湖接人，不知为何至今没有回来。”

“没有回去？”朱四声音惊讶起来。

“是的。”

“可他们早走了。”

“早走了？”尾崎的声音听上去有些不安了。他是当天夜里刚从省城赶回丰岩的，听说高田没等他回来就去五湖接人了，且一直未归，心便悬了起来。不过在给朱四打电话时，他还抱着一丝侥幸：或许是天气不好，他们留在了五湖？但朱四的回答把他的想法搞乱了。“什么时间？”停了一下，他又急切地问道。

“五点多钟吧。”

“那早该到了……”

“按理是如此。”

“可他们为什么没有回来？”尾崎的声音突然变得急促起来，他说，“我想知道究竟出了什么事？”

"不清楚……"

电话那一头出现了长长的停顿,可以听见尾崎粗重的喘息。

"简直太不可思议了。"当尾崎的声音再次传过来时,已经很明显地充满了威胁。他说:"县长先生,我想一切都会弄清楚的,如果发生意外,我们将全面调查此事。"

说完,他便重重地挂断了电话。

大约过了一个小时的光景,电话再次响起来了。这回是省里打来的,由于雨天线路不好,听筒里传出了一片沙沙的杂音。黄厅长的火气显得很大,他用责问的口气询问到底发生了什么事。朱四说他对高田一行去向不明同样感到很吃惊,但在接到尾崎的电话之前,他对此事毫无所知,而且眼下也没有得到任何消息。接着他就简要报告了下午的交接情况。他说,高田他们乘车离开时有不少目击者在场,其中还有报纸访员若干。黄厅长好像没有耐心听下去了,他用火急火燎的声调打断朱四的话,他说:"全是些无用之辈,这点小事都办不好。事情现在闹大了,日本商务代办已连夜求见省长,要求查办此事。省长敕令,要你们立即派人寻找。"

"现在吗?"朱四有些为难了。

"马上!立即就去!"黄厅长的口气不容置疑。

"可外面的雨下得太大了……"

"就是下刀子也得去找!"

"好吧。"

"有什么情况随时向我报告,"黄厅长的口气稍稍和缓了一些,他说,"那就这样吧,朱县长,此事重大,你还是小心为妙啊。"

9

高田一行出事的地点在离五湖约五十里的马桥附近，这里离丰岩煤矿只有三十余里地的光景。当自卫团的马队搜索到这里时，日本人已经提前赶到了。

天色正在逐渐地泛亮，雨也开始小了。蒙蒙细雨似有若无地飘洒着，空气湿漉漉的，寒气逼人。自卫团是在凌晨三时左右出动的，由马老五亲自带队，吴仲荣也随队一起来了。昨晚接到省里电话后，朱四和吴仲荣之间曾有过一次谈话。吴仲荣在这天上午已经递交了辞呈，所以朱四起先派人去请他时，他一口拒绝了；直到后来朱四亲自登门，他才不得已起身相迎。

谈话就在客厅里进行起来了。

朱四说："吴参事，我知道你对释放藤原有看法，提出辞呈我也理解，但现在出现了新的情况。"

"什么情况?"

"高田他们失踪了。"

"失踪?"

"是的。"朱四讲了尾崎和省里来电话的事，他说，"我担心这事可能会有麻烦，这么晚来找你就是想商量一下。"

吴仲荣不语。

朱四点了一根烟，默默地抽了几口。他把脸埋在浓浓的烟团中，目光是迷蒙而忧心忡忡的。他顿了顿，继续说："丰岩塌方事件，我想吴参事一定还记忆犹新吧，这件事闹得五湖鸡犬不宁，老百姓遭了多少殃，吃了多少苦！眼下高田失踪，结局如何尚难预料，但日本人肯定不会善罢甘休。这次放人，就算我千错万错，可天地良心，我是不想百姓再遭殃了。诗云：知我者谓我心忧，不知我者谓我何求。话说白了，朱某进退事小，大不了拍屁股走人，而五湖乃吴参事桑梓之地，您总不能袖手旁观，置百姓安宁于不顾吧？”

吴仲荣叹了一口气，他说：“你想要我做什么呢？”

朱四说，要他参与调查此事。

一个小时后，吴仲荣便随搜索队一起出发了。朱四颇费心机地请出吴仲荣，当然是有原因的。吴仲荣精通日语，能言善辩，丰岩塌方事件后，在与日方的交涉中曾发挥过出色的谈判技巧和才能，有吴铁嘴之称。朱四认为处理高田失踪这样棘手的事，非得有像他这样得力的人才行。

朱四的苦心没有白费。后来的事实果然证明，在高田事件的交涉中，吴仲荣起到了至关重要的作用。可以说，从一开始他就表现出了精明的过人之处，使五湖方面始终处于主动地位。搜索队出发后，吴仲荣首先提醒马老五，让他放慢速度。他分析说，高田他们究竟出了什么事，现在还不清楚。也许是遇匪，也许是车祸……日方肯定也派出了搜索人员，如果我们先于他们到达出事地点，有些事可能会说不清楚，不妨慢慢走。马老五认为有理，于是搜索队便磨磨蹭蹭，到达出事地点时，天已经开始放亮了。

通向丰岩的公路是大远东公司为了运矿需要而临时修建的一条简易公路。公路依山而建，其中有一段很长的环山路，九曲八拐,道路险峻,路况本来较差,一场大雨之后,简陋的路面更是被冲得坑坑洼洼,沟坎纵横,不少地方还或多或少地出现了倒塌和堵塞。搜索队到达马桥时,日方已封锁了那一带的道路。吴仲荣让马老五停住队伍,自己走上前去。一个身着陆战队军官制服的小个子日本人在吴仲荣讲明来意之后冷淡地瞟了他一眼。他说,现在严禁任何人通行。吴仲荣说,他是奉省长之令前来帮助寻找高田的。

小个子军官哼了一声,他用手按了按斜挎在身上的皮枪套,像是没听见似的转过身去。吴仲荣有些生气了,他说,你们的长官呢?我要见你们的长官。他的声音不高,却充满了一种不可置疑的威严。

小个子军官愣了一下,他盯着吴仲荣瞅了几秒钟,随后不声不响地走开了。不一会儿,尾崎从远处的一辆汽车旁走了过来。他穿着一件黑色胶皮雨衣,胖大的脑袋像只球似的浮在紧绷绷地裹在身上的窄小的雨衣上面。他冷冷地看着吴仲荣,目光中充满了明显的敌意。丰岩塌方事件后,吴仲荣和尾崎多次交涉过。他们算是老熟人,老对手了。

“出了什么事,尾崎先生?”吴仲荣问道。

尾崎扭过脸去,没有马上回答。他抬脚踢了一下面前的小石子,那石子便骨碌碌地滚动着,滑下了路旁的深谷。尾崎说:“吴先生,出了什么事?我还正要问你们呢。”

“我不懂你的意思。”吴仲荣听出尾崎话中有话,但仍然很冷静地说道。

"高田他们遇难了。"尾崎抬起头来,阴沉的目光中透出毫不掩饰的露骨的探究。他盯着吴仲荣看,好像要从他身上抓住什么蛛丝马迹。

"遇难了?"吴仲荣迎着尾崎的目光,他说,"我感到很吃惊,但我还是不明白尾崎先生的意思。"

"你们应该明白。"

"为什么?"

尾崎不说话了。他咬了咬牙,又看了一眼吴仲荣,表情是恼怒而恃强的。他说:"这件事我们会弄清楚的。"

"我们也希望如此。"吴仲荣神态自如,平静如水,接下去,他就提出要去现场看看,他说,"我们是奉命而来,我认为有必要如此。"但尾崎断然拒绝了这一要求。他说:"我不想任何人打扰我们。"

吴仲荣有些遗憾地摇摇头。他说:"既然尾崎先生这样坚持,那我也无话可说,我们现在就可以撤走。但我要讲明,这样做的后果,我们将不承担任何责任。"说着,他就转身向自己的队伍走去。

但没走多远,那个小个子军官从后边赶上来把他叫了回去。尾崎阴沉着脸,不大情愿地朝他摆摆手。他说:"那好吧,吴先生,你们可以过去,但人不要太多。"

出事地点就在一个环形山道的转弯处。这里地势险峻,山道两旁是上百米的深沟,高田他们乘坐的汽车就是从这里翻下去的。吴仲荣出发前特地从158师请来两名军医,并把《五湖日报》从事摄影的访员也一起带了来。他们沿着陡峭的山坡下到坡底。高田乘坐的汽车只剩下一堆黑乎乎的残骸了,看得出汽车在摔下沟后曾起火、爆炸。几个日本人正在现场忙碌着，尸体已被从车内弄出来，摆放在一边的担架上，一共五具，全都烧焦了，难以辨认。一个戴眼镜的日本人正满脸是汗地在那里不停地拍照。没有人说话，气氛显得紧张而压抑。

吴仲荣前前后后察看了现场，不放过任何一点线索，他带来的访员也忙前忙后地从各个角度对现场进行了拍照。之后，他们又循着汽车翻下沟的路线勘查了一遍。吴仲荣注意到路旁一棵大树被撞歪了，树身上留下大面积的刮漆；在离大树不远处，路面上还依稀有一道断断续续两三米长的锉痕，一直延伸到坡下，虽然雨水已将轮胎纹路冲淡了，但仍可看出汽车在出事前曾做过紧急刹车，可惜没有奏效。发现这一点，吴仲荣心里突感一阵释然。“拍下来。”他一边招呼跟在身后的访员立即拍照，一边提醒日方人员注意此点。过了一会儿，一个小头目模样的健壮的日本人被叫了过来，他不声不响地察看之后，又不声不响地走开了。接着，就有两个日本人走过来取证、拍照，忙活了一阵子。

中午时分，吴仲荣已把现场勘查完毕，并根据所掌握的情况绘制了一张详细的示意图。他还在征得日方同意的情况下，让带来的医生分别检视了几具尸体……整个调查过程一直持续到傍晚，吴仲荣才拖着疲惫的身子，与搜索队一起返回城里。

朱四早已备好茶饭，等候在那里。看来这是一个意外。吴仲荣饿极了，他一边往嘴里扒饭，一边向朱四报告了调查经过。他说：“我原先想到过土匪打劫或其他什么原因，现在看来不是这样。”

“这是一个事故。”他最后揩了一下嘴，不慌不忙地总结道。

“可以肯定吗？”

“完全可以。”

“日本人会不会无中生有？”朱四有些担心。

“不怕，”吴仲荣用不容置疑的口吻说，“我们已掌握了充分的证据。”

“好，好。”朱四兴奋地站起来，搓着手在屋里来回走了两步。“天意，”他喃喃自语，“此乃天意啊。”

几天后，一份由吴仲荣起草的证据充足、措辞严谨的报告呈送到了省里。这份报告详述了高田事件的调查经过，并附有各类数据及图示。其要点有三：1. 出事地点道路险要，且出事时间天气状况恶劣；2. 现场取证可见，汽车坠毁系驾驶失误所致；3. 尸检未见车祸以外的异常。结论是：意外事故。

其后，中日双方便围绕高田事件进行了漫长的马拉松似的交涉。双方唇枪舌剑，明争暗斗。日方虽对中方结论极不满意，难以接受，终因事实确凿，无法反驳。于是，这一事件在喧腾一阵子之后，便成了悬案被搁置起来。

10

农历新年转眼间就到跟前了。一场纷纷扬扬的大雪使过年的气氛变得更加浓郁起来。街上不时响起噼啪的鞭炮声，店家纷纷挂起大减价的招牌，有的还请来鼓乐班子在门前吹吹打打，好不热闹。兵荒马乱带来的烦恼也仿佛一下子被冲淡。

一个雪后的早晨,天气阴冷阴冷的。城东万盛旧货铺的小伙计狗子早早便起身卸下门板,开始清扫门前的积雪。气温很低,灰蒙蒙的天空在白雪的映照下泛起惨淡的蓝光。街上的行人还不多,偶尔有一两个卖菜的挑着箩筐走过去,沉实的脚步在青石路面上发出空洞的足音。这时,一个穿着黑皮袄、腰间扎着粗布带子的人不声不响地走到店门口来了。他的脚步很轻捷,直到门前,扫雪的狗子才蓦然发现他,竟吓了一跳。

“二的!”狗子拍着心口骂了一句。

“小兄弟,吓着您啦?”那人笑起来,拍拍狗子的肩膀,很和蔼地说,话语中夹着一丝东北口音。

狗子没好气地朝地上啐了一口,埋下头继续扫起雪来。

那人又微微笑了一下,然后绕开狗子往前走去。他的脚踩在积雪上,发出轻微的嘎吱嘎吱的响声。走了几步,他又回过头来。“小兄弟,有火吗?”他扬了扬手中的旱烟袋。

“没有。”狗子懒得理睬,他挥动胳膊,像是和谁赌气似的用力扫着雪。万盛的陈老板这时笼着袖子,悠悠地踱到门口来了。他身材不高,面皮黄叽叽的,尖细的脸上几乎所有的部件都是小号的:小鼻子,小眼睛,小耳朵,一副精明相儿。陈老板昨晚牌场得意,此刻心情很好。“借火吗?”他一脸和气地插上来问道。“是啊。”那人又扬了扬手中的烟袋。“狗子,”陈老板朝狗子喊道,“去把火拿来。”狗子只好悻悻地扔下扫帚,没好气地进屋去了。

“多谢了,老板。”

“没啥。”

两人有一搭无一搭地聊起闲话来。陈老板乘机打量了一下面前的这个人:这是一个黄脸皮的、身材矮矬的汉子,模样儿很和善,只是左鼻翼下有一粒绿豆大小的黑痣,破坏了脸部整体的和谐,有些触眼。他肩头上搭着根扁担,扁担头上挂着绳子,绳上扎着布袋,一副典型的收山货的打扮。

"老板哪里人啊?"

"哦,北面来的。"那人含糊其词地答道,接着把话题岔开了,他说,"我看老板一脸福相,生意一定发达吧?"

"哪里,哪里,凑合着吧。"陈老板说。

狗子取火来了。那人点上烟后,吸了一口,拱拱手,转身要走。"不进去看看了?"陈老板却发出了邀请,收山货的迟疑了一下,仿佛有些情面难却,便放下扁担走了进去。

店铺里光线很暗,散发出一股刺鼻的灰尘味儿。那人应付般地在杂乱拥挤的货架和旧家具中间转悠了一下。他的神态表明,他对这些破烂玩意儿毫无兴趣。一直屁颠颠跟在他身后的陈老板不禁有些泄气,但很快陈老板又被新的希望鼓舞起来了。他注意到那人的目光被货架上的一只旧怀表吸引了。"这可是金表。"他立即鼓动说。

"哦。"那人漫不经心地取过表来,又随手在表壳上轻轻划了一下,然后笑了笑。"铜的。"他说。

"行家,"陈老板哈哈笑起来,他说,"老板不愧是行家,不过,真人面前咱也不说假话,这可是正宗的外国货。不信,你瞧……"他把表翻过来,背面露出了一行细小的蝌蚪样的文字。那人的手猛然间痉挛起来。

“你怎么了？”陈老板奇怪地看了他一眼。

“没啥。”那人轻轻地揉了揉眼睛，好像眼里落了灰尘似的。他很快恢复了平静，把那只表拿到眼前仔细地看起来。陈老板以为自己的话发生了作用，热情更高涨了。他兴致勃勃地说：“你瞧，你瞧，我可没说假话吧……”

陈老板的热情似乎并没有得到应有的响应。那人的表情是冷淡的，他感兴趣的好像只是表后的那行文字。他盯着看了很久，后来又走到门口，借着门外的光亮反复看了几遍。这是一行日本文字。陈老板不认识，但这个收山货的看得明白。日文的意思是：全日大学生运动会奖品。

下面还有一行日期，由于磨损已难以分辨了。那人回过头来，眼睛中闪过一道很锐利的光，随后便收敛了。他淡淡地问：“这表哪来的？”

“老板想要吗？”

“什么来路？”

“这你就甭问了。”陈老板撇了撇嘴巴。那人意识到犯了忌讳，于是便打住话头。他把表在手里掂了掂，然后说：“什么价？”

陈老板仿佛很深沉地思考了一下，然后朝他伸出五根指头左右翻了翻。

“一百块？”

“这是最低价了。”

“好吧，那就说定了。”

事情居然这么轻而易举地谈妥了。陈老板的目光有些不大放心地在他那张黄脸皮上停留了一会儿,接着用提醒的口吻说:“我可是要光洋啊。”

那人不搭话,一丝不易觉察的冷笑从他嘴角边轻轻滑了过去。他从皮袄里掏出一把光洋,哐啷啷摊到台子上。“这是三十块,”他数了数,把钱往陈老板面前一推说,“就算是定金吧,剩下的我晚上送来。一手交钱,一手交货。”

“好,好。”陈老板兴奋地搓着手,那神情就像捡了金元宝似的,激动得有些不知所措了。

11

整个白天都是在极其愉快中度过的。开市大吉,一天都发。对生意人来说,还有什么比这更高兴的呢?陈老板乐颠颠地想,真是财来如山倒,挡也挡不住,也活该那收山货的乡巴佬洋盘,他要知道这表只花了他不到二十块,非气出病来不可。

那是一个多月前的事了。陈老板记得那是一个晴朗的夜晚,他像往常那样等店铺打烊后,便悠悠闲闲地来到十字街边的吉祥饭铺。他在那里喝了二两老酒,又吃了一碗炒面。然后揩揩嘴,消消停停地喝了几口茶,不久几个赌友就先后到了,有码头管事刘八爷、车铺账房黄胖子,还有一个就是县太爷朱四的跟班小六子。人到齐后便开始赌起来了。吉祥饭铺的掌柜冯二——一个满脸和气的秃顶汉子——在一边跑前跑后,张罗着茶水。他很少下场,除非三缺一时才临时凑一脚,但每盘的抽头都归他,这是一笔很可观的收入，为此他才积极提供场地，并乐此不疲。

小六子的手气那天背透了。接连七八盘不开和，心里便犯急了，越急越出错，天快亮时，口袋里最后一块铜板也掏空了。

“再来一把。”他红着眼睛说，但没人搭话。“再来一把。”小六子又说。

“拿什么来？”黄胖子说。

小六子鼓了鼓嘴巴。

“先欠着咋样？……我明天准还……”

黄胖子连连摇头，他说：“还是别坏了规矩吧。”

“明天再干吧。”刘八爷站起来，伸了个懒腰，陈老板也跟着站了起来。

小六子急了，伸手在怀里摸索了一下，便掏出一只怀表。他把表往桌上重重一拍。“这总可以了吧？”他又说，“再来一把！”

陈老板把表接过来，翻来覆去地看了看，然后点点头。

“好吧。”刘八爷咧了咧嘴巴，几个人又重新坐下来。可小六子实在太不走运了，没几分钟又把表输掉了。看着陈老板把表装进口袋，小六子别提多沮丧了。往外走时，他灰头土脸地凑到陈老板跟前，可怜巴巴地说：“你可别卖了，我喜欢这表。”

“那就拿钱来赎啊。”

“饶几天行不？”

“饶就饶吧，谁叫你我兄弟一场哩。”陈老板爽快地答应了，但讲好赎金十八块外加一分利钱，期限为半个月。“半个月，”他说，“这时间不短了，逾期恕我不候。”

如今半个月早过去了，可那段时间里小六子手气始终不佳，一直拿不出钱来赎表。后来就连他自己也不提这碴儿了。于是陈老板就把表摆了出去，没想到的是，一出手竟卖了个黑天的大价钱。真是天上掉元宝，该他走红运了。

陈老板精神亢奋地守在店里，整整一天都没挪窝。他在等那个收山货的送钱来。晚饭是在店里吃的，就连冯二家的牌局也推掉了。但一直到很晚了，那个收山货的还没有露面。火盆里的炭火渐渐暗下去，屋里的气温越来越低。一种失望的情绪开始一点一点地弥漫了，像水一样冰凉地浸漫上来。他二的，这家伙也许改变主意了？陈老板这样想着，不禁有些心灰意懒起来。

后门吱地响了一下。

“谁呀？”

“我哩。”狗子睡眼惺忪地答道。

“咋还不睡啊？”

“上茅房哩。”

陈老板听见狗子的脚步声咚咚地远去了。一阵风把后门吹开，寒气直往屋里灌。陈老板骂了一句，走过去把后门重新掩好。就在这时，前门被轻轻地敲响了。

“谁啊？”

“是我啊，陈老板……”

“来了，来了……”

陈老板听出是那个收山货的，他一阵高兴，忙不迭地端起煤油灯向前门走去。可门闩刚拉开，门便被猛地撞开了，一股寒风裹着几个黑影冲了进来。陈老板还没明白出了什么事,一只粗壮有力的手就捂住了他的嘴巴。他的手一松,忽闪着的煤油灯便哗啦一声落在地上,四周的一切转瞬都没入了黑暗之中。

小六子从冯二家走出来时,已是拂晓时分了。天空泛着苍灰色,几颗隔夜的星星还颤颤抖抖地挂在那里,一动不动,好像冻僵了似的。天气冷极了,脚下的冻雪被踩得咔啦咔啦响。冯二的饭铺就在十字路口的拐角头,往东不到二百米就是县府所在地。小六子站在门口哆哆嗦嗦地撒了一泡尿,然后伸伸懒腰,有腔无调地哼着小曲,踩着冻得硬邦邦的路面向县府走去。他今晚的手气简直疯极了,可惜陈老板没来,不然有他的好看。小六子摸了摸口袋,里边鼓鼓囊囊的。他感到了光洋在里边互相摩擦所产生的细微的响声,这感觉真他二的太棒了。

路边忽然闪出一个人来。

“是小六子吗?”那人说。

“你是谁?”小六子凑到跟前,发现这人从没见过。

“我是老家来的,有人找你哩。”

“在哪儿?”

“在那边。”那人用手指指路边的暗影里,那里停着一辆马车。小六子漫不经心地走过去。“人呢?”他问。

“在车里。”那人掀起车帘。小六子头往里一探,还没看清东西,嘴巴便让一只手给堵住了,紧接着就感到双腿悬了空,身子被一股强大的力量推动着直往车内塞。小六惊慌地叫起来,他刚想挣扎，头上却重重挨了一下，猛地失去了知觉。

喊声惊动了不远处的刘八爷和黄胖子。他们出门稍晚些，正在路边撒尿，听到喊声便回过头来，眼前的情景不禁使他们惊讶地张大了嘴巴。只见一辆马车像疯了似的轰轰隆隆地飞驰而去，车后雪尘四溅，惊天动地。

12

朱四早上起床后便得知了小六子被绑架的消息。他非常恼火，原因有二：一者为嗜赌之事，他骂过小六子好几次了，甚至威胁要把他送回老家去，没想到他依然恶习不改；二者绑架者也太不给面子，居然在太岁头上动土。俗话说，打狗还得看主人哩。小六子即便有啥不着调，好歹也是他朱四手下的人。如今这事闹得全城皆知，他这个县太爷还真有些脸面无光。但气归气，他也并未把这事看得多严重，只道是黑道上的把戏而已。

"你去查查，"他把马老五找来说，"欠账还钱，自古而然。小六子真要是欠了谁的钱，那一定要还。不过，"说到这里，他又生起气来，他说，"这帮家伙也太过分了，我倒要看看他们究竟是谁。"

马老五接受了任务，心里却感到纳闷起来了。他白道黑道混了多少年，但这件事倒有些让他迷惑了。他想，黑道办事也有规矩，哪会为几个小赌账就大动干戈？这于情理不通。至于线索，更是少得可怜。刘八爷和黄胖子报案时说，他们啥也没看见，只听见了小六子的叫声。而等他们赶过去时，马车早已跑得没影儿了，地上只有小六子掉下的一只鞋子。

“小六子平时可有啥仇家吗?”

“好像没有,”刘八爷和黄胖子都说,“他这人挺规矩,欠点账事后也总还。”

“常和你们玩牌的还有谁?”

“还有万盛旧货铺的陈老板。”

“那晚他也在吗?”

“不,他有事,那晚没去。”

“哦……”

马老五皱着眉头想了一会儿,正要派人去找陈老板,桌上的电话响了。他拿起听筒听了几句,便失声叫起来。

“啥? 你说啥? 陈老板也被人绑架了?”

“是啊,”电话是商会刘会长打来的。他说,“这是万盛的伙计狗子刚才来商会报告的。”

“什么人干的?”

“还不清楚……”

马老五拿着电话愣了半晌。一夜之间竟出了这么多事,真是活见鬼了! 他立即让人把狗子带到团部询问。

狗子余悸未消,说话结结巴巴,前言不搭后语。马老五费了老大劲总算听明白了。狗子说,他昨晚肚子不利落,所以上了一趟茅房。去的时候还看到老板好好地坐在店堂里,还和他说了几句话。可打转时情况却不对头了。屋里乒乓乱响,还有叽里呱啦的说话声。他贴着门缝往里一瞧,看到老板被人用枪顶在墙角上,动弹不得,另有两人拿着手电四处乱翻。借着灯光,他看清其中有个人脸上长着黑痣，正是早上那个收山货的。

“收山货的？”马老五问，“这是咋回事？”

狗子说，那人是来买表的，讲好了晚上送钱来。

“买表？什么表？”

“一只旧怀表，老板说是小六子输给他的。”

“你听到那些人说些啥了没有？”

狗子摇头，他说：“听不懂，叽里呱啦的，一句也听不懂……”

“难道是日本话？”

狗子又摇头，他说，听不懂，反正听不懂。

马老五蹙起眉头，明显地感到不安了。想到这事可能与日本人有关，他就再也坐不住了。他让狗子先回去，自己旋即赶到朱四那里去了。

朱四正在县府里开会，商讨为教育筹款之事。马老五在门口等了一会儿，终于等不及，便硬着头皮闯了进去。朱四有点不大高兴地垂下眼皮，他说：“马团长，你先等一会儿，我这里很快就散。”但马老五没有像往常那样服从，他迟疑了一下，还是俯下身去在朱四耳边低语了几句。朱四的脸色立时有些异样了，他对坐在身边的教育局长说：“你们先开着，我去去就来。”说着，就和马老五一起走了出去。

他们在隔壁的房间里关上门谈了起来。马老五一提日本人，朱四敏感的神经便立即被触动了。他很认真很仔细地听着马老五的报告，脸上的表情一派肃然。当马老五讲到陈老板、怀表，尤其是此事牵涉小六子时，他的手便剧烈地抖动了一下，以至于夹在手指尖的烟卷也掉落在了地上。但令他困惑不解的是，小六子从哪来的表？他从未听说小六子有表啊……

朱四重新点起一根烟，凶狠地吸了几口，然后他便让人把厨子、杂役等下人一一喊了来。他说："小六子有块怀表，你们知道吗？"

下人们都说知道。

"哪来的？"他又问。

下人们说，是从井里捞上来的……

听了这话，朱四和马老五对视了一眼，接着他那一贯镇定自若的面孔就像蜡染似的失去了血色……

汽车在山道上剧烈颠簸着。如同噩梦一般，小六子醒来时，发觉自己的手、脚被捆得结结实实，自己被装在一只麻袋里。在汽车的摇晃中，他就像一袋面粉似的，整个身子左右摇晃，不时遭到猛烈的撞击，痛得他咬牙切齿，直想喊叫，可嘴巴被塞得严严实实的，一点儿声音也发不出来。

不知过了多长时间——总之对小六子来说，这时间是太漫长了——无休止的颠簸总算停下来了。他感到被人抬下车，扔到了一个什么地方。模糊的白光隐约地穿过麻袋的缝隙，朦朦胧胧地透过来。边上有人在说话，叽里呱啦的。日本人？他心里颤了一下，一股寒气不由得从脚底板冒了上来。

又过了一会儿，就听见一阵呱唧呱唧的皮靴声由远而近地传过来，带着空空的回音，最后停在了他的跟前。有人站在那里咕哝了几句，接着麻袋就被狠狠地踢了一脚，是那种带钉的皮靴，小六子痛得一哆嗦。再接着，又是一阵叽里呱啦的说话声，麻袋便被打开了。强烈的灯光白晃晃地倾泻而下，耀得小六子眼花缭乱。还没等他看清东西，又有人把他像拎小鸡似的从里边拎了出来。

“站好了。”一个声音低沉地响起，在坚冷的水泥四壁上发出嗡嗡的回声。

由于捆绑时间太久了，小六子感到双腿发软，刚站起又无力地瘫倒了。但站在边上的两个粗壮汉子却不由分说地扭住他的胳膊，强行把他拖了起来。

“站好了。”那个声音又响了起来。小六子循声望去，只见一个脸上长着黑痣的家伙站在距自己五六米的地方。他叉着两腿，双手抱在胸前，目光冷冷地瞅着他。声音就是从他嘴里发出来的。直到几天之后，小六子才知道此人就是日本陆战队情报课长颖川上尉。在颖川旁边的椅子上，还端坐着一个白白胖胖的家伙。这人小六子见过，他就是大远东探矿公司的董事长尾崎一郎。

小六子挣扎着，想说什么，但嘴里堵着东西发不出声音来。尾崎微笑地做了个手势，有人便上前替他解开绳索，除去嘴里的破布。“呸，”小六子像活过来似的，朝地上啐了一口，又猛咽了几口唾沫，他说，“你们要干啥？……要干啥？……”

尾崎轻声咕噜了几句，颖川便说：

“你是朱小六吗？”

“嗯，我是朱小六，你要干啥，要干啥？……”

颖川没有理睬他的话，他继续问道：“你知道现在在什么地方吗?”

小六子摇摇头。直到此刻他才顾上四下里打量了一下。他发现自己正在一间很大很空旷的地下室里。上下和四面都是水泥砌的,没有窗子,但摆满了各类瘆人的刑具。我的二哩！小六子在心中害怕地叫了一声。

“这是丰岩煤矿,”颖川故意把语气放得和缓一些,他说,“你不要害怕,我们把你找来,只是想弄清一些事情。尾崎先生说了,我们并不想为难你,但你必须如实回答我们的问题。现在谁也帮不了你了,包括你们的县长大人。你明白吗?”

小六子眨巴眨巴眼睛。他什么也不明白。

尾崎站起来,慢慢踱到他的面前。他眯缝起眼睛看着小六子。尽管他极力摆出一副和蔼状,但那目光中隐含的杀气还是让小六子哆嗦了一下。

“年轻人,这个你见过吗?”尾崎开口说话了,他举着一块怀表在小六子眼前晃了晃。小六子不禁一愣。他想,这表咋弄他手里啦？正迷惑间,颖川在边上催问道:“尾崎先生问你,见过这块表吗?”小六子低下头去,半天不吭声。颖川又说:“我们知道,这表你一定见过,是不是啊?”

小六子摇摇头。

“你要老实回答,”颖川走到他背后,提醒说,“事情我们都很清楚了。这表是怎么到你手中的？只要你说了,就没你的事了。”

停了停,他又很温和地问:

“朱县长知道这件事吗?”

一提到朱四，小六子顿时警觉起来。他脑子飞快地转了转，便感到这事有点不同寻常了。虽然眼下正在发生的事他还懵懵懂懂地弄不明白，但本能告诉他这块表准是有来头的，说不定还和啥要紧的事有关联。一想到这里，他就开始紧张起来。

小六子第一次见到这块表，是在五湖落下第一场大雪的时候。那天早上起床后，他拎着水桶去内院的水井中打水。天很冷，井台上冻了厚厚的冰，走上去滑溜溜的。小六子朝冻木了的手上哈了哈热气，便把水桶放入井中，接着胳膊运力，抖动起长长的井绳，待水灌满，刚要往上提时，手一滑，水桶脱了钩，咕嘟嘟冒起泡沉了下去。小六子趴在井台上朝下望了一阵子，便丧气地骂起来……

中午吃过饭，天气好起来了。小六子便找来几截长竹竿，绑到一起，竹竿头上安了钩子，然后挽起衣袖，在井里打捞起水桶来。厨子和杂役等下人都围过来帮忙、看热闹。捞了一阵，好不容易手上有了感觉，但刚把水桶提出水面，钩子却被拉弯了，水桶重又沉了下去。小六子把竹竿拉上来，想整理一下钩子，这时厨子首先叫了起来，他说："快看，快看，那是什么？"原来钩子上挂了个亮闪闪的东西。小六子轻手轻脚地将竹竿提出井口，一看竟是块怀表，表链正紧紧地缠在钩子上。小六子这下子乐了起来。他把表在身上擦了擦，擦去泥土，又上了发条，那表就咔嚓咔嚓地跑起来。大家争着传看了一会儿，最后又被小六子夺了过去。小六子很得意地把表挂在胸前，然后说，这事不许多嘴。他指了指朱四的书房，下人们便会意地嘻嘻哈哈笑起来。他们知道，朱四对小六子特严，怀表的事让他知道，保不准就要收回去。当然谁也不知道这块表意味着什么,接下去仿佛命中注定一般,就发生了小六子赌牌输表的事。

“为什么不说话?”颖川看他闷头不吭声,便进一步开导说,“年轻人,你要知道,我们既然把你请到这里来,你不老实回答问题,结果是可想而知的。尾崎先生刚才已经讲了,只要你把真相说出来,我们马上送你回去,而且还会给你许多许多的钱。”

小六子眨巴眨巴眼睛,还是摇了摇头。他已暗中打定主意,啥也不说。

尾崎生气地嘟起了嘴巴。“你不老实,”他说,“这表是你输给万盛旧货店的陈老板的,对不对?”

小六子咬了咬嘴唇,仍然摇头。

尾崎垂下肥厚的眼皮,朝身后做了个手势。地下室的铁门哐啷一声被打开了。当小六子看到失魂落魄的陈老板被押了上来时,他开始慌乱了。陈老板满身血污和泥灰,蓝色的棉袍被撕扯破了,青紫的眼角像发面似的肿胀着,在灯光下晶亮地泛着光。他朝着小六子哭叽叽地喊着,鼻涕和泪水把他那张恐惧的尖长脸弄得肮脏不堪。他说:“都是他,都是他……我啥也不知道,啥也不知道……”

尾崎咧了咧嘴巴怪笑起来。他很得意地望着小六子,说:“年轻人,事实就摆在你面前,抵赖是没有用的。不要说你不知道,我对这话不感兴趣。我想知道的是,这表是从哪来的?它是怎么到你手中的?”

小六子知道瞒不过去了,他眨巴眨巴眼睛,开始胡乱编造起来。他说这表是他捡的，地点就在东门外的大桥下。为了使日本人相信，他还信口编了一些捡表的细节。“真的，”他还赌咒发誓说，“真是捡的，我要讲一句瞎话，就让我烂舌头，就让天打五雷轰。”

尾崎慢慢地沉下脸去。他低低地咕噜了一句，站在小六子身后的两个彪形大汉便沉稳地走上来扭住了小六子。他们像吊小鸡一样把他反吊起来。剧痛猛袭而来，小六子忍不住龇牙咧嘴地叫唤起来。尾崎冷冷地笑着，他走到小六子面前，用手指挑起他的下巴，接着他说：“我想最后问你一次，这表从哪儿来的？”

小六子畏畏缩缩地垂下眼睛，他的目光中闪过了一阵恐惧，但他终于还是鼓起勇气说：“捡的。”他说，“真的，是捡的……”

尾崎的手猛地抽了回来。他掏出手帕擦了擦手指，又把弄脏的手帕扔在地上，用脚狠狠地踩了一下。然后，他朝颖川哇啦哇啦叫了几声，气呼呼地转身走了……

第二天早上，尾崎正在吃早餐时，颖川急匆匆地走了进来，昨夜通宵的刑讯使他脸上满是疲惫之色，但他的情绪充满了不可遏制的兴奋。他快步走到尾崎身边，用一种难以掩饰的激动语调说：“招了，小六子全招了！”

尾崎端坐在椅子上，一声不吭。他非常镇静地喝完杯中剩下的牛奶，接着用餐巾揩了揩嘴，这才慢慢抬起头来。他说：“是朱四吗？”

颖川点点头，他说：“小六子供认，这表是从县府内院的水井中捞到的……”

尾崎的胖脸上浮起了一丝狞笑。这结果似乎早在他的意料之中。“高田事件”发生后，尾崎一直不相信这是一起偶然的车祸，但他没有证据，无法推翻中方的结论。几个月过去了，尾崎并没有死心。他陆续派出了一些耳目，四处打探消息。当化装潜入五湖的颖川上尉无意中在万盛旧货铺发现这块怀表时，事情就出现了突破性的进展。这块表是高田利雄的随身之物，怎么会长腿跑到县府内院的水井中呢？这是一个重大的疑点，它说明所谓的车祸以及高田之死都与朱四有关。

尾崎迅速做出了决定，他命令颖川一边向关东军大本营报告，一边准备好所有材料，他将亲赴省城，兴师问罪。

然而几个小时后，就在尾崎得意扬扬的时候，桌上的电话响了起来。他拿起话机，听着听着，脸上就突然变色了。电话是颖川打来的，他说刚接到五湖情报员的报告，朱四死了。“死了？”

“是的，他是被人炸死的，就在今天早上。”

“这怎么可能？”

“这消息不会错，有人亲眼所见。”

“什么人干的？”

“还不清楚。”

……

尾崎慢慢地垂下手，颓丧地放下电话。然后，他坐到椅子上，仿佛生了一场大病似的。很久，没说一句话。

13

朱四遇刺发生得十分突然，几乎所有的人都感到非常意外。

但事后回想起来，也绝非偶然。早在释放日本人的那天晚上，县府内院就出现过血光敢死队的炸弹，矛头很显然是对准朱四的。但随着“高田事件”的发生，释放日本人的后果事实上并没有成立。因为高田等人都死于车祸，无一生还。人们对朱四的责骂也渐渐缓解下来。

就在人们认为不会再发生事情的时候，事情却突然发生了。

出事的那天早晨，朱四和往常一样起得很早，然后来到护城河边的小树林里练起剑来。这是一个冬日里难得的好天气。下了好几天的大雪停了下来，清晨的雾很快散尽了，天边泛起一片干爽的白光。这些天里虽然发生了一连串的事情，但这似乎并没有影响朱四的情绪，他屏息静气，神情安详地练完剑，这时天光已经大亮了。

朱四把剑插入鞘内，掏出手帕擦了擦汗，循着来路悠悠地往县府走去。这是他一天里心情最好的时候，朱四走得很慢，心情平和而宁静。转上大街后，一些熟识的老板纷纷从临街的店铺里探出头，殷勤地向他问起好来，朱四也很随和地微笑作答。这种和蔼可亲是历任县长从未有过的。许多人在朱四死后，每每谈及，仍感慨不已。

穿过大街，前面就看见县府的高门楼了。门楼前是一片开阔地，地面铺着青石板。在县府对面，大小店铺也都开张了，一家茶馆已坐了不少人，显得热气腾腾。朱四走在前面，在他身后三四米的地方跟着两个背枪的团兵。自从“高田事件”发生后，朱四加强了戒备，外出时总有卫兵跟随前后。快到县府门口时，街对角的早点铺里钻出一个来。那人离得老远就喊起来：

"朱县长……朱县长吗？……"

朱四停住脚步，回过头来看着那人。向他走来的是一个身材高挑的汉子，他脸膛白净，戴着黑礼帽，着蓝色棉袍，一副商人装扮。跟在朱四身后的团兵跑上前来，有些警惕地看着他。

那人哈哈笑起来，他望着朱四说："我是南京来的，参议员让我捎信给你。"

朱四听说是舅舅那儿来的人，便摆摆手，让团兵退下了。他说，跟我来吧。而后，两人便一前一后地向县府内走去。

团兵们在县府门口停下了，他们靠在石狮子旁擦着火柴抽起烟来。接下去发生的事实际上只有短暂的几分钟，究竟怎么开始的，谁也没有注意到，只是当朱四的惊叫声猛然传过来时，团兵们才回过头去，眼前的情景把他们吓傻了。他们看见朱四和那人紧紧地扭在一起，朱四竭力挣扎着，而那汉子却死死地搂住他，嘴里还大声喊道："卖国贼，卖国贼……你的死期到了……"

目瞪口呆的团兵们好一会儿才惊醒过来，他们扔掉手中的烟卷冲了上去，但是已经晚了。随着一声轰然爆炸，硝烟冲天而起，巨大的气浪把他们一下子顶到台阶下面。等到硝烟散尽，他们跑上前时，朱四和那汉子早已倒在血泊中了……

事后据调查，那汉子是血光敢死队的，名叫彭成万。炸弹显然是他事先绑在身上然后拉响的。看得出行刺前他做过精心准备，并且抱定了同归于尽的决心。据了解彭成万的人透露，彭是五湖小彭村人，早年出外做小买卖。丰岩塌方中，他的两个兄长皆死于非命。人们揣测,这是他参加血光敢死队的唯一原因。但也有人提出了疑问,说是此人好像早在一年多前的围剿中就被官兵打死了。不过这个说法并未得到证实,而且很快便被一种合理的解释取代了。那就是,彭成万在那次围剿中可能根本没有死。他逃了出去,并在某地潜伏下来,直到这次炸死朱四。

然而他的壮举并未受到多少赞许,人们更多的是为朱四抱屈。街头巷尾,议论纷纷,都说彭找错了目标。大家说,朱四释放日本人固然不对,但也是迫于上峰之命,况老天有眼,后来发生车祸,也算是堪以告慰。至于他的为人,称得上是历年来县太爷中数得着的好人。人们还念叨他的种种好处。比如,整顿自卫团,维护治安,减轻赋税,秉公断案,为官清廉,待人和蔼,等等。总而言之,他是个好人。

在朱四遇刺后的几天里,《五湖日报》也在显著位置连续报道了这件事。与此同时,还配发了一些官绅贤达的访谈,扼腕之情同样溢于言表。

当然最感到失望的还要算是尾崎了。他费尽心机绑架了陈老板和小六子,原打算顺藤摸瓜,一举弄清"高田事件"的真相,并向中方发难。但朱四一死,所有的线索都中断了。后来日方虽就怀表之事多次向省里提出交涉,由于死无对证,尾崎的目的并没达到。他的懊丧自然是不言而喻的,而对日方来说,更大的损失还不仅仅在这里。这已是后话了。

朱四死后的第三天,五湖下起了一场漫天大雪。青龙山雪岩寺钟声齐鸣,县府军政人员都赶到这里,参加了朱四的葬礼。雪岩寺的和尚们还为朱四做了盛大佛事，以超度他的亡灵。墓地就选在雪岩寺的后山上。仪式结束后，朱四的棺木被放在一辆挂满白幡的四马拉的灵车上，缓缓地驶向墓地。灵车由自卫团护送，马老五亲自扶灵。下葬时，自卫团列队鸣枪。枪声惊起了林中的飞鸟，在白雪覆盖的寂静山林里久久回荡……

这时雪越下越大了。朱四的坟地很快就淹没在一片茫茫的积雪之中，而“高田事件”也随之在这一片白茫茫中成了一个永久之谜。

尾　声

公元1995年春天，一个名叫季宇的人来到了五湖，他是受出版社委托，来收集有关松县保卫战的材料的。

民国二十年（即“高田事件”发生的第二年，公元1931年）秋，在九一八事变的第二天，驻丰岩日军五千余人，在飞机和铁甲车的配合下向五湖地区发起大规模的进攻，很快占领五湖县城，并迅速向前推进。一时间，气焰嚣张，不可一世。但在松县，日军遇到了意想不到的殊死抵抗。驻守在那里的新编第158师利用复杂的地形，有效地阻截了骄横的日军。战斗持续三日，日军付出了惨重的代价，竟未能越雷池半步。日军第六师团第二十二联队长西村大佐也在激战中身负重伤，差点丢了性命。这场战斗，史称“松县保卫战”。

但在搜集材料的过程中，那个名叫季宇的人被“高田事件”深深吸引了。他开始入迷地搜集有关材料，并走访了一些当事人，可许多事情仍然困扰着他，使他不得其解。“高田事件”发生的那天晚上，究竟出了什么事？朱四在这一事件中究竟扮演了什么角色？谁也说不清楚。不过幸运的是，他后来在图书馆里找到了两份资料。他确信这两份资料对于破译“高田事件”极有价值，起码可以从另一个侧面提供新的思索角度，于是他在写完这篇小说后，决定把它们摘要公布出来。

第一份资料是《我在中国二十年的生活》，作者名叫江部山树，此人当年曾在尾崎手下工作，出任丰岩矿工程主任。此书于1965年由东京三和出版社出版。其中有一段涉及“高田事件”。书中这样写道：

……进攻五湖的命令是由关东军大本营直接下达的，其机密程度相当高。等我们这些非军事人员知道这一消息时，进攻已经开始了。在五湖城外围，中国军队的抵抗很快就被摧毁了，五湖自卫团团长马老五战死，余部败逃。当时，我们所有人都乐观地认为，胜利将会轻而易举地到来。可是，在松县我们却遭到了真正顽强的抵抗。驻守在松县的是中国正规军第158师，皇军打得极为艰苦，伤亡甚大……失利的主要原因在于地形不熟。为此，尾崎受到大本营的严厉训斥。他们认为如果尾崎的情报工作稍有建树，结果就会是另外一个样子。尾崎受到训斥，非常恼火，他把这一切全都归罪于朱四。有一次他对我说，高田的死肯定是那个姓朱的在捣鬼，他的目的就是要毁灭那些情报。为了泄愤，尾崎后来下令掘坟（指朱四的坟——引者注)抛尸。

行动是在一天黄昏进行的。执行命令的曹长,是岛根县人,叫什么名字已记不清了。他们去了没多久,就传回一个消息,说是撬开棺盖后发现,棺木里只有两块石头,根本没有尸体的影子。尾崎听到这消息极为震惊,当即乘车赶了去。回来时,我们发现尾崎的脸色很难看,他把颖川找去,大发脾气。

次日早上,我在路上碰见那个曹长,向他问起这件事。他直摇头,说尾崎不让讲。我估计,他是担心传到上面去对他不利。后来这个消息就在严密封锁下被掩盖了下去。

第二份资料刊载于《五湖文史资料》第六辑。作者就是原五湖县参事兼第一科科长吴仲荣,文章题目是《高田事件琐记》。该文提到这样一件事:

五湖沦陷后,我带着全家避难上海,之后又辗转迁往西南,流落到重庆南面一个偏远的小镇上,生活拮据。民国三十年,这是抗战爆发的第五个年头了,我接到一个老友的来信,约我去昆明,说可以帮我找一份工作。这是我求之不得的,于是就带上家眷出发了。

那年月汽车极不正常,我们在车站等了好几个小时,也没见一辆车来。后来来了一辆,是开往重庆去的。停靠后,车上的乘客就跑下来不少,买吃的,找水喝,乱糟糟的。忽然,我看见一个熟悉的身影,那人从靠近车头的一节车厢里走下来,站在站台边抽烟。这是谁呢？我一时想不起来了。这时发车铃响了，就在那人转身上车时，我突然惊叫起来，天哪，这难道是朱四？我连忙捣了捣站在我身后的太太，可车子已咣当咣当开动了，我太太没能看清。事后，她说，这不可能，因为朱四早已死了，但我感到没有错，我对朱四太熟悉了，我相信那人就是朱四。许多年后，我听说，有人在台湾看到了朱四，不过改了名字，叫什么我已经忘记了。

六 贤 庙

1

吕朗车裂于市，正值京城的七月。

宫廷内外一片葱郁。高大的银杏树和多姿的香樟树毗连成片，满目苍翠，池塘里的荷花已经盛开，和四周的紫荆、芍药和凤仙交相辉映，生机勃勃。午时三刻，正是天气最热的时分，悬在空中的太阳喷吐着灼热的气浪，仿佛要把人烤焦似的。吕朗就在这时候被推出了午门，他的头和四肢被绑在五辆马车上。行刑的刽子手动作显得有些生疏。这种在春秋战国时普遍使用的极刑已经许多年没有使用了，也许是因为它太过于残忍吧。但是，荣登大宝才一年多的小皇帝不知是心血来潮，还是突发奇想，竟然下达了车裂的谕旨。

一切准备就绪了。小皇帝驾临了刑场。他兴致勃勃地坐在临时搭建的凉棚下，显得有些迫不及待。大臣们肃立于午门四周，脸上一片静默和惶恐。时辰一到，行刑的命令下达了。五匹马在鞭子的驱赶下，向不同的方向猛烈拉去。吕朗肥胖的身躯腾空而起，发出断裂的声响。那吱嘎吱嘎的响声就像树枝被撕裂时发出的声音。吕朗的号叫划过天际，短促而撕心裂肺。最先拉断的是吕朗的头颅，随着头颅拉出来的是一节细长的颈椎，接着是他的四肢。不一会儿，吕朗的身体已经四分五裂，分崩离析，鲜血溅满了地上的黄土。

大臣们个个吓得面如土色，噤若寒蝉。小皇帝嘻嘻地笑着，连说好玩。他站起身来说，还有人想试试吗。他的话音刚落，就有一个大臣晕了过去。小皇帝开心地笑了。他很满意这样的效果，他要达到的就是这个效果。

2

小皇帝入主大位是去年五月间的事，此时他刚满十六岁。先帝有二十八个皇子，小皇帝是先帝的长子，先帝登基后被立为太子，入主东宫。不过，皇太子性情暴躁，行事乖戾，先帝对他并不满意，他常常当众训斥太子，甚至有了废掉他、另立储君的想法。但是，有大臣加以劝谏，认为立幼废长，于国不利，太子尚幼，应该给他改过自新的机会。于是，先帝这才决定暂缓易储，他想先观察一下再做决定。然而，上天却没有给他机会。一场大病骤然而至，不久先帝便龙御殡天了。

太子顺利地登上了皇位，改年号为永光，这是南朝刘宋王朝的第五任皇帝。小皇帝继位后，他邪恶的天性立即释放出来。如果说，先帝在世时，他还有所收敛的话，那么现在便无所顾忌了。

小皇帝上台后推行了一系列荒唐的法令。他将农田圈起来作为猎场，规定里面所有的动物都为皇家所有。有人射死一只兔子也要判处死刑。小皇帝还喜欢杀人。他把杀人当作游戏，尝试各种杀人手段来满足他的感官刺激。他生性相当残暴，杀起人来从不需要任何理由，当然对于那些可能威胁到他皇权的人更是毫不留情。继位没有多久，朝中的重臣就被他杀了不少。先帝遗命的辅政大臣、太宰刘义恭，骠骑大将军柳元景，尚书左仆射颜师伯等先后以谋反罪遭诛，太尉沈庆之、越骑校尉戴法兴等也相继被赐死。他同父异母的弟弟、新安王刘子鸾年方十岁，他也没有放过，令其自裁。因为这个年幼的皇弟曾得先帝宠爱，差一点就取代他被立为太子。

小皇帝心胸狭窄，疑心甚重。他对几个年长的叔叔也不放心，尤其是湘东王刘彧、建安王刘休仁、山阳王刘休佑最为其所忌。他将他们一律召回京城，囚于宫中，百般凌辱折磨。他还让人在地上挖好坑，扒光他们的衣服，让他们滚在烂泥中，吃喝拉撒全在坑中。如养猪一般，每天拌好杂食，投入木槽，让他们用嘴从木槽中取食，由此供他取乐。

当然，小皇帝最大的嗜好还不是杀人和恶作剧。他最喜欢做的事则是变着花样进行各种淫乱。他的后宫嫔妃无数，仍然满足不了他旺盛的淫欲。有一天，他把山阴公主召进寝宫寻欢作乐。这山阴公主是他同父同母的亲姐姐，且早已出阁。但是，小皇帝才不管这些，他把姐姐留在后宫，整天与其厮混。从姐姐身上他找到了极大的乐趣。然而，山阴公主并不满足于这些。她对小皇帝说，我与陛下同是千金之体，可陛下后宫佳丽数万，而我只有驸马一人，这太不公平啊。小皇帝一听倒也爽快，赐其男宠三十余人。但赐过以后，又有些后悔了，因为他不可能与众多男宠共享一个女人。

那段时间，小皇帝的心情变得很不好。后宫美女如云，却个个不如他的意。他的兴趣怎么也打不起来了，常常疲软不举。尽管太医进了许多壮阳的汤药，情况并无改善。小皇帝的脾气变得越来越坏，无缘无故地就会杀人。直到有一天他想到了另一个公主，这才重新唤起了他变态的癖好。

他把这个公主召进宫来，迫不及待地与其交媾。公主碍于伦理，开始还有些推让，但小皇帝的旨意岂容抗拒？淫性大发之后，小皇帝重新找回了快感。这个快感比他从他姐姐身上得到的更加强烈。小皇帝开始迷恋这个公主了。他不准她再离开自己。可公主已经有了丈夫，但这难不倒小皇帝，他对外谎称公主病逝，并把一个丫鬟的尸体装在棺材中送给了公主的丈夫。这个公主就是新蔡公主，小皇帝的姑姑。后来小皇帝还想把她立为皇后，不过这件事太过荒唐，就连新蔡公主本人都觉得辈分不对，严词拒绝。

为了达到淫乐的目的，他还经常让宫女裸体追逐，并让左右侍从当众加以奸淫，供其观赏。有一次，他还把妃子、公主召集起来，命人在众目睽睽之下奸淫取乐。他的叔叔、南平王刘铄的妻子拒不从命，小皇帝便杀了她的三个女儿。他还让人当众奸淫他的叔叔、建安王刘休仁的生母。

如此狂悖荒谬简直到了灭绝人伦的地步。大臣们实在看不下去了。可谁要敢于劝谏，轻则鞭打，重则杀头。于是，举朝惶恐，无人敢言。

然而，即便如此，仍有不怕死的。

这人就是御史中丞吕朗。

3

吕朗乃前朝老臣。小皇帝登基时,他丁母忧回家居丧守制。守制期间,虽然不问朝中之事,但小皇帝的种种荒唐行径还是不断地传进他的耳中。吏部尚书蔡兴宗与吕朗同为老臣,有一天前来拜访,就对吕朗说起在登基仪式上,他手捧印玺准备交给小皇帝,小皇帝却倨傲不恭,而且先帝驾崩他也没有丝毫悲伤的神情。他对吕朗说,昔日鲁襄公死后,传位昭公,可昭公毫无悲戚之情。叔孙便说,是人也,居丧而不哀,不合法度。不合法度之人,很少没有灾难的。如今圣上如此,家国之祸恐怕不远了。说完满面忧思,不住摇头叹息。

后来,又有人来探望吕朗,说起太后病重,可小皇帝光顾着淫乐,也不去看望。太后派人去叫他,他却说:"病人的房里鬼很多的,朕如何去得?"气得太后让人取刀来,要剖开自己的肚子,看看自己怎么生出了这样的孽种。

当然,小皇帝做的大逆不道之事还不止这些。他令人在太庙为列祖绘像。画像中有高祖、太祖和世祖。像绘成之后,小皇帝亲临御览。他指着高祖的像说,这是个大英雄,曾灭了好几个天子;又指着太祖的像说,他长得也不丑,但晚年被儿子砍了头;轮到世祖像时,这是他的生父,可一想到先帝在世时常常训斥他,还打算废掉他另立太子,于是气不打一处来,当即说,这家伙是个酒糟鼻,怎么没有画上去?并叫来画工,让他们马上把酒糟鼻补画上去。

如此不孝，简直逆天背祖！

吕朗耳闻这一切，心焦如焚，但守制期间，无法入朝，只能干着急。当年先帝商讨易储之事时，吕朗是极力反对者之一。他认为太子虽然顽劣，但尚年幼，是可以改变的。但现在看来他的想法完全错了。

这时，他想到了同僚袁顗。当年，和吕朗一样，袁顗也是极力反对易储的。袁顗对先帝说，太子好学，每天都在进步，怎么能因为他有了一些过错就废掉他呢？正是在他和吕朗的极力劝谏下，太子的地位才保全下来。如今，袁顗官居尚书，身居要职，别人不敢说话，他应该站出来劝劝小皇帝。

他让人带信去了袁府。这个带信的人名叫邹义安，是吕朗的弟子，年仅二十一岁，那时尚未入仕，布衣而已。他把吕朗的话传达给了袁顗。袁顗一听便连连摇头，说事不可为，休也。其实，袁顗对于当初保全太子，也感到后悔了，甚至责怪自己瞎了眼。虽然，小皇帝继位后，袁顗一度受到重用，由侍中升任尚书，但很快便受到小皇帝的猜疑。如今他已是泥菩萨过江，自身难保，哪里还敢多言？此后不久，为了避祸，他又煞费苦心地请求辞去朝中显职，主动要求外放雍州。这个请求获准后，他如释重负，马上离开了京城。袁顗的舅舅蔡兴宗，精通天象，劝他不要去，因为从天象上看，雍州有凶，不可去。可袁顗认为此时保命要紧，已顾不得许多了，他说哪怕是虎口，也比待在京城强。因为一旦小皇帝要杀他，想跑就来不及了。何况天象也不是处处都能应验的。

袁顗走了，朝中的重臣也被杀得差不多了，再也没有敢说话的人了。

公元465年，天下大旱，赤地千里。小皇帝不思救灾，反倒大兴土木，修筑宫殿，供自己享乐。他还放任民间铸钱，钱币混乱，百姓遭殃。各地民心不稳，人心蠢动。晋安王刘子勋在江州分庭抗礼，传檄四方，号召群起抗暴，废昏立明。

眼看天下就要大乱，社稷安危悬于一线。吕朗再也坐不住了。他除去丧服，违制入朝。上朝那天，他备好了棺木，让四人抬着来到宫外。很显然，他这是要以死相谏。满朝文武一片骇然。早朝开始后，吕朗第一个出班启奏，直言不讳，大声疾呼，言辞激烈，其情恳切。小皇帝登基一年多来，早已听惯了阿谀奉承之语，而且自从那些重臣、老臣被清除之后，他也许久没有听到这样毫无顾忌的诤言了。小皇帝听不下去了，他从龙椅上跳了起来喝道：

“住口！大胆吕朗，你活得不耐烦了！”

吕朗答：

“臣尽职耳，所言皆无虚言。”

小皇帝说：

“你违制入朝，是为不孝，该当何罪？”

吕朗答：

“忠孝不可两全，臣先尽忠，孝在其中矣。”

小皇帝无言以对，呵斥道：“你不要再说了，念你过去有功，饶你不死。”但吕朗不依不饶，答曰：“文死谏，武战死，自古而然。不杀是陛下的恩典，但臣早将生死置之度外，既来就没打算生还。臣为国家计，如陛下不纳忠言，祸乱不远矣。”说完，继续劝谏不止。

显然，吕朗做好了充分的准备，他历数小皇帝的种种不是，尽管他的话多次被打断，他仍然坚持把要说的话说了下去。

小皇帝如坐针毡，狂怒不已。他连声大喊："杀！杀！杀！"满朝文武都惊呆了，就连卫士们也呆若木鸡，没有马上反应过来。

吕朗是朝中有名的谏臣。先帝在位时，他就多次直谏，甚至指名道姓地骂过先帝。先帝甚怒，几次要杀他，后来都改变了主意。他说，吕朗无二心，赤诚可嘉。但是，先帝不杀他，并不等于小皇帝也不杀他。

卫士们终于反应过来，上前拿住了吕朗。小皇帝暴跳如雷，他登基之后还没有碰到这样敢于顶撞他的人，而吕朗的指责也让他无地自容。小皇帝的愤怒是可想而知的。他狂怒地喊道："杀了他，杀了他，给朕千刀万剐，大卸八块！"

卫士们把吕朗拖了下去。小皇帝余怒未消，叫人取刀过来，冲了出去。他要亲手宰了这个不知好歹的王八蛋。

朝堂上的气氛紧张到了极点。大臣们面面相觑，一些身体不好的人已经站立不住了。

小皇帝冲到了吕朗的面前，就在这一刹那，他似乎又动了恻隐之心，想起当年吕朗为了保全他的太子地位而向父皇力谏之事。也许吕朗就是这样的人，他并无恶意，认理不认人，就像当年他向先帝保全自己的太子之位一样。

他的态度缓和下来，用一种宽宥的口气说："你回去吧，不要再惹事了。"这明摆是要放吕朗一马，可吕朗并不领情。他说：

"陛下愿改乎？"

小皇帝怒道：

“你何意？”

吕朗答：

“改者善，不改则谏，死而无憾。”

小皇帝的脸部肌肉抽搐起来，慢慢地扭曲了。他再也无法容忍了：“好，好，你既想死，那朕就成全你。”他下令割去吕朗的舌头，剜去他的双眼，仍不解恨，又下令车裂，并将吕氏满门抄斩。

吕朗就这样死了，满朝文武不寒而栗。

4

吕朗死后，小皇帝认为这一下可以高枕无忧了。他不信还有比吕朗更不怕死的，而且他相信这样的死法完全可以起到震慑作用。当初他这么做，也正是为了这个目的。

然而，他高兴得太早了。

就在吕朗死后不到十天，又一个不怕死的人走入了朝堂。此人是新蔡郡守陈晔。陈晔是吕朗的弟子，如他的老师吕朗一样，也是一个耿直之士。陈晔曾做过彭城令，后升职新蔡。他为官数载，恤民修政，法度严明，深得民心。新蔡是小皇帝的姑姑新蔡公主的封地，先帝在位时，新蔡公主的家人强占民田，致人死命。陈晔秉公断案，拿人入狱。新蔡公主告到先帝那里，先帝谕令放人，陈晔回复说，放人可以，但要先免了他的郡守之职。而在朝中，吕朗也为其弟子张目，支持陈晔依法度办案。先帝无奈，只好收回成命。这件事轰动一时，陈晔的名声也享誉朝野。

陈晔入朝后，取下冠冕，置于地上。他还脱去官服，伏地叩首。众人一看，就知道他已做好了最坏的打算。果然，陈晔一开口便字字见血，直陈要害，尽管他的语调平和，有条不紊。他的谏言共十条，其中包括请求小皇帝摒弃暴政、停止淫乱、赈灾济民等。这些意见与吕朗的大致相同。此外，他还批评小皇帝杀害忠良，危害社稷，是为无道，要求为吕朗平反昭雪。

小皇帝满脸狞笑，斜靠在龙椅上，居然耐心听完了陈晔的长篇大论。让他感到有点不可思议的是，一个吕朗已经够让人意外了，现在居然还有比吕朗更不怕死的，是什么勇气支撑了他，使他在吕朗被车裂之后还敢这样冒死进谏？难道天下真有不怕死的人？小皇帝心里闪过了一丝敬佩，但很快就被席卷而来的愤怒取代了。他感觉受到了冒犯，这是在向他的权威挑战，令他无法容忍。他下令凌迟陈晔，并将陈家数十口尽数抄斩。事后还降下谕旨："如有再敢胡言乱语者，吕朗、陈晔就是下场！"

然而，小皇帝的严刑峻法似乎并没收到恫吓的效果。一个多月来，前来死谏的官员并没有停止。这些人都是吕朗的弟子。有人前来向小皇帝报告说，吕朗死前，一些弟子曾去他家中看望过他。有人劝他不要以命相搏，做无谓的牺牲。但吕朗主意已决，不愿苟全性命，置国家危亡于不顾。宁可牺牲一家，也要保全社稷。一些弟子被他感动了，都表示愿追随先生，尽臣子之责，如圣上不纳谏，便死谏到底，绝不退缩。

现在，他们果然这么做了。

小皇帝暴跳如雷。为了打压住这个势头，他采取了更严酷的手法，令人在宫中支起一口油鼎，加火煮沸。凡是来谏者，二话不说，便活生生地扔进油鼎。等到炸焦之后，再捞出来悬于宫外，示众三日。更残酷的是，每次将人扔进油鼎时，所有官员都得前去观看，以致大臣们上朝前，路过油鼎时都战战兢兢，惶恐不安。

就这样，一连扔进去好几个人，加上前面被车裂的吕朗和凌迟的陈晔，前后已达五人。

终于，一切都安静下来了。九月结束之后，似乎再也没有人敢来了。小皇帝松了一口气。亲信太监华愿儿讨好地说，还是油鼎厉害，比之车裂、凌迟无不及也。小皇帝也感到满意，他当即赏赐了华愿儿。因为支油鼎的主意就是华愿儿出的。

又过了几天，仍然无事。新蔡公主向小皇帝建议说，如今已无人敢谏了，那油鼎支在宫中整天烧个不停，看着怪瘆人的，还是撤了吧。小皇帝说也好。就在他即将下令撤去油鼎时，华愿儿来向他报告了，说是又有不怕死的来了。

小皇帝问：

“何人？”

华愿儿答：

“邹义安。”

5

邹义安也是吕朗的弟子，几个月前才履职宣城令。他是吕朗最年轻的弟子，也是吕朗的义子，外放之前，一直随侍在吕朗身边。袁顗离京前，吕朗曾让人给他带话让他劝劝小皇帝，那个带话的人就是邹义安。邹义安是淮南郡人，为避战乱，由母亲带着逃难来到京城。后来母亲病死，义安流落街头，被吕朗收留，那时他才六岁。邹义安从小就聪颖过人，读书过目不忘，深得吕朗的喜爱，悉心栽培他。小皇帝继位后，对于他的淫乱昏暴之举，邹义安像吕朗一样忧心如焚，但他并不赞成义父的做法，认为小皇帝如此狷虐无道，人伦丧尽，已不可救药。蔡兴宗曾密谋废帝，让义安带信给吕朗，试探他的态度。但吕朗一口回绝，乱臣贼子人人得而诛之，他说，谋反之事，非君子所为。义安劝道，圣上无道，滥杀无辜，除此别无他途。

“非也，”吕朗义正词严，他对义安说，“君要臣死，臣不得不死；父要子亡，子不得不亡。但臣子尽忠、儿子尽孝是本分。”

这次谈话不久，义安便被委任为宣城令。这是蔡兴宗极力举荐的结果。袁顗外放后，蔡兴宗做了吏部尚书，他一直欣赏义安的才华，不久前宣城令出缺，他便将邹义安补了上去。虽然吕朗拒绝了他的密谋，但他并没死心，仍在暗中秘密布局，利用手中的权限，安排一些他认为正直可靠的官员出任地方，或许将来有可用之处。举荐邹义安出任宣城令也有这层用意。

邹义安赴任前，吕朗已做好违制入朝的打算。邹义安心知义父此举必死无疑，苦苦相劝，伏地哭求，但吕朗不为所动。他让义安起身，然后说：“吾意已决，休再劝。”又云，“此去宣城，不知何时能再相见。老夫别无所求，只要你答应两件事。”邹义安说：“什么事？义父尽管吩咐。”

“一件是不得谋反，”吕朗说，“不论何时，都要尽臣子的本分。”

“是。”义安答道。

“还有一件，”吕朗叹了一口气，“有些事，义父也知不可为，但身为臣子，只能尽人事、听天命而已。义父如遭不测，来年祭日你就为义父烧炷香吧。”

义安听到这里，顿时泪如雨下。他扑通跪下，当即表示义父如有不测，义安当追随义父直言死谏，绝不贪生于世。

不久，义安便去宣城赴任了。义安赴宣城是六月间的事，七月吕朗车裂于市，接着是陈晔被凌迟；八月又有三人先后烹于油鼎。这些消息传至宣城已是九月的事了。义安立即束装就道，赶往京城。他要兑现自己跟义父的承诺。

消息很快就传开了。义安一进城，马上引起了关注。人们议论纷纷，谁都知道他是来干什么的。许多人都为他捏了一把汗。

邹义安下榻的驿馆位于城东，这里是外地官员进京居住的官方驿站。驿馆远离闹市，依山傍水，四周是一大片竹林，环境优美。驿丞是一位六十多岁的老者。他担任此职已有多年，见过的大小官员众多。陈晔及那三位被烹死的吕朗弟子进京后也都是下榻于这座驿馆。驿丞亲眼看着他们一个个从这里出去便再也没有回来。现在，邹义安又来了。这是第五位了，他在心里想，这位的命运又会如何呢？

驿丞有些为义安惋惜。他还太年轻了，就这么白白地死掉，不免有些可惜。他悄悄来到义安的房间，对义安说：

“子闻车裂乎？”

“闻。”

“子闻凌迟乎?”

“闻。”

“子闻油烹乎?”

“闻。”

“那你为何还要来送死?”

“为国家计,尽臣子的本分。”邹义安平静地答道,那口气简直和吕朗的完全相同。说完之后,他取出一两碎银,交给驿丞,让他在自己死后替自己收尸。看来,他已做好了必死的准备。

驿丞长叹一口气,心中赞道:义士啊,可惜君无道,白费了这一片忠心。他从房间退出后,吩咐厨子做了一桌好菜送到义安的房间,还把自己存了多年的陈酿也搬了出来。心想,这也许是义安在人世上的最后一餐了,权作上路酒,让他吃好喝好吧。

次日寅时,上朝的时间就要到了。天还一团漆黑,初秋的早晨天气已经有些凉意了。驿馆门前黑压压的,聚满了城里的百姓。他们都是听到消息后赶来送邹义安一程的。没有人说话,现场一片静默。众人脸上都写着感动、悲伤和义愤。

时间一分一秒地过去,东方的晨曦正在渲染、铺陈,逐渐地扩大开来。但奇怪的是,邹义安的身影始终没有出现。驿丞也起身从房间里走了出来。上朝的时间已经到了,再不动身就来不及了。他正在疑惑,一个驿丁走过来,附耳对他嘀咕了几句。驿丞惊讶地瞪大了眼睛。

“走了?”

“是的,大人。”

“什么时辰?”

“昨天半夜。”

驿丞似乎并不相信,他转身来到后院,发现义安的车驾已经不见了。消息立即传开了:邹义安跑了! 他是一个懦夫、孬种! 人们恨恨地骂道,不久便纷纷散去。大家都感到受骗了,对邹义安临阵脱逃、出尔反尔的做法更是充满了失望和鄙视。

消息传到宫中,小皇帝开心地笑了,那模样就像打胜了一场艰难的战役。他吩咐华愿儿,现在可以撤了。他指的是油鼎。华愿儿乐颠颠地奉承道:“官家说得对,这玩意儿再也用不着了。”

6

邹义安的名声一落千丈。人们再提起他时,都充满了不屑和嘲弄。他成了软弱怕死的代名词。作为吕朗的弟子和义子,他的行为简直玷污了老师的英名。

驿丞倒没有像许多人那样激愤。他阅人无数,对邹义安的胆怯表示了理解。趋利避害,人之常情,何况面对这样的暴君? 走了也好,他甚至在心里想,何必白白再送上一条性命呢?

寒露一过,秋天就结束了,天气开始一天天转凉。就在人们对邹义安的议论渐渐冷却下来时,谁也没想到,邹义安又来到了京城。

不过,他这一次前来,已经没有多少人再关注他了。人们对一个自食其言的胆小鬼没有丝毫兴趣。尽管有风声传出,他这一次入朝是为了完成他上次没有完成的任务,但几乎无人再相信他了。

驿丞的态度也冷淡了不少，虽然他替邹义安安排好了食宿，但那也只是尽责而已。邹义安并不计较这些，晚饭后他来到驿丞的房间，问："上次交给你的银子还在吗？"驿丞说："在啊，我正要还你哩。"说着从柜子里取出银子，放在桌上。义安说："这银子你收好，上次说的那件事还要拜托你帮着办。"显然，义安指的是替他收尸的事。

驿丞话语中含着一丝讥讽："你这是何必呢？"那意思再明白不过了。义安脸上没有丝毫的困窘，他坦然地一笑，然后说："明天看吧。我说过的话不会改变。"

驿丞眯缝起眼睛，看着义安，那眼神显得有些意味深长。"这银子你还是先拿去吧，"他说，"敝人俸禄虽低，但还不缺这点银子。"

义安听出了他的话外之音。很明显，驿丞是不相信他，于是便笑了笑，不再多说什么。

第二天凌晨，义安早早地起床了。他穿戴好衣冠，坐在走廊下等候上朝的时辰。驿丞听到了响动，打开门悄悄地走出来。他的脚下被什么东西绊了一下，低头一看，发现是一块手帕，里边包着什么。他把手帕打开来，原来里边是他昨天白天还给义安的那一两碎银。驿丞心里突然一动，难道这一次邹义安要来真的了？当初，他因为胆怯而半途而废，那么，如今又是为了什么？难道，他是在众人的指责下后悔了，抑或是良心感到不安？驿丞暗自思忖着，他站在门前，远远地望着邹义安的背影，心中弥漫着一种复杂的情感。

天光渐渐地泛白了，黑暗正在消散，高大的殿宇在清晨的雾气中若隐若现。宫门外一切如常。朝臣们像以往一样，正在等候早朝。邹义安也在其中。十一月的清晨，天气已十分寒冷。大臣们冻得瑟瑟发抖，不停地跺着脚，以驱赶寒气。早朝的时间早已到了，可宫门迟迟没有打开。直到天亮之后，突然传来一个惊天的消息：小皇帝死了！

他是昨天夜里在竹林堂里被谋杀的。竹林堂位于宫中华林园。据说，小皇帝前一天晚上做了个噩梦，梦见一个浑身是血的宫女前来寻仇。宫女冲着他大喊："你这个昏庸无道的暴君，我看你活不过明年了！"小皇帝从梦中惊醒，勃然大怒，当天晚上便带着巫师来到竹林堂驱鬼。他将大臣和卫士关在门外，仅带巫师和数名宫女留在园内。就在这时，谋杀发生了。埋伏在园内的刺客突然行动。小皇帝被刺了两剑，当场毙命。

事情发生得太快了！

几乎是转瞬之间，这个作恶多端的小皇帝就结束了生命。当然，小皇帝被杀并非偶然，而是经过周密的谋划。参与密谋的大臣只有少数几个人。为了确保行动成功，当天夜里小皇帝死后，消息并未对外公布。直到天亮之后，人们才知道一场紧锣密鼓的改朝换代已经顺利完成。小皇帝的亲信们被逐个清除，而小皇帝的叔叔，那个一直被当猪养的湘东王刘彧被推上了大位。

消息传出后，大臣们在震惊之余，爆发了一片欢呼声。除了小皇帝的少数亲信外，大多数人都感到了欣慰，唯有邹义安彻底蒙了。

这个结果太出乎意料了，完全打乱了他的计划。有人走到他的面前，向他道贺。因为他再也不用像他的老师一样，为正义付出生命的代价了。尽管那些向他道贺的人都出于好意，并没有嘲笑他的意思，但邹义安还是感到深深的羞辱。虽然他早已抱定了一死的决心，然而，小皇帝的突然死去，却让一切都改变了。他感到茫然无措，竟像木头一般呆立许久。

大臣们蜂拥来到宫门前，争先恐后地向新帝朝贺。在一片乱哄哄的喜庆之中，谁也没有注意到邹义安。朝堂内传来一阵阵潮水般的山呼万岁声，在大殿四周经久不息地回荡。

驿丞是在中午时分得到小皇帝的死讯的。大街上，人们大呼小叫，向皇宫方向跑去。有人燃起了鞭炮，庆贺暴君的死去。驿丞心里松了一口气。邹义安上朝后，他一直在等待最后的结果。虽然他对邹义安有过失望，对邹义安这次回来也将信将疑，但从这个年轻人的目光中，他还是看到了一种坚毅，一种果敢，一种决心。特别是当他从门前捡起邹义安留下的银子，以及目送邹义安远去的背影时，他的疑惑便完全打消了。他知道邹义安不会再回来了，也不可能再回来了。

然而，事情的发展太出人意料，小皇帝突然死了！当然，对义安来说，这是好事，也是坏事，驿丞心里想。但不管怎么说，他还是为义安感到庆幸。驿承吩咐厨子准备好酒菜，打算等他回来后为他压惊。在驿承看来，这个年轻人已经做了他该做的事，不论事情的结果如何。但是，邹义安始终没有再回来。

白天过去了，夜晚悄然而至。直到第二天上午，才传来消息，邹义安自杀了。他的随从和车夫找到了他的尸体时，他的身体已经僵硬了。他是自刎而死，地点就在他的义父吕朗的坟前。

7

新皇登基后，改年号为泰始，史称明帝。明帝上台后，宣布小皇帝为废帝，并大赦天下。为了旌表吕朗等人的忠义，皇上特别降下谕旨，赐封吕朗等惨遭小皇帝杀害的五人为“五贤”，并在城东为他们建庙祭祀，庙名为五贤庙。但在这五贤中并无邹义安的名字。有人向皇上提议，邹义安也可名列其中。但反对者认为，邹义安的死不足以说明他的忠义。他的自杀或许是感到羞愧，况且他曾临阵脱逃，遭人诟病。皇上表示赞同。有人为邹义安感到惋惜，认为老天不帮忙，如果小皇帝晚死一天，他或许就可以证明自己。当然，说到底还是要怪他自己。如果他第一次不是胆怯的话，情况则完全不同。

新皇继位后，各地大臣纷纷进京觐见。一个多月后，雍州刺史袁顗也来到了京城。当初为了避祸，他主动请求外放雍州，如今重新回到京城，君臣相见，大难不死，不禁喜极而泣。觐见完毕后，袁顗伏地禀道：“臣还有一事启奏。”帝问所奏何事。袁顗说：

“臣为邹义安鸣不平。”

帝云：“邹义安有何不平？”袁顗道：“邹义安十月进京死谏，抱一死之决心，后中途离去，引发非议；但他并非由于胆怯，而是事出有因。”

帝问何因，袁答：

"救人。"

"救谁?"

"一个孩子。"

帝感不解,详询缘由。于是,袁颢道出了其中的原委。原来邹义安入朝前的那天晚上,在驿馆中将奏章反复修改,小皇帝悖逆无道,杀害忠良,打压言路,如此种种,让他心情激愤。他放下笔,披衣出了驿馆。四周万籁俱寂,偶尔有风吹来,竹林发出簌簌的声响。义安在山林中胡乱走着,直到心情平复下来,才打算返回驿馆。然而,就在这时,竹林中传来了呻吟声。邹义安循声找去,发现原来是一个孩子。那孩子衣衫褴褛,气息奄奄,眼看就要死去。邹义安认出了这个孩子,他当机立断,回去叫醒车夫,连夜将孩子送出城去。当时京城四门把守严密,进出均需布票(通行证)方可通行。邹义安将孩子藏于车内,躲过盘查,之后日夜兼程赶到雍州,将孩子托付于袁颢,请他无论如何加以保全。袁颢答应了他的请求,同时劝义安留下,但义安执意不肯,当夜即返回京城。由于雍州路途遥远,一来一往,耗时月余,等他赶到京城时,废帝已亡。袁颢称:"非义安贪生,更非义安不忠,实天不假时日矣。请陛下明察!"说完,呈上奏折。帝览奏垂泪,问:

"孩子安在?"

袁颢回禀:

"就在殿外。"

新皇宣其上殿。不一会儿,一个太监领着一个十二三岁的孩子从殿外走了进来。这个孩子身材瘦削,脸上还残留着劫后余生的恐惧。大臣中有人认出他来。

“这不是吕朗大人的孙子吗?”

“正是。”袁顗道。他告诉大家,这孩子就是吕朗被灭族后唯一的幸存者。他的话音刚落,大殿上便群臣动容,一片唏嘘。

8

一年之后,城东的忠义庙落成了,不过庙名已改成“六贤庙”。庙内供奉的塑像中,除了吕朗、陈晔等五人外,还有邹义安。由于公元 465 年,旧历乙巳,人们又称他们为“乙巳六贤”。

据说,六贤庙一度香火旺盛,但后来毁于战火,湮灭无闻。如今我们只能从地方史料中找到零星的记载。

假　牙

1

老包被抓的消息几乎一夜间就传开了。对于这个消息,大家似乎并不意外。“这家伙早晚要出事!”大牙对我说。我也有同感。因为老包的花劲太大了。不过,尽管如此,我猛一得知消息,还是感到有些突然。第一个给我打电话的是老程。当时已是夜里三点多钟了,我睡得正香。手机忽然响个不停,我吓了一跳,深更半夜的不知出了什么事。“老包被抓了!”手机里传来老程兴奋的声音。我有些恼火,说:“你他妈的,现在几点了?”老程哈哈笑着,情绪似乎并未受到影响。“玛丽的案子破了,”他说,“真没想到是他干的!”他语速飞快地说着。我慢慢地清醒过来,直到这时才明白老包出事了,而且与玛丽的案子有关。

玛丽是一个三十来岁的女人,颇有几分姿色。人倒不是特别漂亮,主要是五官搭配不匀称,眼睛有点小,不过她个头高挑,腿长,皮肤白。加上她会打扮,穿着总是很新潮。天暖时节常常是低胸背心或无袖短衫,隆起丰满的胸部。为了突出自己圆润的长腿,她的裤子总是很短,紧扣着臀部的边缘,走动时便时隐时现地露出诱人的优美弧线。秋冬季节,她会穿旗袍,外加一件大衣;有时则是一身皮装，上身是皮夹克，下身则是紧身的皮长裤，以黑色居多，显出几分野性的妩媚。她还喜欢穿牛仔裤，是那种特别紧身的，以突出自己妖娆的身段。据说，玛丽原先是干外贸的，后来下海做生意，近年来书画市场热了，她便倒腾起书画。这个女人看来手上有几个钱，听人说她前夫曾是一个珠宝商。她经常来蔡村走动，出手也很大方，隔三岔五地便要请大家到饭馆里撮一顿。蔡村是离城二十多里路的一个村庄。2000 年前后，一些画家租住这里的房子，开办了一批工作室，便渐渐形成了一个画家村。不过，在蔡村的画家真正成名的并不多，大多是一些正处在上升阶段的穷画家。玛丽经常来这里，收一些便宜货。她常爱说的话是："我从不指望这些画赚钱，主要是交交朋友。"不过，有人说，这个女人不简单，单从她收的画看，就有些眼力。虽然这些画家还不怎么有名，但有些东西确实不错，假以时日说不定就能卖出大价钱。即便达不到预期，也不会亏本。玛丽也不否认这点，她常说你们都是潜力股，言外之意是她看好我们。这样的话我们当然也爱听。因为和大家都混熟了，她拿的东西总是很便宜。一顿饭吃下来，几杯酒一端，谁还好意思和她斤斤计较？加上她姿色不俗，也很放得开，总能把那些性情中的画家搞得晕晕乎乎。

有一段时间，玛丽与老包走得很近。她常常去老包的画室，有时他们还一起外出。每次外出，老包总是开着玛丽的那辆红色奥迪，好像这车就是他的一样。大家都很佩服老包，说他终于把玛丽搞到手了。其实，玛丽与蔡村的很多画家关系都很亲密，但这个女人聪明得很。她可以和你说很黄的段子，也可以和你搂搂抱抱，喝酒吃饭、唱卡拉OK，你摸她几下，占她一点便宜，她也不会生气。很多画家都以为能很轻松地把她搞到手，其实错了。玛丽的分寸总是拿捏得很好，真要到了实质阶段，她一点也不含糊。老程就上过她的当。有段时间，玛丽与老程打得火热，两人几乎天天在一起。老程是画山水的，他的画应该说还不错，也获过几次什么奖，但在省美协毫无地位，连个理事也没当上，这让他很不满。老程一向自视甚高，他从心里瞧不上省美协的那帮人，提起他们来总是说狗屎。

“狗屎！狗屎不如！”在说这话时，他的表情总是很愤慨。有人劝他说，不要打击面太广，但老程毫不买账。“狗屎！”他说，“我当面也敢这样说！”

玛丽常常为老程抱不平，她说：“程老师的画我很喜欢，画山水的我见过不少，没几个能超过程老师的。”老程听了就很高兴，逢人便夸玛丽，说她识货、懂行，比省美协的那帮人强多了。因而两人的关系也越发亲密了。玛丽从老程那里拿了不少画，老程也把玛丽当成了自己人。有一天晚上，老程酒喝多了，玛丽送他回画室，他便抱住玛丽说什么也不肯放了，又是啃，又是摸。玛丽半推半就，但到了动真刀真枪的时候，玛丽说是要上一趟洗手间，之后便一去不返。老程抄家伙等了半天，才发现自己上当了，于是，气不打一处来，逢人就说这女人不是东西，是骚货。因此，玛丽出事后，老程就特别兴奋，到处打电话，逢人便说，好像中了头彩似的。

2

玛丽出事是在半个多月前。她是在家中死的，至于死因尚不清楚。就在她死的那天下午，她还出现在蔡村，晚上请我们几个在村头的杏花村吃饭。蔡村有两家酒店，一个是农家乐，一个是杏花村，都以土菜为主，但后者的档次显然要高，而且菜价也贵，玛丽常常在这里请我们吃饭。那天晚上来吃饭的有老包、大牙、孙少、胖哥和我。我们喝了四瓶迎驾，还有一箱子啤酒。玛丽也喝了不少。这个女人酒量相当大，谁也不知道她能喝多少。她刚来蔡村时，有人欺负她是个女人，便央她喝酒，没想到一个个全被喝趴下了，她却像个没事人一样，殷勤地端茶倒水，最后还招呼人把这些个老几一个个送回家去。打那，人们都知道她的厉害，没人再敢和她拼酒了。那天，喝完酒我们又去唱卡拉 OK，一直唱到半夜。我由于喝多了，进了歌厅便歪在沙发上睡着了。直到大牙把我捣醒，我一看时间已经是夜里一点多了。到了歌厅外边，大家开始告别。玛丽要开车回城，大家说别走了，哪里不好住啊，我们又吃不了你。大牙还说，我们可不是老程，除非你愿意，否则绝不犯贱。众人哈哈大笑，胡乱地开着玩笑。可玛丽执意要走，老包要送她，她也不肯。后来，玛丽去停车场取车时，我便回画室倒头便睡，直到第二天醒来才得知消息，玛丽遇害了。

玛丽遇害的消息在蔡村引起了很大的震动。各种传闻都有，最多的一种说法是奸杀。案件发生的地点是她家，从现场勘查的情况看，并无财物损失，说明了罪犯的动机是劫色而非劫财。至于罪犯是如何进入房间的，也有很多说法。最大的一种可能是罪犯那天夜里尾随玛丽进入房间，由于遭到反抗而起杀心。“报应！”老程说，“这都是报应！”他幸灾乐祸地到处说，好像他早有先见之明似的。我们都认为老程这样说有点不厚道，毕竟人已经死了，总得有几分同情心吧。况且玛丽人还不错，虽然她低价拿了不少画，但有人买画总比没人买强吧？可老程压根儿就不接受这个观点。“狗屎！”他说，“老子上了她的当。这个骚货，死得活该！”

玛丽死后，公安局的人来了几次，分别找大家了解情况。我也被找去谈了两次话。找我谈话的警察一个年纪大点，五十来岁，黑黑瘦瘦的，显得很沉稳；还有一个年轻的，二十多岁，略胖，皮肤光滑，脸上泛着红光。那个年纪大的显然是个负责的，谈话时主要由他来问，而那个年轻的很少开口，只是负责记录。我把那晚的情况详细做了回忆，还把我知道的有关玛丽的情况也毫无保留地告诉了他们。他们第二次来时，我又把我所知道的情况重述了一遍，并告诉他们我知道的也只有这些了。那个年纪大的警察显得漫不经心，一边吸着烟，一边和我扯闲篇。他问到我的经历，毕业于什么学校，什么时候开始画画，还向我询问书画市场的行情。但聊着聊着，他的话题又回到玛丽身上。事后我回忆，他最感兴趣的问题有两点：一是玛丽究竟和谁来往密切，是不是和某些人存在情感上或经济上的纠纷。二是，她那晚是怎么离开蔡村的，是她一个人走的，还是有人送她。对于后一个问题，我反复回忆，只能告诉他们，我与玛丽分手是在杏花村的门前，后边的事我就一概不知了。因为我当时醉得厉害，直接回画室睡觉去了。至于前一个问题，我也提供不了什么线索，但我敢肯定，经济纠纷是不存在的，因为玛丽付钱总是很爽快，这边拿画，那边就付款，有时给现钞，有时打卡上，从来没有耽误过。至于情感纠纷，那就说不清了。我不知道老程和她那档子事是不是也算，不过多一事不如少一事，还是不说为妙。事后证明，我的决定是英明的，因为大牙在谈话时说了这个情况，气得老程见了他就骂，说他不够朋友，存心害自己。然而，我们谁也不会想到，玛丽的案子会与老包有关。

3

老包被警察带走的第二天，整个蔡村都沸腾了。每个角落都在谈论这件事，人们互相打听，津津有味、不厌其烦地争相转述。还有人四处求证，找公安局的熟人了解内情。于是，各种版本和情节越来越多，也越来越矛盾。

有一种说法是，当天夜里是老包开车把玛丽送回家的。提供这个版本的是孙少，他有个学生在公安局宣传科工作，叫小陶。这人我们都见过，他常来蔡村，个子高高的，嘴有点瘪。他跟着孙少学过画，对孙少十分崇拜。孙少经常支派他，有时打个杂、跑个腿，或用个车什么的都会找他来。孙少说，他的消息来自小陶，绝对可靠，因为小陶的一个最要好的同事就是专案组的成员。“这可是第一手资料！”孙少信誓旦旦地说。

据孙少说，那天夜里，玛丽走时，老包执意要送她，说她一个人走不放心。这一点，大牙和孙少也可证明，因为他们亲眼看到，老包跟着玛丽一起去了停车场。后来，老包把玛丽送到家，不知怎么便动了心思。再后来，两人发生了争执，老包失手弄死了玛丽。对于这个说法，我们将信将疑。

毕爷首先反对。“别扯了，他不可能杀人！”毕爷说。毕爷是老包的大学同学，一个系毕业的，都是学油画的。毕爷不姓毕，姓刘，因为崇尚毕加索，开口闭口总是毕加索长毕加索短的，因此人们送他一个绰号叫毕爷。他说："要说老包花劲大，这个我信；但要说他弄死玛丽，打死我也不信。"毕爷在说这话时，口气坚定。他跷着二郎腿，叼着烟斗，一副艺术家的样子向外喷吐着浓烟。

我也表示赞成。因为据我所知，老包压根儿就不是这样的人。他是情场老手，最擅长甜言蜜语，温柔一刀。据说，老程和玛丽闹翻后，他还劝过老程，对女人不能强来，要攻心为上。老程一听这话就气不打一处来，当场翻脸，指着老包的鼻子骂："用不着你来教训我，谁不知道你会勾引女人？你再能耐，也是老子吃剩下的。这个骚货！烂货！"他咬牙切齿地挥起拳头。老包一看他那副激愤的模样也就不说了，但心里很不以为然。事后，他对我说，老程根本不懂女人。的确，在对付女人方面，我们谁也比不了老包。他见过的女人太多了。据他自己说，他和外国女人，包括俄罗斯小姐、非洲黑妞都有过艳遇，何至于对一个半老徐娘下此狠手？

"说得对，"大牙也持这种看法，他说，"你们用脚想想也能想明白，老包要玩玛丽恐怕早就玩过了。玛丽那段时间天天泡在他画室里，他动手的机会有的是。如果说这事是胖哥干的，还有可能；要说老包，鬼才信哩！"他撇起嘴，看着胖哥，一脸的坏笑。

胖哥是搞雕塑的，人高马大，身上的肌肉紧绷绷的。他一向好脾气，大牙常拿他开涮。听了大牙的话，他并不介意，反倒咧着嘴巴笑道："你个鸟嘴，操你妈的屌鸡毛蛋！"胖哥骂人时总是这样，喜欢把生殖器官叠加使用，好像非如此不足以表达快感。

总之,大家都对这个版本表示质疑,除了老程。老程一直对老包不满,自从他被玛丽耍了,便恨上了这个女人,他号召大家抵制玛丽,也没人理睬。谁和钱有仇啊?况且,这事也怪不得玛丽,是老程不对。老程的号召无人响应,他心里自然有气,偏偏玛丽又和老包好上了,这更让他气不打一处来。

"这事肯定是老包干的!"他说,"他还劝我要攻心为上哩。狗屎!他自己却干出了这种事!"

尽管众说纷纭,但从流传的各种版本看,有一点似乎可以肯定,那就是这事与老包有关,否则警察也不会把老包带走。至于细节出入主要集中在以下几点:一说玛丽是被砸死的,据说凶器是花瓶;一说是被掐死的,尸检发现脖子上留有明显的伤害痕迹;还有说是由于激情过度,导致心脏病发作。这些说法似乎都顺理成章,但也存在一定的不合理性,尤其是对于我们这些了解老包的人来说。直到有一天——准确地说,是老包被带走的第二天——大牙又得到了最新消息。这个消息是一个专跑政法系统的晚报记者告诉他的,说是玛丽的死与老包下药有关。老包一直在动玛丽的脑筋,可一直没有得手。那天夜里,他把玛丽送到家后,以口渴为名,进了玛丽的家。玛丽给他泡了茶,自己也泡了一杯。其实老包早有准备,趁玛丽没注意便在茶里下了药。没想到药下多了,直到第二天早晨玛丽也没有醒来,一摸身子早就凉了,估摸已死了好几个时辰。这一下,老包吓坏了,连忙逃跑。所幸的是,那天玛丽家楼前的探头坏了,没有拍下他进出玛丽家的镜头,否则他早就落网了。不过,公安在玛丽家找到了下药的杯子,据说剂量大得吓人,足够迷倒一头肥猪。从事后的分析看，老包肯定不是第一次干这种事，那他怎么会犯这样的错误(下多了药)？这是一个疑点。“兴许是那天他酒喝得太多了吧，”大牙推测说，“否则不可能搞错剂量。”

对于大牙的说法，大家都感到新奇。不过，他说得有鼻子有眼，不容你不信。他还详细讲了公安搜查的情况，据说在玛丽家的杯子上取到了老包的指纹，还在玛丽的阴道里检出了他的精液。老程对细节尤为敏感，他说，他没戴套子吗？因为在他看来，不戴套子是对妇女的不尊重，而且如果戴套子的话，是不可能在阴道里发现精液的。“这是基本常识。”他特别强调说。我们都说老程不愧是专家，一下子就抓到了问题的关键。老程知道我们是在讥讽他，便不悦地虎下脸来骂了一句狗屎。

其实，我们对戴套子的问题并不感兴趣，让我们感兴趣的是老包下的究竟是什么药。可是，大家讨论了半天也没讨论出啥名堂，就连我们当中最有学问的孙少也露出了他孤陋寡闻的一面。孙少是学哲学的，留学英国的一个什么学校，尤其对西方哲学如数家珍，什么苏格拉底、莱布尼兹、康德、黑格尔，在他嘴里就像嚼萝卜干似的，张口就来。孙少有个好爹，他父亲是一家上市公司的老总，家里钱多得花不完。他穿名牌，开豪车，因此得了个孙少的绰号。孙少留学回来后，爱上了画画，于是不顾父母的反对，把工作辞了，跑到蔡村开了一个工作室。孙少见多识广，上知天文，下知地理，在我们的印象中几乎没有他不知道的事，这一回却把他难住了。因为他居然从未听说过这种药。他当然不会承认这一点，于是含糊其词地说,他早听说过这种药,只是一时想不起来了。大牙有点遗憾,一再要孙少再想想。这下,老程逮到机会了(刚才他受到讥讽,正一肚子气),便挖苦说:“你他妈的想干啥?难道也想给人下药啊?”众人听了哈哈大笑。大牙说:“下就下,老包能下,我就不能下啊?”说完,众人又笑。

4

大牙带来的新版本很快得到了普遍的接受。如果说,老包失手害死了玛丽,这种说法显然比那些砸死或掐死的说法更具合理性。不过,不论哪种说法,案件的性质都没有改变。“这回老包算是彻底完了,重者打头,轻者无期。”孙少发表了权威性的判断。我们都为老包感到惋惜。没想到他花了一辈子,最后却把自己的小命花了进去。

我和老包是多年的朋友了。考大学前,我们就在一起学画。当时,艺校办了一个考前培训班,我和老包就在那里认识了,并且很快成了哥们。老包有一个哥哥在文化馆工作,当时已是有名的画家。每个周日,老包都会带我和大牙去他哥哥那里,看他哥哥作画。顺便说一句,大牙是我表弟,比我小一岁。因为嘴里长了两颗龅牙,因此得了大牙的外号。大牙为此很苦恼,说话时总是抿着嘴,但无论怎样努力,外观仍无太大的改善。他曾对我说,我给这两颗牙害死了,要不,凭我这号的,什么女人找不到啊?我安慰他说,郎才女貌嘛,男人只要有才就行了。他听了我的话便哈哈大笑,两颗龅牙全都暴露了出来,说还是我哥有水平,这话我爱听。

我和大牙都是因文化课不行才改行学画的。老包把我们带到他哥哥那里，应该说，这是一个很够哥们的举动。你想啊，能和名画家近距离接触，我们多么求之不得啊！况且，老包的哥哥对我们很好，一点不摆名家的架子，不仅经常留饭，还经常给我们指导，这使我们受益匪浅，这也说明我们与老包的关系非同一般。

老包长得很帅，一米八零的个头，细长眼睛，薄嘴唇，一张瘦削生动的脸上写满了英俊。人也很聪明。那时在培训班上，他画得最好，我们都自叹不如。尤其是素描。"这是硬功夫！"代我们素描课的老师常常不吝词汇地夸奖他，还说他的水平完全可以当我们的老师了。老包嘴上谦虚，连说不敢当，心里却很自豪。

然而，老包在培训班上最引人注目的还不是他的素描，而是他的风流韵事。他与班上多个女生有"染"。那些女生都争着喜欢他，下课后便像小蜜蜂似的嗡嗡地围着他转。有一次，两个女生还为他争风吃醋，大打出手。

班上最漂亮的女生是董小梅。其实，漂亮也算不上，主要是有味道。那模样儿有点像章子怡，长得冰清玉洁。董小梅特别矜持，平日里目不斜视，基本上不和人说话，除了非说不可的话。班上男生都说这丫头眼睛长在脑门上，傲得很，谁也看不上。可是，有一次下晚自习，我路过学校外边的小树林，居然看到老包抱着董小梅在亲嘴，这让我吓了一大跳。其实，老包和女生亲嘴倒不让我意外——我早知道他花劲大，在外边有好几个女朋友——让我意外的是他亲的居然是董小梅。

"你他妈的行啊，"我第二天见到他时对他说，"连董小梅也搞上了！”

老包撇了一下嘴说：“这算个啥，是她主动找我的。”瞧他那轻描淡写的口气，我是又气又恨，又不得不佩服。“亲过几次了？”我好奇地问。

“嘁，”老包不屑地说，“亲嘴算个屁啊。”

“那你还干啥了？”

老包用手在胸口揉搓了几下。

“摸奶了？”我说。

“瞧你大惊小怪的，”老包又撇了一下嘴，“没劲，小得很！”那口气好像不知摸过多少似的，一副不以为然的口气。

我惊讶地睁大了眼睛。事后我把这事告诉了大牙，大牙一个劲地摇头，连声说人比人气死人，我还一个没摸过。“你摸过吗？”他问我。我说没。大牙便说：“他妈的，咱们真是亏大了！”

不过，董小梅和老包的事很快就传开了。我敢保证，我没对外说过，除了大牙。大牙也对天起誓没有对外说，那么这事究竟是怎么传出去的，只有天晓得了。有一天，董小梅的哥哥带着两个人找到学校来了。董小梅的哥哥在体委工作，他带的两个人据说是体委搞散打的，长得膀大腰圆，走路一晃一晃的，胸脯上的肉块把 T 恤衫撑得紧绷绷的，一看就来者不善。老包一下子慌了，赶紧解释，说这些都是误会，他和小梅之间是清白的，不信你问他们，他指着我和大牙。我和大牙一见这阵势都有些发慌，一句话也说不出来。老包急了，不过他还算镇静，一边赌咒发誓，一边说不信你找小梅来问。“小梅，小梅！小梅也是你叫的？”小梅的哥哥沉着脸，用手指头点着他的脑门，朝他瞪起眼睛。老包这才发现自己说错话了，连忙更正说是董小梅，董小梅同学。我当时一听就想笑——还同学哩，这也太正式了！好在这事总算有惊无险，关键的时候，董小梅及时赶到，要不那天老包肯定惨了。打那，他再也不敢碰董小梅了，至于亲嘴摸奶的事也矢口否认。

虽然老包和董小梅断了，但他并不寂寞。我经常看到他的自行车后座上带着一些女孩子，穿街而过，隔三岔五就换一个。我问过他到底有多少女朋友，他说他也没统计过，至少一个排吧。“没办法，”他晃着脑袋说，脸上是一副幸福而又苦恼的模样，“甩不掉啊，谁叫咱有女人缘哩。”在说这番话时，他显得有些矫情，让人恨得牙痒，但你不得不承认，他在这方面确实是天才。

在老包众多的女友中，有一个是市歌舞团的，长得又高又白，人称大洋马。据说她是东北人，身上有俄罗斯血统。她经常来找老包，还给老包当过模特（不脱衣的那种）。有时，歌舞团排演时，老包也会找我们陪他一起去看。大洋马虽然长得洋气，但跳舞的水平显然并不高，因为她在团里只是跳群舞的。比如，在《红色娘子军》中跳女战士，在《白毛女》中跳群众，每次都是老包指给我们看，我们才能找到她。大洋马与董小梅完全不是一个类型的，她长得特别丰满，属于那种大胸妹子。有一次，老包对我们说：“她是 D 罩杯的。”“啥叫 D 罩杯？”我和大牙都不懂。老包说土了吧。经他解释，才知道这是女性胸罩的尺寸，而 D 罩杯在中国已经算是大胸了。“你摸过吗？”大牙有些心痒地问他。老包说废话，那意思仿佛在说这还用问嘛。言外之意，当然还有更多的内容。果然，有一次,老包很神秘地对我说,大洋马打胎了。我听了一惊,说:“是你干的吗?”老包不置可否。不过,他曾买了营养品偷偷去看过她,当然,这事我也是听老包自己说的。此后一段时间,不知为什么,老包便与大洋马断了来往。兴许是什么事闹翻了吧? 我心里这样想。

许多年后,听说大洋马嫁给了一个大她二十来岁的地产商。有一次,我们在市里新建的大剧院听新年音乐会,居然碰见了她。她就坐在前边几排,那里是贵宾区,离我们有十来排的样子,穿得珠光宝气,人也像吹了气似的胖起来,不过,皮肤还是很白。“大洋马!”我戳了一下老包指给他看,老包却扭过头去,装作没听见我的话。

5

老包比我早一年考上大学。他是培训班上第一批考上的。这也再正常不过了,因为就水平而言,他确实比我们都强。不过,我本来也可以第一批考上的。我的专业课成绩相当不错,虽和老包不能比,但比董小梅她们强多了。问题出在文化课上。老包臭我说:“你也太菜了,120分(这是文化课的分数线)你都搞不到啊?!”当时,一般本科线都在400分以上,说来惭愧,但是没有办法,谁叫咱就是这个水平呢! “要是文化课好,”我说,“谁他妈的想改行学美术啊?”好在第二年,我七拢八拢,总算过了文化课,考上了一所省内的大学。大牙就比我更惨了,一连考了三年才算考了过去。

比起我们,老包真是太幸运了。他不仅第一年就考上了大学,而且考上的是外地的一所名校。就在我们还苦苦煎熬，为考大学而水深火热的时候，老包已是风光无限，充分享受天之骄子带来的光环和荣耀。不过，这位仁兄还没忘掉我们这些受苦受难的兄弟，每年寒暑假回来，总要来看看我们，并请我们到饭店去聚上一聚（顺便说一句，老包为人倒也挺爽，花钱从不抠门）。当然，可以想象，这种场合唱主角的自然是老包。他给我们讲大学里的新生活，以及种种趣闻逸事，包括他的艳遇，虽然不无炫耀的成分，我们还是听得津津有味。记得有一次，他和我们说到第一次画人体时，神情特别亢奋，绘声绘色。“太美了，绝对太美了！”他脸上满是夸张的表情，“你们是没见过。”他还特别强调说，这些模特一个月一万多，是从全国挑选出来的。

大牙咂巴着嘴说：“全脱吗？”

“那当然，一丝不挂，”老包说，“要么能叫裸模吗？”他还说，第一次画时，简直不敢多看。大牙以为他是不好意思，但老包断然来了两个“No”，然后告诉大牙：“光彩照人，简直太刺眼了，你懂吗？”就在我们惊叹不已时，老包已经换了口气。“其实也没啥，”他说，“画多了，也就那回事。”

大牙说：“你这不是存心气我们吗？”老包淡然一笑，一副见多识广的样子：“你以后就会明白了。”

那时，我们真是太羡慕老包了。他不仅画过裸模，而且身边也不乏美女相伴。这些美女中有年轻的女孩子，也有漂亮的少妇。她们有的是他的学生，有的是他的崇拜者。老包在她们面前如鱼得水。大牙嫉妒得不行，他对我说：“他妈的，这老包快成贾宝玉了!”直到有一年,我们突然接到通知,说是老包要结婚了。

那是老包大学毕业的第二年。当时,他已经接到北京一所名校的研究生录取通知书。婚礼那天,我们这些狐朋狗友都去了。老包就是老包,他的老婆漂亮极了。据说是舞蹈系毕业生,那长相有点儿像董小梅,可比起董小梅气质不知要好多少。兴许是跳舞的出身,自幼做过形体训练,胸脯挺挺的,屁股翘翘的,脖子像天鹅似的伸得老长,举手投足,都带着良好的艺术素养,就连笑也是经过专业训练,带着浓浓的艺术范儿。我们都向老包祝贺,说你他妈的太幸福了,什么好事全占了。老包也乐呵呵地和大家连连碰杯。

老包是国庆结婚的,没几个月就是春节了。大年初二,我和大牙到老包家去拜年。没想到老包家没一点过年的气氛,屋子里冷锅冷灶的,到处弥漫着浓浓的中药味。老包见我们来了,神情显得有点低落。他的新娘子好像也很不高兴,出来礼貌地跟我们打了一下招呼,便一头钻进内屋不出来了。按理说,老包刚考上研究生,又是新婚宴尔,洞房花烛,金榜题名,人生的两大幸事都让他赶上了,他该高兴才对啊。我们都感到有些不对,问他是不是有事,老包说没事。又问他是不是谁病了,因为屋里到处都是中药味。老包说:“没有,就是开点中药调理一下,这几天酒喝多了,胃有些不舒服。”我们又坐了一会儿,老包的情绪始终不高,话也不多。这种情况并不多见。我们只好告辞了。

又过了几天,我们约老包出来吃饭。老包的情绪仍然有些低落,但话明显多了。他抱怨说,结婚一点意思也没有,要不是父母逼的他才不结婚哩。我们问他是不是和娜娜(老包的老婆叫唐娜娜)吵架了。老包说那倒没有,不过结婚确实没劲。他还奉劝我们别结婚,还是一个人自在。我们说:“你敢情是坐着说话不腰疼,自己找了老婆让我们打光棍啊。”老包叹了一口气说:“唉,别提了,我都后悔死了。”老包后悔什么,我们一点也不理解,相反,他找了一个这么漂亮的老婆还不知足,倒让我们大惑不解。大牙分析说:“他是过去花惯了,现在有老婆管着,当然不自在了。”我觉得大牙分析得有道理。

老包结婚后,便住到北京去了,因为他要完成研究生的学业。听说,他们在学校附近租了房子。娜娜则应聘去了一家企业,在工会工作。这样一来,我们见面的机会明显少了,只有春节时才能见到。每次老包回来,我们去看他,只要娜娜在场,他总是显得畏畏缩缩,像小媳妇似的,话也不敢多说,脸上讨好地赔着小心。有时他正说得高兴,只要娜娜从屋里一露头,他便马上打住了,眼睛小心翼翼地看着娜娜,直到她离开后他才又恢复正常。我们明显地感到他是怕老婆,好像有什么把柄抓在了娜娜手里。大牙也有同感,有一次从老包家出来,他对我说,会不会他的那些花花事让她知道了。我说很有可能。

这种猜测似乎很快就得到了证实,两年后就传来了老包离婚的消息。那一年春节,我们去看老包,谈到离婚的事,老包显得很轻松,一副无所谓的样子。但晚上一起喝酒时,他却喝了很多,谁也拦不住,最后竟然号啕大哭,酩酊大醉。虽然,那天晚上,他没有一个字提到娜娜,也没有说到离婚(我们也小心地避开这个话题),但我们都看得出来,离婚的事对他打击很大。

6

老包离婚后，我有好多年没有再见到他。据说他去了广州，在一所大学任教，作品曾先后得过几个大奖，中央电视台和《人民日报》都有过报道，他作为青年油画家开始声名鹊起。

有一次，我去广州出差，打电话给他，他一听我来了，当晚便要请我吃饭。地点是一家旋转餐厅，据说在广州很有名，价位也很高，每位消费不低于600元。老包开了一辆大奔来接我，他一身名牌，留着长长的头发，一副成功人士的模样。我说："你别太破费了，找个小饭店，吃点土菜就行。"他说："没啥，你只管吃，也不用我花钱，我的学生家长中大款不少，打个电话他们就屁颠颠地来埋单。"席间，上了不少好菜，很多都是我以前没吃过的，当然大多数都浪费了，因为菜太多了。酒也是好酒，我也说不上名字，反正都是洋酒，一瓶都上千元。老包又找了几个来陪酒的美女，其中有一个叫姗姗的女孩，和他的关系颇不一般。我坐在老包的旁边，好几次看见他把手放在那女孩的腿上，还贴着那女孩的脸嘀嘀咕咕地说着什么。那女孩咯咯笑着，一脸快活的崇拜的样子。很显然，老包又回到了从前的生活。他又开始如鱼得水，春风得意，与几年前离婚时痛苦的他判若两人。晚饭后，老包送我回酒店，又在我的房间里和我聊了好久。他很兴奋，滔滔不绝，带着那种成功者的炫耀和心满意足的夸张。他谈到了自己的成就，扬扬得意。他还说他的画都卖到香港去了，马上还要去北京办画展，一些大人物都答应要出席。"到时你和大牙一定要去，给老兄捧捧场。"他拍着我的肩膀说。我自然明白,他这样说不过是表明一种看重我们的意思,其实我们去不去根本无关紧要,而后来这件事也没了下文——他还邀请我第二天去他那里看画,如果不走的话。

谈到个人生活,我问他还打算再结婚吗。

“结婚? 还结个屁啊?”他说,“我这样就很好。”

他还特别强调,别看他现在没结婚,但并不缺少性伴侣。在说到“性伴侣”这个词时,他颇为得意,好像这个词比情妇、姘头更具有现代性,并隐含了些许与世界接轨的意味。

我说:“那个姗姗也是吗?”

他笑了起来,顾盼自雄地说:“你也看出来了? 这个小女生,是不是很有味道啊?”看我点头称是,他便说,“这就对了,我老包的品位你是知道的。”说着,哈哈大笑。

这之后,又过了好多年。那段时间,我忙着自己的事。进入中年后,上有老,下有小,还得在事业上打拼,和老包联系得越来越少了。忽然有一天,老包打来了电话,说是他胡汉三又回来了。原来,他作为人才引进被调进了省画院。“妈的,”老包在电话里很兴奋,“一套房子,还有50万安家费。”我说:“你他妈的,怎么什么好事都让你碰上了?”要知道,省画院可不是好进的,我和大牙都曾打主意想调进去,人也托了,酒也请了,可院长就是打太极,还一副装×的样子,说什么要等机会啥的,明摆着是推托,没想到老包说调就调来了,还有房子和安家费,这让我心里酸溜溜的。老包哈哈大笑,他说一套房子算个屁啊,他几张画就来了。“其实,”他解释说,“我是想家了,想你们这些老朋友了。”

对于这套鬼话，我才不信哩。后来，大牙不知从哪得到消息，说老包在那边乱搞男女关系，学校要处理他，他才想办法调了回来。也不知这个说法是否准确，但听上去倒也有根有据，像是那么回事。

那时，蔡村的画家村还在草创阶段，来的人还不多，我和大牙也在那里看房子，打算建工作室。老包一听很感兴趣，便跟着我们一起去了。工作室建成后，我们和老包的联系重又密切起来。我们三人的工作室紧靠在一起，平时便经常在一起喝茶、吹牛、打牌。老包的花劲一点没改，身边总是围着一大帮美女。其中有几个和他比较亲密的，也不知是不是他所说的“性伴侣”。我们曾经问过他，他并不正面回答，只是说不要乱讲，传出去影响不好——嗨，就他还知道影响不好，我们听了都发笑。实际上，老包根本不在乎别人说他花，相反还以此为荣。他常向我们夸耀自己的艳史。他还向我们吹嘘说，他睡过非洲黑妞，还有俄罗斯小姐。俄罗斯小姐是他在歌厅认识的；那个黑妞，叫迪迪，是他们学校的模特儿。“你们是不知道，”他对我们说，“这黑妞特厉害，叫起来都怕人。”他还向我们详细描述了细节，说他可没给中国人丢脸。“干完了，你知道她说什么？”他看着我们问道。我们都摇头说不知道。老包说：“她朝我直竖大拇指，还用生硬的中国话连声说：‘棒！你真棒！’”老包一边比画着，一边学着她的腔调，说完后仰头大笑，好不得意。

有段时间，老包要赶画，便找了一个阿姨来给他烧饭，打扫卫生。这个阿姨是离蔡村不远的五十岗人，长得又胖又结实，屁股大得像磨盘，奶子也大，天暖时穿个短衫子，胸脯上的两坨肉便一晃一晃的。这个阿姨姓张，我们都叫她张嫂。张嫂的饭量很大，一顿可以吃三大盆米饭，大冬天的头上都冒汗。当然，这个女人能吃，也能干活，整天忙个不停，手脚麻利，一天三顿饭把老包伺候得好好的，画室和院子也收拾得干干净净，老包很满意。张嫂烧得一手好菜，我和大牙那段时间经常去蹭饭。不过，张嫂也时常抱怨，因为老包经常弄些牛鞭、驴鞭让她烧。"这东西弄起来太麻烦，"她说，"没十几个钟头炖不烂。"老包听了便说："这才是好东西嘛，要是一炖就烂，那还有啥作用？"张嫂听了便有些脸红，小声咕哝说："男人都不是好东西。"

有一天早上，我刚起来，正要烧水泡茶，就听见外边有吵闹声。声音是从老包的画室里传来的。我不知发生了什么事，赶紧走过去，只见大牙已经在那里，正在和张嫂说什么。张嫂一头乱发，脸上气得发青，扯着嗓子骂："这事没完，想占老娘便宜，老娘可不是好惹的！"

我一见这场面，吓了一跳，忙问怎么了。大牙一边向我眨眼，一边向楼上示意。我上楼一看，只见老包坐在床头，抽着烟，一脸的沮丧。我问他出了啥事，他说："她想讹我哩。"在说这话时，他显得很气愤，但声音中却透着几分心虚。

这时，张嫂已经冲上楼来了："讹你？谁讹你了？你给我讲清楚！"老包鼓着嘴巴，含含糊糊地嘀咕道："我又没把你怎样！"

"你还想怎样？"张嫂怒气冲冲地喊道，"老娘衣服脱了，床也上了，你自己屌不行，怪谁啊？怪我啊？不中用的东西，你还要不要脸？"

张嫂劈头盖脸地骂着,越骂越难听。我和大牙赶紧劝道,有话好好说,凡事好商量嘛。劝了半天,总算劝住了。后来,老包私下里赔了一笔钱,才把这事给捂下去。

事后,我们都劝老包:“你也太过分了,连张嫂也上啊! 你也太没品位了,况且你也不缺女人。”老包当然矢口否认,他说根本不是那回事,他算是被她讹上了。尽管他不承认,我和大牙还是劝他说:“你也不小了,不能太花了,再要管不住自己,早晚要出大事!”

万万没想到,一语成谶。没过多久,玛丽的案件便发生了。

7

然而,就在我们为老包感到惋惜时,老包被放出来了。这个消息是孙少告诉我们的。他的消息来源自然是小陶,就是孙少那个在公安局宣传科工作的学生。据说,这个案子已破了,真正的凶手也抓住了。那天晚上,老包确实送玛丽回家了,也确实在玛丽家喝了茶,但下药和迷奸的事并不存在。他喝完茶便离开了,玛丽的死和他并无关系。听到这个消息,我们都松了一口气,并为他感到高兴。我当即拨打老包的手机,但是关机。第二天再打时,里边传来一个声音说:“您拨打的号码是空号。”这让我们十分诧异。更诧异的是,此后两个多月,都没有老包的消息。后来,有一天晚上,老包的一个学生带着搬家公司把他的画室也搬空了。我们打电话去省画院打听,得到的回答是:老包辞职了,至于去了哪里他们也不清楚。看来,老包是存心躲着我们了,而打那以后,我们再也没有老包的任何消息了。他这个人好像彻底消失了,就像水汽似的从大地上蒸发了。

一年多后，有一天下午，小陶来蔡村帮他的老师孙少办出国证件。晚上，孙少请大家到杏花村吃饭，我们又说起了老包和玛丽案件。小陶说，这事没那么玄乎，老包被带到公安局的第二天便排除了嫌疑，因为这不可能是他干的，他没有性能力。

“这怎么可能?”我们都感到难以置信。小陶说，老包从小就有这个病，看了几十年，四处求医无果。专案组专门进行了调查，还找到了多年替他看病的医生，这事千真万确，而且他离婚也是这个原因。这个说法我们无论如何无法接受。因为这不能够啊！如果他真有病，怎么还会那么花？——用他的话说，从不缺少性伴侣，而且还干过非洲黑妞和俄罗斯小姐。对于这样的疑问，只有孙少感到不难解释。他说：“心理学上有一种行为叫反态。所谓反态，就是将焦虑以一种完全相反的方式表现出来。”他侃侃而谈，引经据典，说得大家晕晕乎乎。这时，一直坐在那里大吃大喝、很少说话的胖哥突然插话了。他说：

“闹了半天，是假牙啊！”

此话一出，引来哄堂大笑。众人都说还是胖哥精辟，一步到位。大牙故意调侃他说，别看胖哥平时不吭不哈，可心里特有数，就像那不叫的狗，闷着劲儿咬人。胖哥笑眯眯地看着他，夹了一块肥肉塞进嘴里，一边嚼着，一边骂：“你个鸟嘴，操你妈的屌鸡巴蛋！”

老　范

认识老范是十多年前的事了。那时，我在松县挂职，任县委副书记。头天上任，来省城接我的就是老范，他是受县委宋书记和刘县长的委托专程来接我的。老范当时的职务是县办副主任。初次见面，他就给我留下了人很热情的印象，这从他满脸的笑容、热烈的话语以及握手的力度和姿势上就能感觉出来。老范长得很壮实，四方脸，浓黑眉毛，五官的尺寸一律大号，有棱有角地刻在脸上，看上去就是一个标准的北方汉子。他的手也很大很厚，而且湿乎乎的。当时他就是用那双湿乎乎的又大又厚的手紧紧地握住我的手使劲地摇晃着，嘴里一口一个“李书记”地叫，叫得我倒有些不好意思了。我挂职前在省报新闻部任主任，全省各地到处跑，松县当然也去过，而且好几任书记和县长都陪我吃过饭，但老范还是第一次见到。据老范说，他先前一直在乡镇工作，去年才调到县上。尽管是第一次见面，老范却是自来熟，和我没一点儿生疏的感觉，一路上总能找到话题，喋喋不休，仿佛有说不完的话。从谈话中我还惊讶地发现，他对我的情况一点儿也不陌生。他说：“李书记啊，我对你可是仰慕已久，早就知道你是省报的大笔杆子。”我说：“哪里，哪里，不敢当，不敢当啊。”嘴上谦虚着，心想这不过是客套话而已。可没想到老范接下去却具体谈起我写过的文章，如某篇某篇发在某报某刊，某篇某篇又被某报某刊转载，甚至有的文章发在某年某月某日第几版都记得清清楚楚。他还一再提到我写过的一篇关于全省抗洪救灾的通讯。这篇通讯载于《人民日报》，后来还获了全国新闻奖，是我的得意之作。

"写得好，这篇文章写得好啊！"老范咂巴着嘴，大眼睛里闪着光，一副五体投地的样子。他还说："李书记，我不是当面夸你。你也不要批评我庸俗——写得好，的确写得好，不愧是大手笔啊！"我让他说得心里痒痒的，不过这样当面夸奖还是让我有些不好意思，于是说："不值一提，不值一提，都是过去的事了。"

老范马上接上来说："李书记，你最近发表的几篇文章，我也看了，写得更棒啊！"他说，"就拿那篇批评黑心棉的文章来说吧，写得多深刻啊，简直是入木三分，我就曾向许多人推荐过。李书记，"老范特别提到，"我记得，你在文中还引用了一句古语：'人之所以异于禽兽者几希。'——好像是孟子的话吧？"我点头称是。老范便又咂巴起嘴："李书记，这话用得太好了。人和动物的差别就那么一点点，如果不加强思想改造，那怎么得了？"

我让他说得心里挺舒坦的，不知不觉地感情上便与他近了几分。以后到了县里，与老范打交道的机会就更多了，渐渐就熟悉起来。县办当时没主任，只有两个副主任，一个是老范，另一个是小丁。其实老范并不老，小丁并不小。两人都属蛇，1965 年生人，要论月份，小丁还要大几个月，可不知为什么，老范却冠以"老"，而小丁却冠以"小"。有人分析说，一是小丁刚毕业就分到县委工作，做办事员，那时人们都叫他小丁，以后一直叫，习惯了便改不过口来；

二是小丁长得嫩相，白净面皮，眉清目秀，还戴着一副金丝边眼镜，一副书生模样，叫他小丁倒也名副其实。

小丁年岁不大，却是县办的老人，从普通办事员一步步干上来的，做过秘书、科长，而后又提拔为副主任。老范调来后，两人的关系就微妙起来。小丁这人话不多，也不喜欢与人拉拉扯扯，常常特立独行，无事时便抱着书本看，或伏在桌上写写画画。就水平而论，他比老范强得多，不仅懂外语，而且材料也写得好。县里的大稿子非他莫属。但老范也有他的长处。他的外交能力强，嘴巴会说。尤其是为人随和，整天嘻嘻哈哈的，没半点架子。县委大院里，不论干部还是工人，老范都能说到一起，喝酒喝到兴头上，甚至还能够勾肩搭背，称兄道弟。与老范相比，小丁说话做事、与人交往就严肃得多，也规矩得多，一副君子之交淡如水的样子，这在一般人眼里便显出了生分，不够随和。因此小丁的群众基础就远不如老范。县办是个中枢机构，迎来送往，饭局自然少不了。小丁最怕这种场合，能躲则躲，实在躲不了，只好干巴巴地应付了事。可老范却不怕，不仅不怕，反而乐此不疲。逢到这种场合，他能说能喝，简直如鱼得水，大放光彩。酒桌上只要有了他，气氛准会活跃起来。而且老范还有这个本事，不论到场的是男是女，是老是少，职务高还是低，他都能恰到好处，投其所好，把人照顾得吃饱喝足，开心无比。故而来往的领导都对老范印象深刻，说起他来都说这人不错，能喝酒，也挺风趣的。可小丁从骨子里却瞧不起老范，他从没说过老范的好话，对他的评价一言以蔽之，即“混子，不学无术”。老范心里当然也与小丁格格不入，可老范从不公开说小丁的坏话,不仅不说,反而大加夸奖,他说:“丁主任是才子啊,文章写得多好!我是打心眼里佩服,人才难得啊!”时间久了,人们都说还是老范有肚量,反倒觉得小丁太小鸡肚肠了。

小丁是江东大学毕业的,要论起渊源,我和他算是学兄学弟,而且巧得很,小丁的舅妈和我还是同班同学。我到松县后,曾和小丁叙过这层关系,可小丁的反应并不热烈,此后除了工作上的事外,私下里也与我极少来往。有一次,我回省城过周末,让小丁派车。平时派车都是老范的事,可那次老范陪宋书记等人去江浙考察不在家,我便给小丁打了电话。没想到,月底发工资时,财务上竟扣了我十元钱的汽油费,我挺意外,因为以前可从未扣过。会计小钱怕我误会,专门跑来对我解释说,平时范主任派车都是不扣钱的,可这次丁主任交代要扣,他也不好办。“要不,你给丁主任说说?”小钱挺为难地对我说。我说不用了,既然有规定,就按规定办吧。

老范回来后,有一天他来我的办公室,我便向他提到这件事,问他县上有规定私事用车要扣汽油费,他为啥一直没扣,这样可不好啊。老范听后愣了一下,随后便笑道:“李书记你这话怎么说的?挂职干部回省城可不能完全说是私事,你们不也常常利用回家的机会帮县里办事吗?再说了,你们休息好才能工作好。凭什么县里的干部能回家过周末,你们就不行?你们大老远地跑到我们这个苦地方来,吃苦操劳,为个啥呀?还不是为了咱们县几百万老百姓?我们不把你们安排好,良心也过不去啊。”

老范这番话听上去合情合理,而且还颇让人受用。我忍不住笑了起来,说:“老范啊,你这张嘴皮子可真行,什么话到你嘴里都变得有理了。”

老范说:“李书记,你可别笑话我。我是粗人,向来只会直来直去,说的都是大实话啊! 不像有些有学问的人啊,明里一套,暗里一套,这样的事我可做不来,也看不惯。”老范脸上挂着笑,仿佛很随意的样子,可在我听来,他的话中已有了某些含沙射影的味道。这种话题不便深入下去,于是我便及时打住话头,就事论事地说:“老范啊,你的话有道理,可既然有规定就应该执行,咱也不要图这点小便宜,让别人说闲话。”

老范听了这话立时满脸不快,正色道:“李书记,你这样说可就不对了。这怎么是图小便宜呢? 你还差这十元二十元吗? 实话对你说吧,这事我专门请示过宋书记,宋书记说了,你们回家一律以公事论,县里再穷还缺这点钱吗?”我还想坚持,老范接着说,“李书记,这事你就不要再说了。说白了这也不是对你一个人,所有挂职干部都是如此。你非坚持要扣,别人怎么办?”老范这样一说,我倒不好再坚持了。

几天后,老范颠儿颠儿地跑来了,把十元钱扔到我桌上。“这是什么?”我有些诧异地问。老范说:“这是上次扣你的汽油钱,退还给你。”我说:“扣都扣了,还退什么?”我坚持不要,追上去硬把钱塞到老范手中。可老范却拨开我的手,重又把钱按到桌子上。他说:“李书记,你不要是你的事,你扔了,或给要饭的,怎么着都行,但桥归桥,路归路,这钱该退就得退,你不收我也不能贪污啊。”看着老范一本正经的样子,我有些不以为然,心想这么做显然有些过了，这是何必呢？可事后一想，我才领悟到，项庄舞剑，意在沛公，老范这是要给小丁难堪啊！尽管我知道小丁照章办事没有错，可从潜意识里还是不知不觉地对老范加深了好感。春节前夕，县办主任的选拔进入了关键时刻。组织部考察的情况，倾向于小丁；可民意测验，老范却遥遥领先。最后常委会开会讨论，会议由宋书记主持，七个常委轮流发表意见。轮到我时，我心里很矛盾，要论真才实学，小丁是强于老范，可他书生气太重，缺乏圆通，就办事能力而言远不如老范。因此，我的发言最后归结到一点，即县办主任需要灵活变通的人才，这是小丁的弱点，相比之下还是老范更适合一些。我的发言结束后，会场上出现了三比三的局面，最后大家一齐看着宋书记，等待他一锤定音。据我平时的印象，宋书记是喜欢小丁的，好几次当众表扬过小丁。县里人都说宋书记这人最爱才了，因此他喜欢小丁顺理成章，再自然不过，对于老范，宋书记倒是表扬少批评多。有一次支部学习时，宋书记就批评过老范，让他不要整天吃吃喝喝，拉拉扯扯，陷入事务，要抽时间多看书多学习，提高自己。然而，令我意外的是，宋书记发言也支持提拔老范，他还建议将小丁调到宣传部去，以便人尽其才。事后，组织部的杜部长对我说："宋书记原先还是想提小丁的，后来才改变了主意，你知道为啥吗？"我说不清楚。杜部长就说："宋书记在开会前分别找小丁和老范谈过话，征求他们对县办主任人选的意见。小丁毛遂自荐，当仁不让，一二三四，列了好几条，认为自己最合适不过；问到对老范的看法，小丁也毫不隐瞒自己的观点，同样是一二三四，当然都是否定的意见。宋书记当时就有些不高兴了，说是老范难道就没一点儿优点吗？看人要一分为二嘛。后来，他又找老范谈话，没想到老范一开口就极力推荐小丁，他说小丁如何如何有才，如何如何比自己强。宋书记笑了起来，他说："老范你也不要贬低自己，说说你的长处嘛。"老范说："我那点长处不值一提，也就是打打杂，跑跑腿，和丁主任相比还有很大的差距。"宋书记听后又笑了，他说："县办的工作就是打杂跑腿，你能打好杂、跑好腿就不简单啊。"杜部长说："小丁太自负了，读书都读傻了，对社会太不了解。还是老范厉害啊，四两拨千斤，让你栽了都不知咋栽的。"

杜部长说得没错，小丁栽就栽在对社会缺乏了解，而老范的过人之处也正在这里。作为一个中专生，老范读书并不多，但他从底层乡镇摸爬滚打一步步混上来，却积累了许多书本上学不到的东西。

就在我到县里挂职的第二年，有一次省绿化委员会来了急件，要求各县上报近年来的绿化情况，随通知附有详细的统计表，七天内必须填好上报。当时，宋书记去中央党校学习，刘县长患病去上海检查了，家里的工作临时由我主持。由于事情很急，我便打电话找老范，老范下乡去了，钱副主任闻召匆匆赶来。钱副主任就是原先会计科的小钱，老范当主任不久便把他提了上来。钱主任看了通知和报表就皱起眉头抱怨起来，他说："这表怎么报啊？内容这么细，每年种了多少树，还有树的种类、分布等等，县里过去从未有过这方面的统计，无从下手啊。"我说："那就赶紧通知各乡镇，让他们抓紧摸查上报。"可小钱挺为难地说："七天时间怕是来不及啊。"听他这样一说，我也有些急了，抓起电话就拨通了老范的手机。老范显然喝了不少酒，说话时舌头有些发硬，不大灵便的样子。

我说："老范，你又喝多了吧？"老范说："没喝多，才小一斤的样子。"我说："这还不多啊，你都快成酒桶了。"老范哈哈地笑起来，他说："下边这帮伙计你也知道，不喝他们能放过我吗？"我一听便笑了，老范说的倒是实情。这帮乡镇干部喝起酒来个个生猛无比，每回下乡我最发怵的就是吃饭，不知要说多少废话，并把随身携带的胃药挨个展示方可勉强过关。我说："老范啊，酒的事以后再说吧，现在有个急事马上要办。"老范说："啥事啊？"我便把绿化委的急件说了一遍。老范听了并没有像钱主任那样感到棘手，一副不大当回事的口吻说："我知道了，我今晚就赶回来。"我强调说只有七天时间啊。老范说："没问题，要不了七天。"我听他挺有把握的样子，便说："那这事就交给你了。"老范说："没问题，你就请放心吧。"

果然，没出三天，老范的报告和统计就弄好了，送到了我的案头上。我一看，统计搞得很详细，各类数据也煞有介事，很精确的样子，可以看出县里这些年的绿化工作量是逐年增加的，成效显著。我不禁心生疑惑，问老范说："你这数据咋来的？"老范笑了起来，他说："还能咋来啊？毛估估呗。"我一愣，说："这样怕不好吧。"老范说："没事的，以前也都这么弄的。"看我不放心的样子，他又安慰道，"你一直在上边工作，下边的有些事你不清楚。这种事认真不得。要都那么认真，就啥事也别干了。"我说："上边万一查起来怎么办？"老范笑了："查啥查啊？查得过来吗？这么说吧，这些年各地上报的绿化数字如果累计起来，怕是要绕地球好几圈喽，可实际情况呢？完全是瞎掰！大家都在糊，我们是这样，别的县也一样，上边心里也清楚，就这么回事吧。”说到这里，他咧开厚厚的嘴唇，满不在乎地笑起来。

材料就这么报上去了，可谁也没想到随后却惹来了一桩大麻烦，就连老范也始料不及。那是半个月后的一天，省政府办公厅突然来电话，说是要在松县召开一次全省绿化工作现场会，各地市、县均派人参加，到时还将安排实地考察。我一听便慌了神，责怪老范把事情搞糟了。“你瞧瞧，成绩肯定说大了，”我埋怨道，“这下好了，看你咋收拾吧！”老范却感到挺纳闷，他说：“不可能啊，成绩方面我是留有充分余地的。”他还说，这次填表前，他就考虑到了，不能太突出，也不能太落后。“太突出了，别人不信；太落后了，对县里的形象也不好。”老范解释说，为此他还动了一番脑筋，专门给南边的几个绿化先进县打过电话。“我们报的数字都是在他们的基础上有所酌减的。”“这就怪了！”听老范这样一说，我心里也犯起了嘀咕。当天晚上，我打电话找到了省政府办公厅三处的齐处长。齐处长原在报社工作，我俩关系很熟，无话不说。“这事是洪秘书长定的。”齐处长很快就把事搞清楚了。第二天，他给我回电话说：“原先绿化委的意见是，现场会最好在南边的几个县中找一个，可洪秘书长却说他看松县不错，这里基础差，进步却不小，有代表性啊，于是事情就这么定下来了。”我一听便叫苦不迭，问齐处长说能不能更改了。齐处长说：“你老兄别搞笑了，通知都发下去了。”放下电话后，我真有些不知所措了。稍稍冷静下来，想到这事应该向宋书记报告，于是便给中央党校打了电话。宋书记接了电话，反应相当平静。到底是老县委书记了，经见得多了，他不慌不忙地说既然事已至此，那就全力以赴把会开好吧。他提醒我说有事要多和在家的领导商量，包括老范他们。“玉东同志，”他叫着我的名字说，“你多辛苦了。这事关系到松县的形象问题，因此现场会只能开好，不能开坏。”第二天，我便召集有关方面开起了紧急会议。会上提出了几套方案，其中老范的方案得到了大多数人的认可。老范的方案概括起来八个字，即“扬长避短，避实就虚”。具体说，就是把现场会放到黄堂乡去开。松县的绿化状况总体来说比较落后，但靠着大青江的黄堂乡却一枝独秀。这里有山有水，人称小江南，绿化程度就是与江南的几个县相比也不弱到哪里。“以点代面，一俊遮百丑嘛。”老范的主张还是极有说服力的。

半个月后现场会召开了。大队人马浩浩荡荡地开进了松县，省市领导加上其他市、县代表足有一百五十人之多。会议由洪秘书长主持。洪秘书长叫洪天民，实际是副秘书长，分管绿化工作。他是个大高个，一表人才，说话做事简洁干练，从不拖泥带水。水平也挺高，看问题常独具慧眼，不喜人云亦云。在他手下工作过的人都说，糊弄别人可以，要和洪天民打马虎眼，你可得掂量掂量。会议只开了半天，包括开幕式、领导讲话以及经验介绍，短得不能再短了——这就是典型的洪天民式的作风。用他的话说：“废话可以少说，多说无益；关键是看，耳闻不如一见嘛。”接下去便是进行考察了。当天晚上，我和老范来到洪天民的房间，向他报告考察路线和安排。

洪天民微笑地听着，等我讲完了，他说：“嗯嗯，看来你们已经安排好了。”

我说是的，黄堂乡那边前几天就做了准备。

洪天民噢了一声，眼睛眯成了细细的一条线，他看着我说："玉东啊，你们工作做得很细致，这很好。"停顿了一下，他用手指在沙发的扶手上轻轻弹了两下，接着说，"不过，为了使这次考察更有说服力，你们看这样好不好？我们换一种方式，黄堂乡就不去了，随机抽一个地方去看看如何？"

听了他的话，我的心里不禁咯噔一下。洪天民果然厉害啊！这一来，我们的计划可就要全泡汤了。

"怎么了，玉东，有问题吗？"见我迟疑着没说话，洪天民紧接着又问道。他的眼睛仍然眯缝着，带着笑意，但这笑意中仿佛透出一种探究般的尖利，要把我看穿了似的。

我忙掩饰住慌乱，支吾着说："没、没……没问题……秘书长安排吧……"

"那好。"洪天民站起来，走到一张贴在墙上的县域地图前察看起来，一边看，一边轻声念叨着地图上的地名。我的心悬了起来，不知他到底会选中什么地方。我悄悄看了老范一眼，老范的表情倒并不慌张。不仅不慌张，而且不知什么时候从哪里找来了一个放大镜，很殷勤地递到了洪天民的手中。

"大侯乡……小侯乡……"洪天民用放大镜照着地图，嘴里重复念叨着，显然对这两个地名产生了兴趣。他回过头来，说："大侯乡……小侯乡……这里的人是不是都姓侯啊？"老范说："不错，这里侯是大姓。"

洪天民嗯嗯了两声，接着用手点了点地图，笑着说："那就大侯乡吧，怎么样？”

我的心往下一沉，彻骨的寒气猛地灌顶而下。我想，秘书长啊，你啥地不好选，怎么哪壶不开偏提哪壶！大侯乡是全县最落后的一个乡，也是绿化最差的一个乡。这要去看了，我们在会上介绍的那套天花乱坠的经验可就成大笑柄了！从宾馆里出来，我急得直叹气，对老范说：“这可咋办？黄堂乡那边都白准备了。”老范说：“不怕，刚才我就想好了，你有千条妙计，我有一定之规。”“啥意思吗？”我不解地看着他。“很简单，以不变应万变啊，”老范凑到我的耳朵边，压低声音说，“不论他抽到哪个乡，反正我就一条：带你上黄堂。”

“什么？”我吃惊地瞪大了眼睛，不敢相信自己的耳朵，“你是说……”

“没错，”老范肯定地回答，“他们不是要去大侯乡吗？咱就把黄堂说成大侯！他们都是外地来的，谁能搞得清楚？”

老范的话简直把我说傻了，这不是开玩笑吧？这么大的事能糊弄过去吗？我愣愣地看着他，好半天说不出话来。老范却满不在乎地说：“不是有出戏叫狸猫换太子吗？咱就来个黄堂换大侯，怎么样？”说着，竟扑哧一声笑了。

我可一点儿也笑不出来。我说：“这样好吗？这不是明显欺骗吗？”老范说：“李书记啊，我也知道这样不好，可不这样做又咋办呢？事到如今，为了松县的形象，只能试一试了。”我心里七上八下，拿不定主意了。我这人一向本分厚道，这是我的优点，也是我的缺点。长这么大，我还没做过什么太出格的事。这样的搞法我实在接受不了。“这不是小事情啊，”我想了想说，“要么给宋书记打个电话，请示一下？”

老范马上反对，他说：“你这不是让宋书记为难吗？眼下可是你在主持工作。”我一想，确实如此。老范给我打气道：“李书记，怕个啥呢？说千道万，咱还不是为了松县好吗？出了事你就往我身上推，好大事啊！不就是一顶乌纱帽吗？”叫他这么一说，我倒显得太自私，不好意思再坚持了。

就这样，老范开始按计划连夜布置妥帖。次日一大早，吃过早饭，与会代表们便分乘八辆面包车，由警车开道，热热闹闹地驶出县城，驶向了所谓的大侯乡。我和老范陪着洪秘书长等领导坐在第一辆车上。老范昨晚一夜未睡，天亮才从黄堂乡赶回来，尽管两眼熬得通红，眼底布满了血丝，可神情却没有一点儿疲惫的样子。一路上，他兴致勃勃，谈笑风生，与我那副心事重重的模样相比，简直是天差地别。我真有些佩服他了，不得不承认他的心理素质比我强多了。

车队浩荡前行，显然没有按照通常的路线行驶，而是绕道牛洼乡、青田乡。因为这两个乡的路两边植树情况较好，这又是老范的煞费苦心！果然，洪秘书长等领导都被道路两边绿树成荫的景况所吸引了，啧啧称赞起来。洪秘书长说：“绿化搞得不错嘛，是不是全县情况都这样啊？”我斟酌着词句，正考虑如何回答，老范已经接上来了。他说：“这还不算最好的，黄堂那边的几个乡，一眼望去，树都连成片，比这里要好得多。”

“是吗？”洪秘书长眯缝着眼睛，脸上露出满意的笑容，“好啊，好！能够这样，已经大不简单了！”

老范谦虚地说：“领导过奖了，我们做得很不够，欢迎多批评。”

目的地渐渐地近了。一路上，我已经注意到了，路标上凡是指明“黄堂乡”的都已改成了“大侯乡”。当车队进入黄堂乡地界时，迎面的牌楼上原先写着“黄堂乡欢迎您”的几个大字，现在赫然在目的却成了“大侯乡欢迎您”。“中国共产党黄堂乡党委”和“黄堂乡政府”的牌子也一夜之间变成了“中国共产党大侯乡党委”和“大侯乡政府”。就连会议室墙上悬挂的锦旗、奖状也是连夜从大侯乡搬来的。洪秘书长进入会议室后饶有兴致地看了半天，也没看出破绽来。看来老范布置得真是周密细致，滴水不漏。

负责接待的是黄堂乡的周书记，这时临时扮演起了大侯乡的书记。汇报材料是原本就炮制好的，只是昨夜临时进行了加工，把文中的“黄堂乡”一律改成了“大侯乡”。一切都有条不紊，按照事先的安排有声有色地进行着。只是有一个细节差点儿出了纰漏，那是在代表们进入会议室后，服务员准备上茶时，老范突然发现茶杯上竟印有“黄堂乡政府”字样——显然是被忽略了。好在老范反应迅疾，马上打了一个马虎眼。“怎么还用这种杯子啊？”他不高兴地咂着嘴说，“如今都作兴一次性嘛！”他看了周书记一眼，周书记也醒悟过来，连忙拍着脑袋说还是范主任说得对。“换喽，都换喽！”他挥着手，故意用训斥的口吻对乡政府的办事人员说，“你们这些人呀，一点儿卫生意识都没有！”

洪秘书长并没有发现问题所在，他乐呵呵地瞧着老范和周书记说：“没事，没事的，换不换无所谓啊，不干不净吃了没病嘛。”可老范和周书记却容不得半点迟疑，忙不迭地让服务员撤下茶杯。这一来手下大乱，过了一刻钟光景，才换了纸杯送上茶来，好在事情总算遮掩了过去。

汇报结束后，周书记便领着代表们进行参观。黄堂乡的绿化状况的确不错，正值春暖花开，青山绿水，满目葱茏，到处充满生机。洪秘书长看得高兴，说这里景色真不错，远离城市，空气清新，要是退休了，在这里买上一个小院子，颐养天年，那可真是神仙过的日子。说着，不禁吟起了苏轼的词来："花褪残红青杏小。燕子飞时，绿水人家绕。枝上柳绵吹又少，天涯何处无芳草！"老范带头喝彩，大家也都鼓起掌来。

众人走走看看。不远处的山坡上，有一群村民正在植树。洪秘书长便饶有兴致地走上前去与他们攀谈起来。

"老乡啊，"秘书长说，"种树呢？"

村民们说："是啊，赶季节哇，眼下可正是种树的好时候啊。"

秘书长说："每年都种吗？"

村民们说："可不是哩，每年都要种，人人都要种，现如今已成了大家伙的自觉行动。"

秘书长说："为什么呀？"

村民们说："认识提高了呗。"

秘书长说："哦？具体说说看！"

村民们七嘴八舌地回答："种树好啊，发展了经济，又美化了环境，绿化了我们的家园。""好啊，说得好啊。"秘书长连连颔首，他笑眯眯地看着我和老范，说，"能有这样的认识，不错，很不错嘛！"

我知道这又是老范他们事先安排好的。后来一问，果然这些村民都是事先找来的，他们中有村干部，还有乡办学校的教师和学生。老范颇为得意："周书记搞得不赖，这些人说得都挺溜啊！"

第三天，现场会圆满结束了。闭幕式上，洪秘书长对松县的绿化工作给予了高度评价。他说才几年时间就进步这么快，说明县委县政府工作做得好啊。"你们是造福子孙，积了大德！"他很欣慰地说，"看来我这次在松县开现场会是开对了。"

会议结束后，省政府以文件形式把我们的经验发向全省，号召各地向松县学习，掀起植树绿化的新高潮。省市报纸专门辟出专版，电视台、电台还做了专题，声势浩大地对松县经验进行了报道。我心里却感到有愧，忐忑不安。宋书记从党校回来后，我向他做了汇报，并真诚地进行了检讨。宋书记并没有过多责怪我，他说从党性原则上讲这样是不妥的，有弄虚作假之嫌，好在事情并没有产生后果。"这样也好嘛，"他扔给我一支烟说，"这对我们也是一个促进，坏事可以变好事嘛。"正说着话，老范从外边进来了，宋书记突然高起嗓门大声说："老范啊，我看你是吃了豹子胆！这种事也只有你能干出来，简直瞎胡闹嘛！"老范红着脸，做出一副腼腆的样子，说："我该死，我该死！"宋书记哈哈大笑，用手指头轻轻点着他说："是该死！出了问题，我看你是吃不了兜着走！"我真有些糊涂了，不知这究竟是批评还是表扬。

我在松县挂职不到两年就被组织上重新调回报社担任副总编了。离开松县后，我与老范的来往逐渐少了，不过联系并未中断，关于他的情况，通过一些熟人也时有所闻。在我走后，老范可谓官运亨通,提拔很快,先是升了副县长,没几年又被磨正,当上了一县之长。有一次,老杜来看我——老杜就是松县组织部的杜部长,现已退居二线——他对我说,老范上得快主要是靠宋书记,别看宋书记经常敲打他,可骨子里还是对他欣赏有加。“怎么说呢?”老杜用一种说不上否定也说不上肯定的口吻说,“老范这人啊,贼大胆,身上有一股草莽之气,许多事情不照规矩来。别人不敢办,他敢;别人办不了的,他却办了。实事求是地讲,这几年,他为县里是做了不少事。松县这两年发展也很快。从好的讲,这是有魄力;从坏的讲,就是目无组织纪律——唉,如今也是邪了,就是这种人吃得开!”

我对老杜的话不以为然。我说这种搞法长不了,如今与过去不同了,国家正在步入法治时代,草莽英雄已经吃不开了,老范那种搞法早晚要出事,我真替他担心啊。

我的担心不是没有根据的。几年后的一天,我正在会议室开会,新闻部的贾主任匆匆跑来把我叫了出去,说是有篇重要稿件请我过目。我一看标题《大青江发生严重污染事故,是谁开启了潘多拉的盒子》,不禁吓了一跳。“怎么回事?”我问贾主任。贾主任说,松县化工厂出了问题,大青江整个污染了,气味刺鼻,死鱼漂满了河面,估计损失在上百万元。洪省长(即原来的洪秘书长)已做了批示,有关方面正在查处。我说:“松县化工厂不是整改过了吗?”“整改个屁!”贾主任说,“他们搞的那一套完全是糊弄人的!调查组前脚一走,他们该咋干还是咋干!”

“那县里什么态度?”我说。

“还用说吗?”贾主任说,“没县里支持,他们敢吗?”

我知道这回事情严重了。松化是个严重的污染企业。该厂原在南方某市,后当地政府从环保需要出发,责令其限期迁出,于是他们便向北寻找落脚之处。尽管该厂利税可观,可污染严重,无人敢问津。就在四处碰壁之时,老范却主动找上门来,并许以优惠条件,该厂高兴坏了,于是一拍即合。但是,该项目上马并不顺利,省市环保部门及大青江下游的几个县群起反对。老范那些日子上蹿下跳,到处找路子。有一回,他跑到报社来找我,也不知从哪儿听说环保局的吴局长与我是党校同学,让我出面请他出来“坐一坐”。碍不过面子,我给吴局长打了电话,但吴局长一听说是松化的事,便一口回绝。

“玉东老弟啊,那可是一颗定时炸弹!”吴局长在电话里很干脆地说,“这事你别管了,根本没商量,搞不成的!”

打电话时,老范就坐在一旁,吴局长的话他都听到了,可他并不死心。“我就不信,”老范不服气地说,“事在人为,我就不信在中国还有摆不平的事。”

此后大半年过去,老范再没来找过我。我以为这事肯定没戏了,可没想到一天夜里,老范突然打来电话,舌头打着卷儿,显然又喝了不少酒。他说:“玉东老兄啊,松化就要上马了,‘五一’举行奠基,你老兄可一定要来捧场。”我说:“不是环保局不同意吗?”老范说:“不同意不要紧,做工作呗!毛主席说过,天下无难事,只怕有心人,而共产党人最讲认真。总之一句话,我他妈的全搞定了。”

我说:“你可真行啊!”老范哈哈地笑着,声音里透着掩饰不住的兴奋:“我早说过,在中国没有摆不平的事!”

然而,松化投产不到一年,有关部门就不断接到投诉。大青江下游的南峰、五湖、东山等县深受污染之害,反映尤为强烈。每逢干旱少雨季节,大青江水面浑浊,异味扑鼻,并伴有死鱼漂浮。此事终于引起了省市领导的重视,成立调查组进驻松县。调查结果令人不寒而栗,大青江水质污染已严重超标,必须立即关闭松化,方可彻底解决问题。那段时间,老范可急坏了,带着县里和松化的有关人员,像没头苍蝇似的乱飞乱扑,到处嗡嗡个不停,喊冤叫屈。他也来找过我,让我压住有关松化污染的报道。

“玉东老哥,”他一个劲地求情道,“你可是松县的老领导,你不帮我们还有谁帮我们啊!”他还说,他们正在全力做工作,而且已经有了转机。眼下这个节骨眼上,新闻界万不可火上浇油。一旦媒体炒作起来,那就不好办了。我感到挺为难的,说:“这稿老楚已经批过了。老楚是报社的一把手,他批过的稿子我也不好压啊。”老范说:“你是分管老总,只要你肯帮忙,老楚那边我来做工作。”我说:“你就这么有把握?老楚可不是好说话的人。”“事在人为吧,”老范说,“啥样的人咱没见过啊!”

第二天,老楚真的来找我了,说:“松化的稿先放一下吧,上边有人打招呼了,有关方面正在寻找更好的解决方案,这种时候我们还是谨慎一点儿,先看一看再说吧。”我一听这话,自然是心照不宣。回到办公室,我给老范打电话说:“你老弟牛啊,手眼通天,不简单嘛!”老范说:“牛个屁!一句话,装孙子呗,全靠兄弟们帮忙了。噢,对了,”说到这里,他忽然想起了什么,“眼下正是吃螃蟹的季节，我让办公室搞了几篓子螃蟹，明儿就给你送去。”

我说：“大青江的螃蟹我可不敢吃。”

老范说：“你别怕啊！咱俩谁跟谁啊？都十几年的老朋友了，我他妈的能害你吗？这可都是河里养的，和大青江可不沾边。”

过了一段时间，松县污染的事就逐渐平息了下去。又过了一段时间，就听说松化向污染开战，取得重大进展，建起了一座全省最大的，也是最现代化的污水处理系统。该系统日处理污水可达五十万吨，从而有效解决了大青江污染问题。

夏天到来的时候，省里组织环保部门及新闻单位前往松化检查。我也被邀请前往。在欢迎会上，老范发表了热情洋溢的讲话。老范说：“治理污染人心所向，势在必行，这对实现社会经济可持续发展具有极其重大的战略意义。我们要以‘三个代表’重要思想为指导，吸取过去的教训，下大决心，彻底治理污染，绝不为眼前的蝇头小利而砸子孙的饭碗。”老范的讲话掷地有声，慷慨激昂，赢得热烈掌声。欢迎会结束后，大家参观了松化的污水处理系统，亲眼看见了污水经过处理变成清水的过程。老范说：“经过处理的水，水质已相当好，完全达到了饮用标准。”说着，就让人拿来茶缸，从中舀起一些，当众喝了几口。洪省长高兴地说：“百闻不如一见，今天亲眼所见，我这颗悬着的心终于可以放下了。”

可是，谁能想到，那次检查还没过两个月，大青江却发生了严重的污染事故。这究竟是怎么回事呢？我急急地浏览了一下稿件。据稿件云，这次事故的直接原因是松化擅停排污设备，违法超标排污所致，加上近日我省境内出现两次大规模降雨，沉积的污染物被暴涨的河水冲起，导致水溶解氧急剧下降，造成松县河段出现大面积死鱼。

我说："这老范咋恁糊涂？排污设备怎么能随便停呢？"

贾主任笑着说："什么叫随便停啊？那排污设备平时压根儿就不开，除了检查团来时作作秀，完全是个摆设。"

"这是真的？"

贾主任耸耸肩："要不说他们明一套，暗一套，阳奉阴违哩。"

回到会议室，我也无心开会了，正琢磨着如何处理这个稿子，手机响了。我一听是老范，忙出了会议室。老范说："大青江污染的事你都知道了吧？"他的声音听上去火烧火燎的，一副神不守舍的样子。我说："能不知道吗？稿件都写出来了。怎么回事啊？排污系统为啥不开？这不是找死吗？"老范解释说："排污设备运行起来费用太高，一天光成本就要十几万，开不起啊。"我说："开不起你建它干吗？"老范说："不建能行吗？上面通不过啊。""那你就玩假？"我说，"可这种事能玩假吗？"老范有气无力地说，谁想到后果这么严重。"玉东老兄，"他停了一下说，"眼下可是生死关头，你无论如何要拉兄弟一把啊。"

我说："这回我可帮不了你了，洪省长已经批示了。"

老范说："洪省长那边我正在找人做工作，稿子你先别发，一旦见了报，我就死定了。"他的声音里这时已带了哭腔，一口一个"玉东老兄"地叫，弄得我竟有些于心不忍了。

"那好吧，"我勉强地答应道，"让我试试吧，顶不住你可别怪我。"

老范连声感谢。可他想得过于简单了，在如今这个信息时代，谁也无法一手遮天。几天后，南方的一家报纸率先捅出了消息，接着全国大小报刊铺天盖地，掀起轩然大波。互联网上更是沸沸扬扬，一片讨伐之声。省报不能再沉默了，发稿前我拨打老范的手机，打了几次对方都关机了。我又打他的秘书小董的电话。小董说，上边正在找范县长谈话，可能是要做出处理吧。我问怎么处理，小董说，现在还不清楚。

当天傍晚快下班时，报社接到了省委省政府关于严肃查处大青江污染责任人的明码电报。电报称，震惊全国的大青江特大污染事故，是松县化工厂顶风作案，偷排、超标排放污水所致，情节恶劣，后果严重。现已初步查明，事故造成死鱼二十万斤，直接经济损失一百二十余万元。省政府已责令松县政府关闭肇事企业，彻底切断污染源，并依法对有关责任人做出处理。在一长串的处理名单中，老范首当其冲，被免去县长职务，并受到党内记大过处分。

老范被查处后，有一段时间赋闲在家，情绪低落。可没多久，他又蠢蠢欲动，试图复出。那段时间，他常往省城跑。有一次，他来报社找我，我请他喝酒。谈及那次事故，他依然愤愤不平。

“我图个啥呢？”他一边喝酒一边说，“我那么做，还不是为了松县的发展，为了松县几百万老百姓吗？”

我婉转地提醒他说：“你的动机或许是好的，可结果适得其反。最关键的是，”我向他指出，“你那套做法已经行不通了，误国误民还误己，要接受教训啊。”

老范卷着舌头，竖起筷子向我猛地一摆。

“屁的教训啊！”他说，“算我倒霉，撞到枪口上了。”

金斗街八号

行动队长

行动队长姓元，叫元鹏飞。元队长原来的名字不叫元鹏飞，叫元小三，后来他升职到警察局任局长时觉得这个名字太土气，便改成了元鹏飞。元鹏飞是个聪明人，但有时聪明过了头，倒是聪明反被聪明误，差点害了自己。不过，元队长从来不承认这一点，他认为自己倒霉那是运气不济。

元队长是个讲究衣着和仪容的人。他的头发永远梳得纹丝不乱，而且还打了厚厚的发蜡，亮闪闪地放光。他的衣服也一尘不染，熨得笔挺，没有一点褶皱，包括衬衣在内。行动队的蔡扁头原先是个小裁缝，就因为会烫衣服，被招进了行动队，专门负责打理元队长的穿戴。元队长到哪去不带别人可以，但不带蔡扁头不行。因此外边不了解的人都以为蔡扁头是个什么了不起的人物。其实他啥也不是，就是一个专替元队长烫衣服梳头的小使唤。

元队长民国十九年（公元 1930 年）毕业于省政法学堂监狱科。他长着一张小白脸，细长的眼睛，雪白的牙齿，头发向后梳得油光光的，一副文雅小生的模样。他毕业后初到蛤蟆岗（五湖市监狱所在地）就职时，犯人们都不把这个元警官放在眼里。可是，没过多久，便领教了他的厉害，见到他一个个就像是老鼠见到猫，没有一个不打怵的。因为他整起人来下手特别狠。要是看谁不顺眼，就想尽办法折磨你，几乎到了病态的程度。反正监狱里各种刑罚有的是，但他从来不自己动手，而是让犯人自己整自己。有一次，他让几个犯人按住一个犯人，往他的肛门里灌了满满一桶的辣椒水；还有一次竟让几个犯人砸碎了另一个犯人的睾丸，差一点要了那家伙的命。他的冷酷无情令人生畏，人们背后都称他“小阎王”，唯恐避之不及。

民国二十三年（公元 1934 年）秋，国民党中央调查局肃反专员罗幼泰来五湖视察，在严密的保安措施下，他的怀表居然被盗了。这件事让五湖上下都十分紧张。警察局长徐胖子压力最大。市府和市党部都追着屁股要徐胖子限期破案，因为罗专员的表不是普通的表，而是蒋委员长赠送给他的礼物。徐胖子派出局里所有的警员，并亲自拜访了城里几大帮会的瓢把子，要他们帮助查找。因为凡在五湖地界上的惯偷、窃贼，包括乞丐在内，无不在他们的控制之下，即便外来的“合子”（贼）也得向他们挂号、拜码头，查问起来并非难事。过去遇到失窃，只要警局出面，物品都会找回，虽不明说，但早已形成默契。可是，这一次不同了，一连几日竟毫无头绪。徐胖子急得抓耳挠腮。市长一日几次催问，有一次还气得摔了电话，说是查不出来，你这个警察局长就别干了。

就在众人一筹莫展之时，元警官找到了那块表。据说他跟踪了那个盗贼好几天，最终人赃俱获，并在其拒捕时果断开枪将其击毙。这件事让市里的一班要员都松了一口气，包括警察局长徐胖子在内。不过，徐胖子虽然松了一口气，但心里很生气。因为元警官破案后没有报告警察局，而是越级直接报告了市党部的干事长靳培祖。靳培祖与徐胖子一向不和，他几次提出要更换警察局长，要不是市长为他说话，他恐怕早已被人取代了。现在，元警官这么做不啻又给了徐胖子挖了一个坑，尽管元警官破了案，缓解了他的压力，他也一点不感谢元警官。徐胖子把元小三找了来，劈头盖脸地骂了一通，说你是不是不想干了？我现在就叫你滚蛋，你信不信？但元小三似乎并不害怕，他等徐胖子骂完后，不紧不慢地敬了一个礼，然后说了句“局座多保重”，便退了出去。

几天后，元小三成了市党部特务室的成员。又过了几年，元小三不断升迁，由特务室一个普通的股员荣升为新成立的市党部情报科科长。民国二十五年（公元 1936 年），他取代徐胖子当上了警察局长。交接的那天，他拍着徐胖子的肩膀说：“老徐啊，千万别小看了你手下的人！”徐胖子朝他翻了翻眼珠子，一口气差点没背过去。

打这，元小三成了元局长，他的名字也改成了元鹏飞。

金斗街

金斗街是五湖最繁华的大街。大街上商铺林立，行人如织，车马如龙。金斗街的街名是由金斗河而来。该河是龙河的支流，流经五湖后汇入长江。在水运时代，金斗河是五湖重要的水上通道，因此五湖又别称金斗。改革开放后，有人在市中心建起一座形似金斗的大厦，谓之金斗城，一度成为五湖的地标之一。

金斗街有一个茶馆叫佛照楼，门牌是八号。五湖的老人都知道这个茶馆，当年相当有名。你到五湖城只要一打听，没人不知道的。

佛照楼的老板姓田，叫田二，是个大胖子，酒糟鼻子，满身的赘肉。爱喝酒，也爱吃肉。尤其爱吃猪头肉，一餐可吃两三斤，而且还尽拣那些白晃晃的肥膘吃。他的酒量也大，一只大瓷碗端起来不停地喝，谁也不知他究竟能喝多少。

田二早年在军队做过连长，习过武，有一身的功夫。他家的院子里常年摆放着石锁和刀棍剑戟之类的，每天早上他都要练上一阵子。从军队回来后，田二就在这金斗街上开了这家佛照楼茶馆。开始生意并不大，后来却越做越红火。人们都说这个名字起得好——佛照楼嘛，有佛照着能不好？其实，懂行的人都明白，茶馆真正红火的原因不是名字好，而是市口好。金斗街是五湖的主要大街，而佛照楼茶馆又位于金斗街的中心地段。这样的地段别说开茶馆了，哪怕是闭上眼睛，摆个小摊子都能挣钱。当然，田二当初能盘下这个地段，并非他的能耐，而是义方法师的面子。义方法师是广元寺的老和尚。广元寺是当地有名的寺庙，始建于明代，作为寺庙的住持，义方法师的名望一直很高。民国初年，军阀混战，田二当时在五湖驻扎，曾保护过寺庙，感念于此，义方法师便出面帮田二开办了这家茶馆。由于茶馆离广元寺不远，义方法师便给茶馆取名佛照楼，意为佛光普照。

田二行伍出身，生性豪爽，说话做事都大大咧咧，招了个女婿却谨小慎微，树叶掉下来都怕砸了头。他的名字叫沈六强，长着一张圆脸,逢人三分笑。本来个头挺高,但常年哈着个腰,像个大虾似的,反倒显得不高了。他没有任何不良嗜好,不抽烟,不喝酒,而且手脚勤快。更要紧的是,他很有眼光,眼观六路,耳听八方,嘴巴也甜,开口尽说好听的,很少得罪人,当学徒那会儿就有个外号叫"老丫头"。

老丫头是五湖乡下人,早年家里穷得叮当响,讨饭讨到城里来,后来被田二收留了。那时他才七八岁,瘦得像只小田鸡,看人连眼睛都不敢抬,那副模样要多可怜有多可怜,可谁也没想到(包括他自己在内)后来竟当上了田二的女婿。

田二的女儿叫小莲,是个独生女,脾气和她爹一样任性,想干啥就干啥,自己拿定的事谁的话也不听,包括田二在内。眼看到了嫁人的年龄,田二便四处张罗,想替她说一户体面的人家。可小莲谁也看不上,偏偏看上了从小跟她一起长大的老丫头。田二对老丫头倒也喜欢,不喜欢也不会打他从小就留他在茶馆里,可是要让他当女婿,那就一百个不般配了。可女儿要死要活,执意要嫁。田二被她吵得心烦意乱,便把老丫头找了去,开门见山、直截了当地告诉他,要么你回绝小莲,让她死了这条心;要么你走人,别让我再看见你。

老丫头挨了骂,吓得战战兢兢,硬着头皮去找小莲,又被骂了个狗血喷头。小莲指着他的鼻子说:"你还是男人吗?你要是个男人,就和我一起去见我爹,把心里的话说出来。"可老丫头吓得直哆嗦,说啥也不敢。小莲急了,一把揪住他,把他拖到田二那里。

"爹,"小莲说,"我谁也不嫁,要嫁就嫁六强。"

"你敢!"

"我说话算数。"

田二气得拍桌子,又叫又骂,但对小莲丝毫不起作用,于是只好瞪起眼睛冲老丫头喊:"六强,你说话! 你要娶她吗?"老丫头看看田二,又看看小莲,急得团团转,眼泪都流了下来。憋了半天,终于憋出了一句:"我、我……我听二爷的。"

"那就滚,给我马上滚。"田二用手指了指门外。

老丫头搓着手,点头哈腰,一边应承着,一边向后退去,嘴里咕咕哝哝的,声音像蚊子哼,也不知在嘀咕什么。小莲这时叫了一声:"站住!"接着又说,"你走我就死,连肚子里的孩子一起死!"

轰的一声响,仿佛一声炸雷,田二蒙了,老丫头也蒙了。过了片刻,田二首先回过神来,操起茶盏就朝老丫头砸过去。只听砰的一声响,小莲倒了下去,头上鲜血直流。原来就在茶盏砸出的一刹那,她挡在了老丫头的面前。田二一下子傻了,跑过去抱住小莲,一边大喊着请大夫,一边一迭声地唤着小祖宗,那副模样比茶盏砸在他自己头上还要痛。老丫头一看这情景,吓得早已六神无主,茫然地站了一会,等到大夫来了,便转身想走。

"你去哪?"田二这时抬起眼睛盯着他。

"我走,我马上走。"老丫头唯唯诺诺地赔着小心。

田二眼里冒着火:"你敢走? 你走我就剐了你。"

此后没多久,老丫头便成了田二的女婿。至于小莲肚子里的孩子,那是压根儿没有的事。等田二知道上当了,但木已成舟,生米煮成了熟饭,也无可奈何。不过,这个女婿他也没找错。虽然老丫头出身贫贱，但做生意是把好手。尤其是头脑灵活，兢兢业业，把个茶馆盘弄得风生水起，倒省了田二许多事。这样一来，人们都说还是田家的小姐有眼光，不光找了个好丈夫，还找了个好当家。

日本人打进五湖后，田二悲愤难抑，整天喝了酒便骂骂咧咧。小莲怕他惹事便把他送回了乡下老家，自己也带着儿女一起回乡照料父亲。佛照楼茶馆的生意便由老丫头独自打理。虽然老丫头如今已成了沈老板，但他依然不改过去的禀性，凡事谨慎处之，多一事不如少一事。日本人来后，他更是战战兢兢，如履薄冰。然而，越怕事越来事。昨天，元队长找到他时他就知道不妙了，整整一夜没有睡安生，心里害怕极了，尽管他还不知道下边将发生什么事。不过，他知道这件事的严重性。这些年，他虽经历过不少事，但从来没有一件像眼下这样棘手的，而且身边连个商量的人也没有。沈老板只有暗自祈祷，求老天保佑了。

新来的跑堂

他最大的特点是斜眼。主要是右眼向下斜，而且两只眼睛一大一小，左边大，右边小。看人的时候眼睛一眨一眨，似笑非笑，一副屌屌的样子。他的身材瘦小，胸脯平塌塌的，显得十分单薄，年龄看上去不大，最多二十来岁，穿着倒也齐整，只是头发和身上散发着一股汗酸味，像是很久没有洗过澡。他来到佛照楼，谁也不理，除了沈老板。他是傍晚时候来的，来了之后便四处转悠，楼上楼下到处探头看，就连犄角旮旯也不放过。沈老板给大家说，这是新来的跑堂，名叫石小山，诸位多关照。那个叫石小山的也不客气，坐在八仙椅上，腿一跷，掏出了一根烟叼在嘴上，沈老板赶紧上前擦了一根火柴替他点着了。众人一看都有些吃惊，说这伙计谱也太大了。晚上又有细心的人发现这个新来的跑堂抽的居然是“樱花牌”香烟。这烟是日本进口的高级烟，一般伙计哪能抽得起？再者，这家伙的手细长细长，白白净净，根本不像是干活人的手。人们就更疑惑了，纷纷猜测，都说这里边有名堂，但究竟是啥名堂，谁也猜不透。他们当然不可能知道，一个危险的行动正在悄悄地逼近。

夏先生

五湖城关中学的前身是五湖小学堂，是当地士绅集资兴办的，后由政府接手，改为城关中学堂。抗日战争爆发后，学校一度陷入瘫痪，后由当地商会出面维持，才又继续办了下去，但规模比以前缩小了许多。目前中学部只设两个班，另附设小学部三个班，以适应需求。夏善潮就在中学部教授国文，人们都称他夏先生。

夏先生是个寡汉子。据说老婆孩子都在逃难时被炮弹炸死了。如今四十多岁了，还是单身一人。平时住在离学校不远的梨花巷。那是临时租来的房子。夏先生每天来学校上课，早上在巷口的小食店里吃一碗面，或买两个烧饼；中午则在学校搭伙；晚上回家顺便买点菜自己烧，有时是一条鱼、一把白菜，有时是一块豆腐，或一包酱菜。五湖的酱菜是很有名的，品种也多，夏先生很爱吃。

夏先生的相貌很普通，个头不高不矮，身材不胖不瘦，走在人堆里并不显眼。不过,你要仔细看,会发现他脸上有几粒浅浅的白麻子,但并不十分碍眼。夏先生惯常的穿戴是长袍,深色居多;天气凉时,脖子上便围上一条围巾,显出了几分儒雅。夏先生是省立师范毕业的,课讲得好,还写得一手好字,学的是苏体,笔锋刚劲有力。过年时常常有人找上门来找他写对联,也有商铺开业请他写对子的。夏先生总是有求必应,对于报酬从不计较。夏先生个性内向,很少与人交往,也看不出他有什么爱好。得空的时候喜欢听瞎子老章唱一段戏文。还有,就是时常往张嫂那儿跑。

张嫂是个裁缝,有一个儿子,小名叫锁子,七八岁的样子,正是淘气的时候。张嫂的住处在双井巷,离夏先生的住处并不远,十几分钟的路程。张嫂对外说,夏先生是她的表哥,锁子则喊他舅舅。其实,他们是在逃难的路上认识的,一路上互相照顾。后来夏先生的家人被炮弹炸死了,张嫂的男人也在混乱中走失了,夏先生便带着张嫂和孩子来到五湖,并在这里落下脚来。乱世之中,同病相怜,二人渐生感情。张嫂长得不算漂亮,但三十岁不到,年轻、丰满、水灵,就像秋天的蜜桃,浑身都透着成熟的味道,而且她性格随和,心地善良。张嫂的男人是个拉车的,没多少文化,现在她遇到夏先生,她是既崇拜又感激,因此处处顺着他,夏先生就很喜欢。夏先生的妻子是个乡下女人,人也挺好,就是太古板,夫妻十多年来,做爱只准一个姿势。夏先生想换一个花样,她就骂他是流氓,根本不肯。可现在,张嫂凡事由着他,夏先生想怎么来就怎么来。他让张嫂在上边,张嫂就在上边;他想从后边来,张嫂也不反对。这样,夏先生就非常尽兴,有时问她这样好不好,她便哧哧地笑,问急了便说，你说好就好。这一下，夏先生就更来劲了，使劲地抽动，弄得张嫂也憋不住要低低地唤出几声。

时间一长，有人便看出了名堂。有时夏先生来了，人们便会在背后挤眉弄眼，指指戳戳，碰到张嫂说一声你表哥来了，话中也有了别的含意。这事很快引起了组织的注意，于是组织上派人郑重地找夏先生谈了一次话，要他尽快妥善地处理好这件事。然而，还没等夏先生处理好这件事，他就出事了。

瞎子老章

老章是卖唱的。在五湖没有人不知道瞎子老章的。他在五湖城里唱了几十年，如今已经六十多岁了，还在走街串巷地卖唱。他的嗓音很宽，很亮，一把胡琴拉得出神入化。老章有个孙女叫小芬，是个半盲人，老章出行时，小芬就牵着他的手，给他引路。其实，小芬并不是老章的亲孙女，是他打小抱养的。有一天，老章卖唱回来，听到街角的垃圾堆里有哭声。摸摸索索地寻了去，便发现了一个被遗弃的女婴，估摸着刚生下来不久。老章把她抱回家，这就是小芬。那时，老章的老伴还活着，两人一把屎一把尿把小芬拉扯大。小芬十一岁时老章的老伴过世了，老章便和小芬爷孙俩相依为命。如今，小芬已经十六岁了，在老章的调教下，也唱得一口好戏文。有时，老章拉，小芬唱；有时，老章和小芬一起唱，你一句，我一句。老章声音激越、苍凉，小芬则清脆、悦耳。

除了沿街卖唱，逢到白红喜事，也有主家请他们去唱。如遇婚嫁，他们就唱：

大红花轿门前停，走马彩灯挂中堂。
十碗八碗桌上放，紫微高照福满堂。

遇到丧事则唱：

孝子贤孙跪满堂，德厚流芳照一方，
开堂哭送佛声起，驾鹤飞龙上天堂。

老章家住大同巷，离金斗街不到一百码，出了巷口抬脚便到。小芬渐渐长大，女大十八变，身型也出来了，一举一动都袅袅婷婷的，脸模样儿也漂亮，虽然是个半盲，但还是很招人的。这一下，麻烦也就来了，每次出街总要惹来一些不三不四的人。瞎子老章很担心。有一次，几个青皮缠上了小芬，把老章也打了。要不是九叔恰好路过，事情就大了。九叔是码头上扛活的，臂力过人，也是个练家子，三拳两脚便把那帮闹事的青皮给撂趴了。那几个青皮心里不服，回去召人，呼啦啦来了一大帮子，但一见九叔就偃旗息鼓了。领头的认识九叔，上去一抱拳，说是狗咬吕洞宾，大水冲了龙王庙，这事就算过去了。后来，九叔又找了“报点子”(打更)的老杆子。这老杆子明里是个打更的，实则是丐帮的头儿。他给了老章一截细竹竿，上头涂了一团白漆。以后老章出街，便把竿儿往面前一竖，就没有人再敢闹事了。因为老杆子的人谁敢惹啊？

老章卖唱没有固定的点儿，有时在广元寺门前，有时在城隍庙路口，但大多是在金斗街上，因为这里人多客多，听戏的也多。这天，老章和小芬正在金斗街上唱，夏先生路过，便立在一边听：

这佳人直醉得昏迷不醒，
且坐在她身旁细看分明。
鲜花儿插满了乌云两鬓，
玉腮上起红霞酒气犹醺。

这出戏名叫《独占花魁》，夏先生很熟悉，一边听一边晃着脑袋不出声地和着。当小芬唱到“这一夜巫山云雨梦境”时，夏先生不知怎么又想到了张嫂。昨晚他与张嫂也是同衾共枕，睡到天明。想到这里，各种细节便在脑海里滚动起来。这个女人虽然纯朴，但她善解人意，懂得男人的心思，每次做爱总令人销魂，让夏先生感觉特别好。好在哪里，夏先生也说不出，只是有一种说不出的快活。尤其是她的身子，好像会发火，人一碰就发烫，随后便全部打开来，汹涌的湿润像海潮澎湃，夏先生整个人都要化了，酥了。他把自己所会的几种姿势一一来过，仍意犹未尽，最后只能直起身子死命地冲撞，来发泄体内快要爆炸的欲望。天亮时，张嫂给他打了两个荷包蛋，说你昨晚吓死人了。夏先生说是吗，接过碗，往边上一放，又把张嫂往床上拉。张嫂说要死了你，不要命啦，这个年纪千万不敢，日头长着哩。夏先生知道她是心疼他，心里一热，便松开手，一边穿衣一边张口来了两句：

这是我卖油郎三生有幸，

但不知何日里再见芳卿。

人群里忽然传来了一阵喝彩声,原来戏文已进入高潮。夏先生回过神来,正要往下听,这时有人在后边推了他一下。回头一看,是个陌生的青年人,穿着一身藏青蓝的中山装。

“请问是夏先生吗?”

“我是。”

“有人找,请跟我来。”

夏先生正有些诧异,后边又有一年轻人抓住他的胳膊,压低声音说:“别出声!”然后推着他走向街边的一辆汽车。

黄老板

黄老板是富华照相馆的老板,也是照相馆的技师,人们都称他黄老板。富华照相馆也在金斗街上,只是位置有点偏,靠近南门。门脸儿也小,朝街的一面有个玻璃橱窗,摆放着一些相片,供展示之用。屋内面积也不大,只有两间房。走进去是一个小门厅,门厅后边是照相的地方,摆着照相机和灯架子,还有一些布景,如公园、假山等等。顾客来了只要一推门便会听见当啷一声响,那是门上的铃铛发出的,提示有客来了。这时,便会有人出来接待。如果黄老板正在屋里替人照相,小顺子便会前来招呼,让客人在门厅的椅子上坐一坐,稍等一会儿,说师傅一会儿就好。小顺子是黄老板的徒弟,年纪十三四岁的样子。长得精瘦个郎,大眼睛、大脑袋、细胳膊、长腿。这孩子很勤快,也很灵活。除了打杂外,还管买菜、烧饭。烧饭的地方就在后院。院子里有一口井,还搭了一间披厦,用来做厨房。照相馆的楼上还有一间阁楼,那是暗房。黄老板经常在里边洗照片。有人曾经上过阁楼,说是洗照片时不能开灯,因此黄老板在灯泡上蒙了红布,一开灯屋里便是一片暗红色的光。黄老板的技术很高,他能把照片上的人修得比真人好看许多,还能把一些小照片放成大照片。五湖城里原有三家照相馆,可后来因技术或成本原因先后歇业了,只剩下富华一家。因此来富华照相馆的人还算不少,包括一些日伪军也常常登门。

黄老板三十来岁,戴着眼镜,据说上过洋学堂,会说外国话,也会写洋码子。他喜欢穿西装,打领带,天冷时外边还要穿一件皮大衣,一副很洋派的样子。不过,工作的时候,他常穿一件长褂子,就像医院里的大夫一样,不过大夫穿的是白色的,他是蓝色的。黄老板为人很和善,也很安静,照相馆不忙时,他就拿一本书坐在那里看,多是一些言情和武侠的小说。黄老板的太太在省城师范学堂教书,一两个月他就要往省城跑一趟,但从没见他太太来过。有人问起来,他便说小地方她住不惯。——嗬,瞧这口气,还真把自己当根葱了。

不过,黄老板在五湖也算是一个小小的名人。他常去那些有钱的人家照相,就连市长、商会会长都请过他。因此,五湖的头面人物他认识不少。遇上婚嫁寿诞、节庆假日什么的,这些请他去照相的有钱的主儿出手也很大方,有时一次给的红包就能顶上照相馆好几个月的流水。对黄老板来说,这是一笔额外收入,也是结交上层、扩大名声的机会。

这天是周日，照相馆照例休息，黄老板便夹了一本书去了佛照楼茶馆。佛照楼茶馆的茶好，点心也好，特别是芙蓉冰糖糕，黄老板就爱这口，还有这里的五味斋元宵，做得也很地道。黄老板得闲了，便会来坐一坐，喝杯茶，吃点点心和元宵。

上午九点多钟，他进了佛照楼。沈老板老远就迎上来打招呼。都是老熟人了，免不了要寒暄一番。这时黄老板便看见沈老板身后站着一个年轻人。那个人长得怪怪的，仔细看才发现他是个斜眼儿，而且眼睛还老是不停地眨巴。沈老板似乎注意到了这一点，便说这是新来的伙计，叫小山。黄老板颔首道："难怪没见过。"说着，找了个靠窗的座位坐下来。那个叫小山的伙计这时也跟了上来，问他要点什么。

"老规矩。"

小山愣了一下，转身看着沈老板。沈老板说，一壶炒青，一盘芙蓉冰糖糕。于是，小山便吆喝了一声，走到一边，远远地候着。等到伙计从后堂端着盘子上来，他便接过去，送到黄老板的桌前。"黄老板，你要的东西来了。"小山说着替他斟上茶，又问他还要点什么。

"不用了。"黄老板说。

"那你慢用。"

"哦，你叫什么来着？"

"小山，石小山。"斜眼儿答道。

"你什么时候来的？"

"来了几天了。"小山答道。其实，他是昨晚才来的。

“哦,你去忙吧。”

小山退了下去。黄老板盯着他的背影看了一下,便打开手中的书看起来。五月的阳光从窗外照射进来,照在茶桌上,也照在黄老板的身上,暖洋洋的。茶馆里的客人也陆陆续续地多了起来。就在伙计们忙忙碌碌招呼客人时,那个叫小山的跑堂却在远处的角落里,表面上漫不经心,实则一动不动地盯着黄老板。

康小八

这是他的真名。他这一辈子不知用过多少假名,包括石小山在内。

康小八从小就没爹没娘,后来被郑道台收留。郑道台是江湖上有名的飞贼,惯于流窜作案。郑道台姓郑,叫什么名字已无人知晓。宣统年间,他曾受雇于人,偷了某道台的大印,因此便有了郑道台的雅号。康小八自幼跟着郑道台,也练了一身偷窃扒拿的本事。郑道台病死后,康小八便独来独往。民国二十三年(公元 1934 年),他在五湖犯了事,被关进了蛤蟆岗。这一年他才十五岁。有一天,元警官把他叫了去。康小八吓得要命,因为犯人们都知道元警官的手段。不过,那天元警官倒没为难他。他说:“郑道台是你师父?”康小八点头称是。元警官说:“那你有啥本事?”康小八说没啥本事,就是混口饭吃。

“那你露一手我看看。”

“不敢,不敢。”

元警官有些不快了,他说:“我让你露你就露。”康小八说:“我能抽支烟吗?”元警官掏出烟来,扔给他一支,自己也往嘴上叼了一支,接着伸手往口袋里去摸打火机。摸了一下没摸到,只听啪嗒一声响,康小八已经打着了火,把打火机伸到他面前。元警官一看,康小八手中拿的正是他的打火机,便骂了一句:“小狗日的,还真有两下子!”

于是,两天后便发生了罗专员怀表失窃事件。再之后,元警官便受到市党部的干事长靳培祖的重用,一路升迁,最后竟取代徐胖子当上了警察局长。

不过,徐胖子在警察局经营多年,也不是吃素的。他下台后并不甘心,便四处暗查,越查越觉得这案子发生得蹊跷,破得也蹊跷。线索最后集中到了康小八的身上。康小八在案发后很快就出狱了,而且案卷也被销毁了。这就更奇了。就在他动手要抓康小八时,康小八突然失踪了,不知去向。直到前不久,康小八才重新现身。此时他的身份已是五湖警察局行动队的成员了,而且他的年龄也已经是十九岁了,要不是那双斜眼儿,几乎没人能够认出他来了。

皋陶律师所

皋陶是中国司法的鼻祖,这家律师所以皋陶命名,其意不言自明。皋陶律师所主任是个大律师,他的人脉很广,来头也很大。据说他的叔父是省城名流,经营着好几家工厂。就在昨天下午,元鹏飞突然带人来到了律师所,要他明天停业一天。“凭什么?”大律师有些不高兴了。“不凭什么,叫你停你就停。”元鹏飞也不和他啰唆，就下令手下把律师所的门关了起来，把停业的牌子也挂了出去。

“你是谁啊？”大律师生气了。

蔡扁头说：“你不认识我们队长啊？”

“队长算个屁，”大律师也火了，“我找靳市长！”说着拿起电话。但还没来得及拨号，电话已被元鹏飞一把按住了。“你他妈的，活得不耐烦了？”元鹏飞骂了一句。大律师说：“好好好，这事没完，你等着瞧。”话音没落，脸上便砰地挨了一拳。接着行动队的人便一拥而上，把大律师按在地上拳打脚踢。这一下大律师老实了，他连声求饶。元鹏飞一边整理着衣衫，一边吩咐手下把律师所的三个律师、两个打杂的，包括大律师在内统统捆起来，塞进了楼下的一间房间里。大律师吓得半死，以为是碰上了什么仇家，实际上他根本不明白发生了什么事，而他之所以被卷进这件事也完全是偶然的，谁叫他的律师所恰好是在佛照楼茶馆的对面呢。

这是元鹏飞精心策划的一次行动，也是一次志在必得的行动。他调动了所有能够调动的力量，在佛照楼茶馆严密布控，而他的指挥所就临时设在了皋陶律师所里。

元鹏飞搞掉徐胖子当上局长后，本来一帆风顺，可是徐胖子哪能咽下这口气，一直在暗中搜集证据。他先是想从康小八身上下手，但元鹏飞得知消息，赶紧把康小八送走了。虽然这件事被掩盖了下去，但徐胖子通过自己在警局的亲信还是抓到了他的把柄，一状告到市长那里。原来，元鹏飞当上警察局长后，经常借办案为名，对当地富商敲诈勒索，收缴的钱物大部分落入了私人囊中，累计起来数字惊人，而且铁证如山，无法抵赖。此时，他的后台靳干事长已经调走了。于是，元鹏飞被判刑入狱，直到日本人攻占五湖前，他才通过关系逃了出来。不久，日本人占领五湖，原来的靳干事长靳培祖当上了市长。元鹏飞觉得机会来了，便前来投靠。靳培祖知道元鹏飞的能力，也很欣赏他。当年在市党部情报处，元鹏飞就多次破获共党的案子，靳培祖便有意委以重任。他对元鹏飞说："先给你一个行动队长，你只要干得好，拿出成绩来，五湖警察局的局长还是你的。"元鹏飞一听便连鞠三个躬，保证绝不辜负市长的栽培。

这之后，没多久，夏先生便撞到了元鹏飞的枪口上了。

县桥十四号

县桥也是一条街，不过当地人习惯把"街"字省略了。如县桥街某某号便说成县桥某某号。县桥街的规模和热闹程度要略逊于金斗街，但在五湖城内也算是一条知名的大街。在这条街上有一个院落，门牌是十四号，原先是前清一个翰林的宅院，现在则成了行动队的队部。夏先生被带进县桥十四号，噩梦便开始了。

刑讯室里摆满了各种刑具，元队长使用这些刑具可谓驾轻就熟。不过，夏先生被带进刑讯室后，元队长并未对他动刑，而是替他泡上茶，让他坐在椅子上观看。受刑的犯人受尽折磨，发出凄厉的叫声，如同鬼哭狼嚎。夏先生浑身颤抖，大汗淋漓，几度闭上眼睛不忍目睹。元队长坐在一边不动声色，看看火候差不多了，他才吩咐把张嫂和锁子带了上来。锁子吓得哇哇大哭，打手们将他头朝下吊起来,下边就是熊熊燃烧的火盆,只要打手手中的绳子一松,后果不堪设想。锁子大声叫着娘。张嫂哭天喊地要扑上去,却被打手们死死地拉住,动弹不得。元队长走过去,用刀划开了张嫂的外衣,又划开了她的内衣,两个白白挺挺的奶子露了出来。元队长用刀挑起一只,看着夏先生说,我数到十,你要再不开口,我就割下这玩意儿来喂狗。此时,夏先生完全崩溃了。元队长还没数到二,他便扑通跪了下来。

夏先生全部招供了。他供称自己是中共地下党的交通员。他的上级是照相馆的黄老板。黄老板的名字叫黄凡。他们是民国二十九年(公元 1940 年)认识的。当时,他去富华照相馆洗照片,黄凡听说他的老婆孩子都在逃难中被炸弹炸死了,对他很同情,后来渐渐熟了,便把他发展成了交通员。但他不是党员,黄凡说了还要进一步考验他。五湖地下党的情况,他并不了解。他只与黄凡单线联系。不过,在供词中他提供了一个重要情况,即中共近期有一位重要领导人要路过五湖,省委特派员将提前来五湖安排路线。据夏善潮交代,这个情报是他从五里庙带回来的。他每个月都会去五里庙两次。那里有座土地庙,庙后有一个隐秘的活动的砖洞,上级如有情报便会放在砖洞内,由他带回交给黄凡,而黄凡有时也会让他把情报送至这个砖洞里。至于这个砖洞内的情报由谁送取他并不清楚。

“那么,省委特派员何时来五湖?”元鹏飞问道。

“明天。”

“接头地点在哪里?”

“佛照楼茶馆，”夏善潮说，“时间是上午九点至十点。”

九 叔

九叔是独臂。早年参加过北伐军，左手受伤，没能及时救治，结果肌肉坏死，只有锯掉了。九叔虽然是独臂，但依然强健有力，在码头上干活从不输人。他从小就练过形意拳，尽管如今一只手，对付三五个汉子还是轻松自如。在码头上，九叔威望很高，一呼百应，就连五湖黑道上的人物都给他面子。九叔家住大同巷，住在这里的大多是一些扛活的穷苦人家。瞎子老章也住在这里。在大同巷可以说没有不认识九叔的，谁家要是摊上事都会来找九叔帮忙，九叔总有办法化解。那年瞎子老章遇到事，就是九叔与老杆子打了一个招呼，便把事情解决了。

在外人眼里，九叔是个讲义气的汉子，可没人知道他就是五湖地下党的负责人。五湖地下党的书记姓佘，由于病重，经组织批准前往江南根据地休养，五湖地下党的工作便由九叔临时负责。在这之前，九叔是地下党保卫科的科长，负责武装斗争和锄奸工作。交通站接到省委特派员要来的消息后，黄凡第一时间便向九叔进行了报告。鉴于任务重大，九叔进行了精心安排，包括落脚的地点以及遇到意外如何接应如何撤离，都考虑得很仔细。他还要求黄凡千万小心，确保省委特派员的安全万无一失。

今天一大早，他还亲自沿着撤离路线查看了一遍，这才回到家中，取出武器，准备按照事先安排的路线前往接应点。参加这次接应任务的，除了他本人之外，还有老杨和小李，都是保卫科里有经验的同志。八点多钟他们先后到了。然而,谁也没想到的是,就在即将出发时,一个年轻人突然前来敲门了。来人二十来岁,中等身材,皮肤较黑,说话时嗓子沙哑。九叔见到他,顿时一惊。

“你怎么来了?”

那人顾不上回答,连忙把九叔拉到一边,压低声音说:“老夏被抓了!”

“什么时间?”

“昨天。”

九叔心想糟了。鲍英一出现,他就预感到情况不妙。鲍英是老余安插在警察局的卧底,公开身份是警察局的枪械员。他的身份一直严格保密,以前只与老余单线联系,连九叔也不知情,直到老余走后,他的联系人才转为九叔。平时联系的方式也有严格的规定,除非遇到紧急情况,他不得暴露身份,更不得直接前往九叔的住处。但是这一次,由于事发突然,他也顾不上这些了。九叔问他现在老夏是什么情况,他也不清楚,因为这是元鹏飞亲自办的案子,只有少数亲信知道内情,而且为了防止走漏消息,连向警察局也未透露内情。“不过,行动队今天有行动,”鲍英说,“所有人都派出去了。警察局也接到靳市长的指令,全力配合行动。”

九叔知道情况严重了,但此时已经快九点了,黄凡早已出发了,至于特派员现在何处,也不清楚。现在要做的就是立即中止这次接头,然而,如何中止却是一件难事。如果老夏真的叛变了,那么黄凡必定被盯上了。如何通知黄凡脱身,这是一难;还有就是如何通知特派员,这是一道更大的难题。因为特派员什么模样,现在何处，他们一无所知。九叔现在只能做最坏的打算。他们迅速商定了两套方案：其一是由老杨进入佛照楼茶馆，设法通知黄凡离去，如果情况不好，就强行突围，他和小李在外边接应。其二，如果黄凡顺利离开茶馆，他们便在金斗街上放枪，制造混乱，以此通知特派员情况有变。但是无论哪套方案都要冒很大的风险。“顾不了那么多了，”九叔说，“只能这么办了！”他说得没错，因为留给他们的时间已经不多了，他们也不可能从容地商量。九叔布置完任务后，用力握了一下右拳——这是他的习惯性动作，表示决心已定。“你们都记住，”他说，“就是全体牺牲，也要保证特派员的安全。”

说完，几个人带好武器，向金斗街赶去。大同巷离金斗街很近，出了巷口便是。九叔他们刚上金斗街，就看见瞎子老章和小芬走了过来。老章的眼睛不济，但耳朵特灵，老远就听出了九叔的脚步声，便站下来向九叔打招呼。他打心眼里感激九叔。但九叔心里有事，也顾不上和他多说话，拔腿就走了过去。老章心里有些奇怪，便嘀咕了一声说：“九叔这是咋啦？”小芬说：“看样子是有事。”两人正说着，又听见九叔的脚步声打了回转，向他们走来……

佛照楼茶馆

黄凡坐在茶桌旁，一边看书，一边品茶，显得很悠闲，但他内心很警觉，时不时地就会拿眼睛向四周逡巡几下。茶馆里的情况倒也正常，只有新来的跑堂有点古怪。正是上客的时间，其他跑堂都在忙忙碌碌地张罗，但他好像很清闲，除了偶尔过来给自己斟一下茶外，大堂里并不见他的身影。也许是个新来的，情况还不熟悉，他心里这样想。

黄凡放下书，搛了一块芙蓉冰糖糕放进嘴里，眼睛漫不经心地朝大街看去。大街上的情况也很正常。客来车往，一如平常。但他总感觉有一丝隐隐的不安。可能是这次接头太重要了。省委派特派员下来，说明即将过境的领导人非常重要，否则省委不会专门派人下来安排。五湖是交通枢纽，以前也有过境的同志，都由五湖地下党安排迎送。前不久，还有一批青年学生前往江南，就是由黄凡把他们送过境的。从省委的重视程度看，这一次的任务显然不同以往，上级要求不能出任何问题，必须百分之百地完成。

昨天，夏善潮从五里庙取出情况后，他便立即向九叔进行了汇报。九叔指示他，一旦与特派员接上头，马上把特派员带往安全地点。"我会派人接应。"九叔说。如果遇到意外，撤退路线是通过四古巷，进入广元寺。此外，藏身地点和暗号不变。

黄凡端起茶盏喝了一口，不知怎么又想到了夏善潮。自从发展他为交通员后，他的表现一直不错，任务完成得也比较好。他还积极地要求加入组织。黄凡把他的事向上级汇报过，认为夏先生妻儿均被日本人的炸弹炸死，他对日本侵略者有深仇大恨，这是很好的基础。不过组织在考察的过程中，发现他与张嫂的关系，感到有些担心，便让黄凡出面与他谈一谈。就在前两天，黄凡与他谈了一次。夏先生表示，他很喜欢张嫂，两人也很有感情，但是张嫂的丈夫生死不明，他还不好与她结婚。黄凡于是对他说，那么你要考虑好，要么结婚，要么断掉，两者只能选一个。否则，这样不明不白,容易引起非议,也容易引起注意。对于一个地下工作者,这样极不安全。夏先生显得很矛盾,但他答应认真考虑。然而,黄凡不可能知道,就在夏先生还没做出抉择前,他就出事了。而且,这事不早不晚,就出在他与特派员接头之前。

天煞行动

元鹏飞悄悄地张开了网,他把这次行动定名为天煞行动。从昨天开始他就着手布置,先是安排康小八进了佛照楼茶馆,专门盯着黄老板和前来与他接头的人员。今天又调集行动队的人在金斗街八号附近布下桩子。当然,这些桩子都是改装了的,有的扮成卖瓜子的,有的扮作卖香烟的,也有的扮成修鞋的,还有的扮成卖糖葫芦的,四处游走。在佛照楼后边的文昌巷也安排了人手,装成修路的,把巷口两头都堵了起来。至于大队人马则潜伏在金斗街附近,只要听见枪响便会立即出动并封锁整条大街。在行动前,他还专门向靳市长打了报告,请求警察局随时待命,以便策应。一切都布置妥帖,在元鹏飞看来,此次行动,铁壁铜墙,成功在望,别说一个大活人了,就连一只蚊子也休想飞出他的掌心。

元鹏飞一大早就来到皋陶律师所。早在前一天,他已在这里布下了指挥所,站在律师所的二楼,佛照楼茶馆和茶馆前的大街尽收眼底。他在窗帘背后严密地注视着街对面的茶馆和大街上的动静。此时,时间还没到,他把望远镜交给了身边侦缉队的费队长,自己坐下来抽了一支烟。蔡扁头早已替他泡好茶,并用梳子把他弄乱的头发重新梳理整齐。

抓到夏先生是个意外的收获。行动队接到报告，说是在双井巷一户居民家发现反日报刊，便立即派人搜查，查到了两本《救亡周刊》。经查，这家户主就是张嫂。原来这两本期刊是夏先生带去的，早上起床不好拿，便塞进了被褥底下，哪知让张嫂的儿子锁子翻了出来，和院里的孩子一起撕纸叠飞机玩，结果被人发现了，报告了行动队。开始，元鹏飞并未重视，心想不过是偷看进步报刊，这样的人充其量是思想进步，具有反日情绪而已。但当手下把案卷送来时，他发现这两本期刊都是近期出的，而且是共产党根据地办的赤色报刊，立即重视起来。当然，他更没想到，顺藤摸瓜，竟会发现地下党的交通站，而且还有省委特派员这条大鱼即将上钩。“真是天助我也！”元鹏飞兴奋不已，心想只要破获这个大案，那警察局长的位置便非他莫属了。

“来了。”这时，费队长轻轻叫了一声。元鹏飞起身来到窗前，费队长赶紧把望远镜递过去。他从望远镜中清楚地看到黄老板进了茶馆。元鹏飞看了一下怀表，此时正是九点钟。“是他吗？”他歪过头问了一句。夏先生伸头看了一下，点点头。

“好，”元鹏飞说，“这事办成了，你下辈子就吃穿不愁了。”

夏先生哭丧着脸说：“你们饶了我吧，千万不能说出去。”

“你放心吧，”元鹏飞说，“我们不会亏待你。”

黄老板这时已在靠窗的位子上坐下来。康小八上前招呼，一切都在按照既定计划进行。元鹏飞感到很满意。大街上的情况也很正常。时间还早，街上的行人和车辆并不多。茶馆前，那些修鞋的、卖瓜子、卖香烟和卖糖葫芦的，按照事先的布置，都在扮演着各自的角色。一声好戏就要开场了。元鹏飞心里得意地想。

上午九点多一点,瞎子老章和小芬从街上走了过来。他们在茶馆门前竖起竿子唱起来。琴声一响便引来了不少行人。茶馆门前显得有些乱了。“他妈的!”元鹏飞骂了一句,心想这家伙早不来晚不来,这不是添乱吗?费队长说:“我让人把他们赶走吧?”“别价。”元鹏飞一抬手制止了他。费队长明白他的意思,他是怕惊动了黄老板和前来接头的人。

瞎子老章唱开了,那声音远远地传过来,站在律师楼上也听得清清楚楚。

朕本是九五尊一统天下,
难道是为天子不及民家?
一妇人保不住岂非笑话,
朕情愿与妃子同死黄沙。

人群里响起阵阵叫好声。“这唱的是哪出啊?”元鹏飞随口问道。“好像是《马嵬驿》。”费队长答道。

“是那出杀贵妃的?”

“正是。”

这时,小芬唱了起来:

身伏在尘埃地泪流满面,
这是我杨玉环前世孽缘。

御林军要把妾碎尸万段，

谢万岁赐自尽恩重如山。

人群里又响了一片喝彩声。小芬唱得凄婉动人，元鹏飞也忍不住叫了一声好。就在这时，黄老板从茶桌旁站起来，向茶馆外走来。康小八连忙跟上去，他们说着什么。一路走到门口，康小八连连点头，看着黄老板向街的一边走去。

“怎么回事？”元鹏飞咕哝了一句。

“看样子是要走？”

“别让他跑了。”

“是。”费队长转身下楼。这时，按照先前的布置，已有两个便衣跟上了黄老板。不一会儿，费队长又带了一个人穿过大街跟了过去。元鹏飞举着望远镜紧张地看着。

咚咚咚，楼梯上响起了一阵脚步。一个手下跑上来报告，刚才康小八传信，说是黄老板牙痛，去药店买药，过一会就回来，茶钱也没结。元鹏飞松了一口气。“去，”他对手下说，“告诉费队长，悄悄地跟着，不要惊动他。”

“是。”手下应了一声，转身而去。

哭一声杨妃子一朝命尽，

见花钿与金钗弃在埃尘。

这都是前世缘一言难尽，

这一株梨花树万古伤心。

茶馆前,老章还在唱着。戏已进入了高潮。这时,只见费队长从街那边快步走了过来。不一会儿,楼梯再次咚咚响起,费队长冲上楼来叫了一声:

“不好了,那家伙跑了!”

不用问也知道他指的是黄老板,元鹏飞脑袋炸了一下,他故作镇静地听完了费队长的报告。原来,药店就在金斗街与四古巷交口。黄老板进了药店买了药,转身出来时,忽然一辆人力车出现了。黄老板跳上车,穿过四古巷直奔广元寺而去。这一来,行动队的人措手不及,连忙追上去,到广元寺门前已不见人影,看来他们是早有准备。

“妈的。”元鹏飞知道出问题了,他拿起电话,通知警察局立即全城戒严,同时带人冲进佛照楼,下令扣留所有人,挨个进行检查。路过茶馆门前时,瞎子老章还在唱:

捧荔枝供灵前泪如雨点,

哭一声杨妃子叫声玉环。

元鹏飞气不一打处来,喊了一声滚。手下立即上前把老章和小芬赶走了。天煞行动完全失败了。尽管军警全城戒严搜捕,尽管茶馆里的人也都一一过堂,从头到脚审了个遍,均一无所获。事后,靳市长大骂元鹏飞自作聪明,如果当初不是他贪功,起码黄老板跑不了。现在倒好,忙了半天连个屁也没捞到。元鹏飞仔细检查了自己的计划,并没有发现任何问题。他百思不解,只能唉声叹气,怪自己运气不佳。

蛤蟆岗

这里原先是五湖监狱所在地,1949 年以后改为人民政府的看守所。元鹏飞就被关在这里。想当年他是从这里起步的,现在他的人生也将在这里画上句号。由于罪大恶极,他被判处死刑,这早在他的预料之中。定案后前来向他宣判的是五湖公安局副局长黄凡,也就是当年富华照相馆的黄老板。宣判之后,黄凡问他还有什么话要说。元鹏飞说:“我有一事,至今不明,你能告诉我吗?”“什么事?”黄凡问他。他说:“我就想知道你当年是怎么逃走的。”黄凡说:“你知道我们撤离的暗号是什么吗?”

元鹏飞摇头。

“那天上演的剧目是《马嵬驿》。”黄凡说。

元鹏飞愣了片刻,轻轻叹了一口气。在被带往牢房时,他穿过院子。正是初夏时节,天上满天繁星,一片清辉映在地面上泛着白色的光,就像下过雪似的。